대구대학교인문과학연구총서 18

러시아현대문학 :

분열 이후의 새로운 모색

대구대학교인문과학연구총서 18

러시아현대문학 :

분열 이후의 새로운 모색

미하일 골룹꼬프 지음 / 이규환 · 서상범 옮김

도서출판 역락

이 책은 20세기 러시아 문학에 대한 단상들을 모아 엮은 것이다. 고르바초프의 개혁이 최고조에 달하고 개방의 물결이 거세게 넘나들던 세기 말에, 문학사 강사로서 대학 강단에 첫 발을 내딛었던 저자의 운명은 이미 예정된 것이었다. 책상에 묵혀두었거나, 서구에서 발표되었다가 이 시기에 와서야 러시아 독자가 접할 수 있었던 무수한 미공개 작품들이, 한편으로는, 전체적인 문학사를 이전에는 상상도 하기 힘들 정도로 원칙적으로 새롭게 인식할 수 있는 가능성을 우리 전문가 집단들에게 열어주었다. (우리는 그 당시 아주 쉽게 이런 일들이 이루어질 것이라고 생각할 만큼 순진했었다). 다른 한편으로, 매달 쏟아져 나오는 "두툼한" 정기 잡지들은 1930~80년대에 형성되었던 문예학적 개념들을 뒤집곤 하였다. 때문에 80년대 말은 문예학의 낭만주의시기로 인식될 수 있었는데, 여러 학회나 고등교육기관의 강사들 그리고 비평가와 문예학자들은 구닥다리의 절망적인 교재들을 대신하여 새로운 교과서와 새로운 문학사를 집필하려고 하였다.

그러나 80~90년대 사이의 낭만주의적 세계관은 20세기 마지막 10년간의 후반을 일종의 진공상태로 대체해버렸다. 오래된 개념들은 부정되거나 뒤집어엎을 필요가 없었고, 그 개념들은 학문적 관습을 벗어나기 위한 전복을 요구하지도 않았다. 잠시나마 전망을 제시했던 사회주의 리얼리즘과의 생사를 건 싸움 또한 풍차와의 싸움이 되어버렀다. 새롭고 권위 있는 개념들은 오늘날까지도 나타나지 않았다. 한 세기 동안 축적된 그리고 그 세기말을 살아가는 사람들의 의식에 투영된 문학적 재료의 놀라운 저항이, 아마도, 이야기 되곤 하였었다. 이 모든 복잡함을 이 책의 저자 또한 충분히 느끼고 있었다. 직업적인 활동은 종종 필자를 아주 난처한 상황에 직면하게 하였다. 강의나 세미나 중에 돌연 최근까지 충분히 연구되었던 문예학의 '슈제트'가 갑자기 허점이 보이거나 와해되어 버리는 상황이 발생하였으며, 학생들이나 스스로에게도 의외로 과거 수십 년간의 문학 현상들을 강사가 설명하기 힘들어 하는듯한 모습을 보여주곤 하였다. 다행히도, 그러한 상황들은 보통 설명되지 않는 것을 설명하기 위한 공동의 노력으로 끝나곤 하였다.

인문학자의 과제는, L. 세르바의 정확한 규정에 따르자면, 다음 세 가지, 즉 무엇을? 어떻게? 그리고 왜? 라는 질문에 답하는데 있다. 그리고 만일 처음 두 가지 — 무엇을? 어떻게? — 에 대한 대답들이 여러 책, 정기간행물, 고문서 속에 가장 빈번하게 담겨져 있었다면, 세 번째 질문 — 왜? — 는 대답하기가 훨씬 더 복잡한 것이었다. 기존의 답변들은 없었고(지금도 거의 없다), 그 해답을 학생들과 함께 자주 찾아야만 하였다. 이 책은, 저자가 독자와 함께 나누고 싶었던, 이러한 탐색들에 대한 결과물이다.

그런데 이러한 독자들이란 어떤 사람들인가? 물론, 글을 쓰는 사람이라면 누구나 자기 책의 수신자라고 생각할 것이다. 그렇다면 그 수신자가 거부하기 위해서 책을 펼쳐드는 신랄한 회의론자인가? 또는 반대로, 미래의 동지인가? 저자는, 비록 지난 한 세기동안 러시아의 문학, 러시아의 문화, 러시아의 운명이 어떻게 변화해왔는가 라는 공통의 관심사와 공통의 사고 대상만이 독자와 필자를 결합시켜 주고 있다 할지라도, 어떠한 독자나 어떠한 독서에도 기뻐할 것이다. 이러한 문제에 냉담한 사람이 이런 책을 읽을 리는 없는 것이다. 다행히도, 독자 대부분이 이 문제에 흥미를 갖고 있었다.

독자들은 조건적으로 두 개의 그룹으로 나눌 수 있다. 그 하나는, 20세기 러시아 문명 연구와 직업적으로 관계가 있는 사람들을 들 수 있다. 다시 말해, 교사들과 고등교육기관의 강사들; 인문과학 연구자들(역사가, 인문학자, 사회학자, 철학자들, 정치가들, 문화학자들); 인문학부 학생들이 그들이다. 다른 하나는, 직업이나 활동 분야가 20세기의 러시아 문화나 역사에 직접적으로 연관을 맺고 있지는 않지만, 그러나 '태생적' 동질성 정도는 느끼고 있으며 또한 러시아의 전통에 대한 깊은 천착 없이는 사회적, 개인적 존재인 스스로에 대해 생각해 볼 수 없는 사람들이다. 따라서 작가에게는 매우 복잡한 여러 가지 사물들에 대해, 인문학적인 '새의' 언어가 아니라(이 언어는, 그래서, 현대 문예학에서 아직 정립되지도 않았고, 충분한 권위와 공인을 받지 못했다), 어떤, 매우 복잡한 생각까지도 충분히 표현할 수 있는 가능성을 가지고 있는 일반적인 현대 러시아어로 말해야 한다는, 과제가 제기되었다. 이것은, 그러나, 저자가 읽기 쉬운, 대중 영합적인 글을 쓰고자 한다는 의미가 아니다. 대담자에 대한 존중은(독자 또한 대담자인 것이다) 의사소통을 전제로 할 때 가능한 것이다. 대담자에 대한 최고의 존중은, 자기 자신과 이야기를 나누고 있는 듯한, 그런 언어로 상대방과 이야기 하는 그때에, 생겨난다. 반대의 경우, 동료에게서도, 수강자에게서도, 학생에게서도 신뢰나 이해를 얻기 힘들다. 아마도, 독자 역시 그러할 것이다.

이 책은, 물론, 비단 문학사에서뿐만 아니라, 우리 문학에서 끊임없이 고민해 왔던 '왜?'라는 질문을 덮어 버리자고 주장하는 것도 아니고, 그럴 수도 없다. 이 책에는, 오히려, 우리의 보편적인 민족사가 반영되었던 문학 과정에 나타난 '이상한' 현상들을 서술하고, 문제를 제기하고자 하는 시도를 담고 있다.

이러한 이상하고 비논리적인 현상들 중에는 **본토 문학**과 **지하문학, 그리고 망명문학**이라는 세 가지 하위 체계의 궤적을 따라 발전해 온 20세기 러시아 문학의 본질이 있다. 이 세 가지 하위체계는 자주 서로 대립하면서 비슷하게 발전해 왔지만, 공통적인 역사적 기반에 뿌리를 내리고 있는 것들이었다. 체계들 사이의 차이는 각각의 발생과 존재양태를 규정했던 구체적인 역사적 상황들에 의해서 발생하였다. 각각의 체계는, 왜곡된 문학 외적인 현실 속에서도, 괄목할 만한 문학적 현상들을 발현시켰다. 세 가지 문학의 갈래 사이에는 자연스러운 상호 교류가 없었고(혹은 매우 어려웠고), 예술적 발전의 원천이 되는 창조적인 상호작용도 없었다. 체계들이 공존한다는 사실 자체가, 정상적인 문학 발전의 관점에 입각해서 볼 때, 이상하고 비논리적인 것이었다.

망명 문학은 민족 문학의 존재 가능성 자체가 부정될 수도 있는 조건들 속에서 창조되었다. 말도 다르고 문화도 달랐으며 작가가 고려하고 있는 독자층도 매우 한정될 수밖에 없었다. 그러나 전 대륙에 흩어졌던 러시아 이주민들은 불가능한 것을 창조해 내었다. 그들은 자체적인 출판사, 신문, 잡지, 사회 문화적 생활양식을 갖춘 러시아 이주민 센터를 만들어 내었다.(러시아적인 베를린, 하얼빈, 프라하); 다른 나라의 말을 사용해야 하는 해외에서 창작 활동을 해왔던 다양한 세대의 작가들이 생겨났다; 스스로를 러시아 인이라고 생각하며 그리고 러시아어를 모국어로 간주하는 사람들로 2, 3세대를 교육시킬 수 있었던 독자층도 형성되었다.

민족 문학의 다른 두 개 부문들은 여기, 본토에서 발전해 왔지만, 그러나 그 발전은 근본적으로 다른 상황들의 규정을 받았었다. 이 부문들 중 하나가 지하문학인데, 이 부문은 자신의 작품을, 이념적으로나 정치적인 고려에 따라, 원칙적으로 발표하기조차 원치 않았거나, 발표할 가능성을 갖지 못했던 예술가들에 의해 창조되었다. 80년대 말, 이러한 문학의 흐름이 잡지에 쇄도했을 때, 30년대의 A. 쁠라또노프의 장편소설『체벤구르』,『건축공사기초』나 60년대에 먼 훗날 사후에 발표될 것이라는 희망을 갖고 쓴 A. 뜨바르또프스키의 뽀에마『다른 세대에서 온 당신에게』, 작가와 그의 동료들이 은밀하게 따로 암기하여 썼던 M. 불가꼬프의『거장과 마르가리따』, 또한 A. 아흐마또바의『레퀴엠』이나 A. 솔제니친의 여러 단편, 중편, 드라마들처럼, 출판사에 의해 거부당한 채 책상에 쌓여있던 초고들로 인해 소비에트 시대에도 러시아 문학이 풍요로웠다는 것을 확실하게 보여주었다.

20세기 러시아 문학의 세 번째 부문은, 우리나라에서 창작되었고, 발표되었으며, 곧바로 독자에게 소개가 되었던, 소비에트 문학이다. 하지만 소비에트 문학의 발전 역시 극적인 것이었다. 바로 이 부문이 극심한 정치적 압력을 받았던 것이다. 문학은 국가에 종속되어 있었다.

어떠한 문학 발전 법칙의 관점에서도, 20세기 러시아 문학을 구성하였던 세 개의 거대한 문학적 하위시스템의 존재 자체는 불가능한 것이었다. 왜냐하면 이 체계들은 자연스러운 상호작용도, 축적된 경험들을 교환할 수 있는 가능성도, 상호 영향력이나 공통된 독자층도 결여되어 있었기 때문이다.

이러한 문학 과정의 비논리적인 측면을 제외하고도, 20세기의 1/3분기는 여전히 이해할 수 없는 측면들이 많았다. 그 중 하나가 바로, 30년대 초 제기되었던 사회주의 리얼리즘이라는 '예술 언어'를 통해 모더니즘 미학(첫 번째로, 상징주의 미학)이 제기했던 20세기 초의 예술적 코드를 배제해버렸던, **예술적 패러다임의 교체**이다. 세기 초 '예술 혁명'의 결과를 부정했다고 볼 수 있는 이 변화는 매우 급속하게, 10여년 만에, 이루어졌다.

아마도, 이러한 현상들과 소비에트 시대 문학 과정이 체험했던 왜곡의 특성 자체는 문학 외적인, 사회-정치적 측면의 상황들에 의해서 보다 쉽게 설명될 수 있을 것이다. 실제로, 소비에트 시기 문학 과정의 특성은 **문학과 권력 간의 새로운 관계들**에 의해 규정된 것이다. 소비에트 권력은 처음부터 문학을 당과 정부의 지침을 보여주는 도구로서 검토하곤 하였다. 문학고유의 것이 아닌 선전과 이데올로기 기능이 문학에 강요되었다. 그 결과 어떠한 형태의 문학에도 당과 정부의 지침을 담아야 한다는 이데아가 생겨났고 실현되었다. 소비에트 정권 통치 내내 문학에 가해졌던 정치적 압력은 유기적이고 자연스러운 문학 발전 과정을 왜곡시켜 버렸던 것이다.

그러나 **문학외적인 사회-정치적 상황의 관점**에서 문학과정을 살펴보는 접근 방식만이 유일하고 완전한 것이라고 인정될 수는 없다. 문학은 20세기적인 예술 정신으로 현실을 변형하고 반영하고자 하는 고유의 내적인 발전 법칙들을 갖고 있으며, 그 법칙을 실현시키고자 노력하여 왔다.

현대의 문학사가들 앞에는(문헌학자는 물론, 전체 인문학자들에게도) 연구 대상을 바라보는 관점을 선택해야 하는 과제가 놓여있다. 특히 이 점은 20세기 러시아 문화를 이야기 할 때 중요한 대목이다. 그러나 모든 것을 완벽하게 설명할 수 있는 관점이 세상에 단 하나밖에 없는 것일 수 있겠는가?

20세기에서 21세기로 접어들면서 해결되지 않은 수많은 문제들이 있었고, 인문과학에서는 일종의 이데올로기적 공백 상태를 경험하였으며, (종교적 교리처럼) 올바른 관점이 단 하나는 아니라는 것을 공감하게 되었다. 이는 또한 철학적으로뿐만 아니라 윤리적으로도 확실한 정당성과 가치를 가지는 20세기 과학 발전의 결과이기도 하였다. 바로 20세기에 들어서서 단일 언어로 현상을 기술하는 것은 불가능하다는 생각이 과학적 근거를 얻게 되기도 하였다. 아인슈타인의 상대성 이론, 예술 작품 안에서 시간과 공간의 서로 연관을 맺는 주관적-객관적 특성을 밝혀내었던 M. 바흐찐의 흐로노또프 이론; 실험을 하고 있는 연구자의 관점이 물리적 대상의 행동 특징을 규정한다는 것을 증명했던 닐스 보어(Niels Henrik David Bohr, 1885~1962)의 '파동-개별 입자'에 대한 이원론(동일한 물리적 현상은 개별 입자로도, 파장으로도 움직인다. 그리고 차이는 대상의 상태가 아니라, 바로 연구자의 입장의 의해서 규정된다)은 다양한 관점이 추가될 수 있음을 예고하였고, 이는 인문과학의 영역에서도 적용되는 것이었다. Yu. 로뜨만은 다음과 같이 말하고 있다. "어떠한 이상적인 언어가 현실 묘사를 위한 최상의 메커니즘이 될 수 있다는 생각은 환상이다. 개별적으로는 외부 세계를 포착할 수 없는 복수 언어의 존재가 최소한의 작동 구조이다."[1] 역사와 문화 그리고 문학을 종합적으로 인식하기 위해서는 복수의 관점이 필수적이라는 생각은 후기 로트만의 저작들뿐만 아니라, 모스크바-타르투 학파에게도[2], - 아마도, 20세기에 생겨난, 때문에 방법론적 탐색의 최종판이라 할 수 있는, 우리나라 문예학의 최근 학파들까지도- 기본

---

1 Yu. 로뜨만. 문화와 폭발. 모스크바, 1992. 9쪽.
2 Yu. 로뜨만. 신사 여러분에게 고하는 의사표명인가 아니면 카드놀이인가?: 러시아 문화 기호학에 부치는 테제들 (러시아 문화 연구 프로그램)// Yu. 로뜨만과 따르뚜-모스크바 기호학파. 모스크바, 1994; B. 우스뻰스끼. 역사와 기호학; Historica sub specie semioticae// B. 우스뻰스끼. 선집. 1권. 역사 기호학. 문화 기호학. 모스크바, 1994.

지침이 되었다.

그렇다면 20세기 문학을 전체적으로 조망하는 관점들이 얼마나 될까? 유감스럽게도, 이상하다고 생각될 정도로 그렇게 많지 않다. 80년대와 90년대의 경계에서 소비에트 문학의 이데올로기적인 개념들은 순식간에 와해되어 버렸지만, 그러나 당시 아주 쉽게 형성되었던 '새로운 견해'[3]가 20세기의 문학에 대한 결론을 맺지 못했다는 것을 다시 한 번 기억해 보자. 마찬가지로 최근 10년 동안 씌어진 논문과 책들(대부분이 시의 적절했고 의미 있는 것이었다)에서도, 문학 과정이나 문화사, 그리고 20세기 정치사를 일반화하고 핵심을 짚어나가는 관점은 역시 뚜렷하게 나타나지 않았다.

80년대와 90년대의 경계에서 생겨난 오해 가운데 하나는 학자들과 비평가들이 소비에트 문예학에서 형성된, 30년대 중반부터 실제적으로 아무런 변화가 없었던, 과거의 이데올로기적 패러다임으로부터 벗어나려는 시도를 하려고 하지 않았다는 점과 연관을 맺고 있다. 이 패러다임은 사회주의 리얼리즘 이론에 의해 규정되었다. 이 이론은 소련 공산당 중앙위원회의 '문학-예술 조직 개편에 대하여'라는 지침이 내려졌던 이후인 1932년에 만들어졌고, 이미 50~70년대에 A. 메트첸꼬, A. 오브차렌꼬, V. 이바노프의 저작들에서 완성이 된 것이었다. 따라서 80년대와 90년대의 경계에서 발생했던 사회주의 리얼리즘에 대한 결사항전은, 본질적으로, 과거의 '전체주의적인 것들'을 극복하고자 하는 시도였고, 이는 새로운, '민주주의적인 것들'로 대체되었다. (Yu. 부루찐, V. 라끄쉰, V. 까르진, I. 졸로뚜스끼, N. 이바노바) 만일 문학과 문학비평에 대한 사회적 관심이 사라지지 않았다면, 아마도, '민주주의적 경향'을, 다른 관점에서, 예를 들면, 미학

---

3 소비에트 문학사: 새로운 견해: 2권. 모스크바. 1990.

적 관점에서 적절하게 문학사를 기술할 수 있는 새로운 패러다임을 형성할 수도 있었을 것이다. 이러한 일은, 우리가 알고 있는 바처럼, 발생하지 않았고, 또한 문학비평의 '**심미적**' 경향은 형성되지 않았다.

어쩌면 20세기 러시아 문학이 철학적 비평과 사회평론의 전통, 즉 V. 로자노프, N. 베르쟈예프, G. 페도또프, I. 일리인의 전통을 이어나 갈 수 있는 풍부한 자료를 제공한 것처럼 보일지도 모른다. 그러나 이러한 가능성 또한 현실화되지 않았다. M. 불가꼬프, A. 쁠라또노프, E. 자먀찐, 레오노프, 나보꼬프를 조명하는 수많은 책과 선집, 논문, 그리고 세미나와 컨퍼런스들은 이러한 예술가들의 창작이나 철학의 의미를 이해하는데 기여하였지만, 전체 문학의 흐름을 일반화 할 수 있는 근거를 제시하지는 못하였다.

그렇기 때문에, 비교를 통해 20세기 문학이 보여주고 있는 그 복잡한 시스템을 이해할 수 있는 가능성을 제공할 수도 있을 관점들을 아직 찾아 볼 수 없으며, 문학을 적절하게 기술할 수 있을 법한 메타언어들도 여전히 고안되지 못하고 있다.

그렇지만, 이러한 관점들에 대한 탐색은 필수적인 것이다. 그리고 더 많은 관점들이 제기되면 될수록, 더 많은 메타언어들이 창조되면 될수록, 한 세기의 문학과 문화적 총체는 우리 앞에 더 완전하게 모습을 드러낼 것이다.

정치적 상황, 정부의 압력, '당의 지침'이 러시아 문학에 영향을 주었는가? 틀림없는 사실이다. 은 세기의 예술적 경험이 만들어 냈고, 과거 두 세기의 경계에서 발생한 '예술 혁명'이 파생시켰던 20세기 예술 의식의 미학적 법칙성이 러시아 문학의 발전을 규정하였는가? 물론이다. 그렇기 때문에, 다음과 같은 문학을 기술하는 두 가지 원리를 간과하고서는 결코 러시아의 문학적 경험을 이해할 수 없는 것이다. 즉, 문화에 대한 정부의 정책이 어떻게 시행되었으며, 그 내용은 어떠한 것이었나에 대한 관점과 문학 발전의 미학적 합법칙성의 관점에서 살펴보아야 한다.

그러나 다른 관점들도 가능하다(필수적이기조차 하다). 그 중 하나가 소비에트 시대 초기에 형성되었으며, '독자-작가'의 관계를 근원적으로 변화시켰던 **사회문화** 상황에 대한 관심이다. 문학 과정의 이 두 중심 주체 사이의 상호작용은 혁명 이후 시기의 사회 문화적 상황을 반영하였던 20~30년대에 접어들면서 질적으로 다른 것이 되었다. 즉, 별다른 어려움 없이 문학과 문화를 즐기게 되었던 새로운 독자가 스스로의 문학관을 형성하였고, 이전과는 전혀 다른 작가의 형상을 출현시켰던 것이다.

또 다른 관점은 **러시아적인 민족적 특성을 구현하는** 영역들 중의 하나로서 문학을 수용하는 입장과 연관된 것이다. 이 관점은, 보충의 원리에 따라 이전 시기의 것과 상호 연관되면서, 러시아적인 정신세계라는 일종의 근원적인 특징의 규정을 받고 있는 것으로서 20세기 문학사와 문화사라는 현상을 고찰한다. 이러한 저작들의 방법론적 토대를 형성하고 있는 것이 구밀료프의 저작들이다.

이 책에서 저자는, 서로를 짓누르면서도 상호작용을 하고 궁극적으로는 우리 공통의 역사에 대한 입체적인 화폭을 제시했던 이 두 가지 관점이 어떻게 "작동" 될 수 있었는지를 보여주려고 하였다.

이 책의 구성도 이러한 방식을 따르고 있다. 제1장에서는 한때 단일했던 러시아의 민족 문화가 두 개의 하위문화로 분리되어 버렸던, 본질적으로 민족적 분열을 의미했던, 사회문화적 과정을 다루게 될 것이다. 3세기 전에 시작되었던 과정은, 비극적일 만큼 확고부동하게, 20세기의 1/3분기에 완료되었다. 1917년 두 번의 혁명은 그 결과였다. 어떻게 이 모든 것을 러시아 문학이 반영하였고 그리고 그 문학 자체는 어떠한 변화를 겪었는가를 고민해 보아야 한다. 그래서 우리가 다룰 근본적인 대상이 지나간 세기 1/3분기의 러시아 문학의 역사인 것이며, 문학이나 문학과 관련된 당 정책에 대해서 말할 때, 40~50년대 상황에도 관심을 기울여야만 할 것이다.

제2장에서는 20~30년대 "문화적 공백" 상황에서 창작 활동을 했던 작가들의 입장을 분석하게 될 것이다. 이 시기는 이전의 예술적 업적이 의혹의 눈초리를 받았고, 수많은 작가들이 혁명기에 새로운 독자층인 "대중의 일부인 인간"의 출현으로 인해 "시민권 상실자"가 되었던 시기이다. 이 독자는 사회적 행위에서나 일상적 행위에서 새로운 규범을 갖고 있었고, 스스로에게 맞는 새로운 작가와 새로운 문학을 요구하였다. 새로운 독자층은 또한 사회주의 리얼리즘 현상을 발생시켰던 사회적, 문화적 계층을 형성시키기도 하였다.

사회주의 리얼리즘을 다룬 제3장에서는 30년대 중반에 완성되었던 사회주의 리얼리즘 강령 제정이 러시아적인 사회문화적 상황에 의한 것이기도 했지만, 미학적 특성 자체에도 원인이 있는 것이었음을 중점적으로 조명할 것이다.

제4장에서는 지난 세기의 문학이 민족적 분열을 극복할 수 있는 길을 제시했던 바가 있었는가를 살펴보려고 한다. 이점에서 우리는 솔제니친의 창작에 관심을 갖게 된다.

목 차

제 1 장

분 리

분 리

20세기 러시아 문학사를 바라보는 관점을 세워 보고자 한다면, 연구자가 이러저러한 예술현상을 평가하고자 할 때 고려하고 있는 맥락을 여러 각도로 확대해서 살펴볼 수밖에 없다. 이러한 문맥은 오로지 역사나 문학적 흐름일 수도 없고, 미학 고유의 영역으로만 한정될 수도 없다고 생각된다. 그 맥락들은 보다 더 포괄적인 것이어야 한다. 이러한 포괄적인 맥락들 중의 하나를, 만일 문학을 **민족의식이 예술적으로 구현되는** 영역으로 본다면, 발견할 수 있을 것이다. 러시아의 민족적 특성이 복합적이고 모순적이라는 사실 자체가, 이미 서술되고는 있지만 아직 명쾌하게 설명하지 못하는 20세기 러시아 문학 현상들의 원천을 밝혀줄 것이다.

20세기 러시아 문화사는 한때 단일했던 민족 문화가 끊임없이 내적으로 분열되어가는 역사이다. 민족 문화 내부에 이전부터 있었던 두 개의 극점이 바로 20세기에 접어들면서 뚜렷하게 표출되었다. 그

중에는 서로를 반대하고 부정하면서 갈라졌던 본국과 해외를 거점으로 한 러시아 문화의 비극적 분열이 있다. 여기에는 또한 소비에트 문학, 특히 사회주의 리얼리즘 문학이 19세기에 확립되었던 과거 휴머니즘적인 전통을 근본적으로 부정하는데서 볼 수 있는 과거 유산에 대한 거부도 있다. 바로 이러한 과거의 문화적 경험에 대한 배척은 각 개인이나 사회 계급, 또는 전체 사회적인 측면에서 강압을 해체하거나 새로운 강압을 만들어 냈던 혁명을 절대 다수의 소비에트 예술가들이 받아들이게끔 하였다.

러시아 문화의 토대에 내재해 있는 내적 갈등들은 러시아 문학의 명성을 드높였고 혁명에 전적으로 충성했던 작가들을 정치적으로 탄압하는 극단적인 현상들로 나타나기도 하였다. 민중의 삶을 가장 깊숙한 곳까지 문학에 담아내고, 러시아의 민족적 자의식을 가장 선명한 전형으로 표현하였던 작가들(N. 끌류예프, S. 끌르이츠꼬프)과 모더니즘 계열의 예술가들(B. 삘리냐끄, E. 자먀찐, K. 바기노프, O. 만젤쉬땀)이 서로 운명을 달리 했다.

러시아 문화의 내적 긴장은, 러시아의 문명이 세계적 명성을 누렸던 최근 두 세기의 비옥한 토양에서, 사회주의 리얼리즘이라 불렸던, 사이비 예술 현상을 발전시켰고, 게다가 문학뿐만 아니라, 다른 예술에서도 이 현상을 관철시켰다는 점에서도 드러나고 있다. 실질적인 예술적 문학 경향이었던 리얼리즘적 경향과 모더니즘적 경향이 이 현상과 공존했다는 것 또한 적잖이 놀랄만한 일이다.

계속해서 열거해 볼 수 있는 이 모든 사실들은 결코 러시아의 역사를 '지그재그'식의 행로를 걸었다고만 해석할 수 없게 한다. 20세기 문학사에서뿐만 아니라, 문학사에서 우연성이란 것은 존재하지 않았다. 러시아 민족이 겪었던 일련의 역사적 상황에 의해 규정되었고,

러시아인의 의식 또한 형성하였던 어떤 법칙성이 끊임없는 분열 속에서 드러나고 있다.

러시아를 한평생 연구했던 해외의 러시아 철학자 I. 일리인은, 우리 시대 러시아 역사의 비극적인 분열과 그 중 가장 중요한 것이라 할 수 있는 혁명에 대한 고찰하면서, 다음과 같이 쓰고 있다: "혁명이 *정신적 파멸, 종교적 빈곤, 애국적 정신적 측면에서의 러시아 민족 정신의 쇠퇴였다*는데 어떤 의심도 가져서는 안 된다." 최초의 그리고 가장 큰 희생자가 러시아 민중이었는데, 왜냐하면 "혁명은 러시아 대중들의 열망을 충족시켜 준 게 아니라, 환멸만을 주었고, 그들을 설득하지 못하였기 때문이다 〈…〉. 민중은 신이 사라진 냉혹한 세상을 살아가야 했고, 느리게나마, 분산되고 무장 해제되어 땅을 빼앗긴 뒤에야, 아주 천천히, *그들을 겨냥한 혁명이 진행되고 있다는 것, 그들 스스로가 전례 없는 노예상태, 가난과 기아 또는 죽음과 다름없는 상태에 처해있다는 것*을 깨닫기 시작하였다[4]. 일리인이 역사적인 우연성이나 이러저러한 역사적 인물의 특성이 아니라, 러시아적인 민족의식 깊숙한 곳, 민중 의식에서 설명을 찾고 있다는 점은 이채롭다. 러시아 혁명이 우연한 것이 아니라는 점, 그 원천이 민중에게 있으며, 그 특성은 러시아적인 민족성의 어떤 중요하고 기본적인 특징들에 의해 예정된 것이란 점을 통해서, 철학자는 "러시아에서의 공산주의 혁명은 파괴와 재앙이 결합된 것"이며, "이와 유사한 인간의 역사는 어디에서도 찾아볼 수 없다"는 사실을 설명하고 있다.

도대체 러시아 민족적 특성의 어떤 측면들이 20세기 러시아 운명의 비극적 전환을 설명할 수 있는 것인가? 언제, 어떻게 그리고 무엇에 의해서 이 특징들이 형성된 것인가?

---

4 I. 일리인. 고독한 예술가, 논문, 연설, 강의. 모스크바, 1993, 219쪽.

1. '러시아적인 이데아'

'러시아적인 이데아'를 담고 있는 것이 위대한 문학이다. 해외에서 창작되었거나 최근 본국에서 유명해졌던 철학과 문화논리학 분야의 저작들에다가, 지금 그리고 여기에서 씌어진 저작들이 보태어지고 있다. 이 저작들에서는 러시아적인 의식과 러시아 문화의 가장 다양한 측면들이 제기되고 있다. 러시아만의 독특한 철학을 다룬 오체르크의 저자 V. 반추고프가 이미 "〈러시아 학〉이라는 학제 간 연구를 위한 충분한 소재가 축적되었다"[5]라고 말하고 있는 것이나, 특별한 정신 상태로서 러시아적인 우울증을 고찰하고 있는 N. 류보미로바의 저작에서, 20세기 말 러시아 사회학에 '우울학과 우울철학'이라는 분과를 갖춘 '러시아 국학'을 설립할 것을 제안하고 있는 것[6]은 다 이유가 있는 것이다. 민족의식이라는 관점에서 러시아의 모든 면모를 살펴보려는 시도는 해외에서 출판된 러시아인들의 책에서 살펴볼 수 있다. "러시아와 러시아의 철학적 문화"라는 선집의 서문을 쓴 저자들과 "10월 혁명 후 해외의 러시아 철학자들"은, 망명문학이 "역사, 철학, 사회학과 신학이 종합된, 문화학적이면서 철학과 역사를 겸비한, 또는 역사철학적이거나 종교철학적인 독특한 러시아 학"을 창조하였다고, 생각하고 있다[7]. 실제로, '러시아의 사상'을 담은 위대한 문학에서는 '러시아의 세계관'과 '러시아의 사상'(S. 프랑끄)에 대해, '러시아의 인물'(G.

---

5 V. 반추고프. '독창적인 러시아의' 철학사 오체르끄. 모스크바, 1994. 8쪽.
6 N. 류보미로바. 러시아적 우울증의 마술//평행선(러시아-동양-서양): 비교철학모읍집. 모스크바, 1991. 1호. 32쪽.
7 M. 마슬린., A. 안드례예프. 러시아의 이데아에 대하여. 러시아와 그 철학적 문화를 다룬 해외 러시아 사상가들// 러시아와 러시아 철학적 문화에 대하여. 10월 혁명 이후 해외 러시아 철학자들. 모스크바. 1990. 11쪽.

페도토프)에 대해, '러시아인의 정신'과 '러시아의 정신'(N. 베르쟈에프)에 대해, '러시아 사회주의'(A. 게르쩬)와 '러시아 공산주의'(N. 베르쟈에프)에 대해, '러시아의 자연환경'(V. 오도예프쩨프)에 대해, '삼위일체적인 러시아 정신'(S. 아스콜리니코프)에 대해, '러시아의 문화적 전통'(P. 밀류코프)에 대해 말하고 있다. 최근 두 세기에 걸쳐 모종의 신화, 즉 일종의 '민족 형이상학'이 창조되었다는 것을 확인해 볼 수 있는데, 이 학문의 탐구 대상은 러시아 민족 안에 구현된 어떤 본질이다. 이러한 본질과 그 방법론에 대한 연구 방식은 또한 지극히 다양하다: E. 뜨로쯔끼는 60~80년대 문학을 개괄하는 평론에서 '러시아의 이데아'를 말하고 있고[8], B. 우스뻰스끼는, 모스크바–타르투 기호학파 특유의 방식으로, 러시아적인 의식과 문화학적 측면에서 이 의식이 언어, 문학, 역사에서 어떻게 발현되고 있는가를 연구한다[9]. Yu. 로뜨만 또한 바로 이러한 작업에 참여하였다[10].

'러시아 이데아'의 본질을 연구하는데 완성도를 따지는 것은 불가능하다. 왜냐하면 "러시아를 이해하는 작업은 완료되지 않았으며, 아마도, 미완성으로 남을 것이기 때문이다"[11]. 이 문제를 과학적으로 연구하는데 참여한 모든 이들이 납득할 수 있을 만한 입장들을 몇 가지로 정리해서 이야기하는 것조차 어려운 일이다. 90년대 중엽에 리하초프는, 러시아를 유라시아 대륙으로 보는 모든 입장들이 근거하고 있는, 러시아 문화 내부에는 동양과 서양이 서로 대비되어 결합되어 있다는, 일견, 확고해 보이는 개념을 반박하는 사상을 피력한 바 있다. D. 리하초프는 '동과 서'가 아니라, 바로 '남과 북'의 대비가 러시

---

8 E. 뜨로쯔끼. 러시아 이데아의 부흥. 사회–철학적 오체르끄. 모스크바. 1991.
9 B. 우스뻰스끼 베.아. 선집. 1권. 역사의 기호학. 문화의 기호학. 모스크바. 1994.
10 참조: Yu. 로뜨만과 모스크바–타르투 기호학파. 모스크바. 1994.
11 V. 반추고프. '독창적인 러시아' 철학사에 관한 오체르끄. 8쪽.

아의 역사와 정신에 중요한 의미를 가지는 것이라고 주장한다.[12]

러시아의 이데아, 러시아적인 특성, 문화에 대해 썼던 모든 사람들이, 아마도, 일치할 수 있는 유일한 것은 그 이데아의 상호 대비성, 모순성, 이중구조 또는 다중구조일 것이다.

바로 이러한 러시아적인 의식의 다중성과 모순성이 우리의 관심의 관심을 끈다. 우리는 러시아적인 정신의 몇 가지 구체적인 특징을 상술하고, 어떠한 역사-문화적 상황들이 이 특징들을 규정했었는지를 지적해보고자 한다. 이와 함께 우리의 과제는, 의식구조 또는 정신적 특질이라는 개념 자체가 이미 문화학에서 규정되고 있기에, 어느 정도 간편할 수 있었다[13]. A. 구레비치는 말하기를, "정신적 특질이란 사회 심리적인 지향이자, 인식의 방식이고, 느끼고 생각하는 방법이다. 정신적 특질은 사상가나 이론가들의 합목적적인 지적 노력에 의해서 체계화되거나 고려되지 않았던 집단의식이 일상적으로 발현하는 모습을 표현하고 있다. 정신적 특질 층위에서의 이데아란 개별 의식에 의해 파생된 자체 적으로 완성된 정신적 구조가 아니라, 일정한

---

12 참조: D. 리하초프. 결코 자기 자신으로부터 벗어날 수 없다. 역사적 자기 인식과 러시아의 문화//노브이 미르. 1994. No. 6.

13 정신적 특질(ментальность)의 범주에 대한 연구는, 30년대에 프랑스에서 출판되었던, 『연보』라는 잡지와, 그리고 잡지를 둘러싸고 형성되었던 학파인 '새로운 역사학'과 연관을 맺고 있다. 그 방법론과 고도의 생산성에 대해서는, 예를 들어, M. 블록의 책『역사의 변명 또는 역사가라는 직업』(모스크바, 1986) 또는 I. 헤이젱가의 『중세의 가을. 생활양식의 형태 또는 사고의 형태 연구』(모스크바, 1988)라는 책으로 판단해 볼 수 있다. M. 바흐찐의 저작『프랑수아 라블레의 창작과 중세 그리고 르네상스 시기의 민중 문화』은 러시아 학계에서 정신적 특질ментальность 연구의 초석을 놓았다. 현대 러시아 문화학에서는 A. 구레비치의 책들(중세 문화의 카테고리. 모스크바. 1972, 1984; 역사적 종합과 '연보' 학파. 모스크바. 1993), B. 우스뻰스끼, 뱌체슬라프 이바노프, V. 또포로프, A. 잘리즈냐끄의 논문들이 괄목할 만하다. 또한 20세기 문화학:백과사전. 쌍뜨 뻬쩨르부르그. 1998. 2권. 25~27쪽; A. 므일리니꼬프. 러시아 문화의 정신적 특질에 대하여: 일원론 또는 다원론(인문연보. 쌍뜨 뻬쩨르부르그. 1996. No 1.)도 참고할 만하다.

사회적 환경과 같은 종류의 이데아에 대한 지각이며, 이러한 이데아들을 무의식적으로 그리고 아무런 통제 없이 변형시키고, 왜곡하며, 단순화시키는 지각을 말한다. 정신적 특질은, 특별한 법칙성과 리듬을 갖추고서, 본래적 의미에서의 이데아의 세계와 서로 상충하면서 간접적으로 연관된, 그러나 다소라도 그 세계로 귀착되지는 않는 자체의 특별한 영역을 형성하고 있다"[14]. 민족적 특성이 발현되는 형식들 중의 하나인 정신적 특질은 역사적, 사회적, 지리적, 인종적 특성에서 비롯되는 일정한 요인들의 영향 아래 수백 년 동안 형성된 것이다.

'러시아의 이데아'를 조명하는 문학에서는, 러시아적인 성격을 형성하였고 그리고 그 성격을 오늘 날의 그것으로 만들었던, 이미 일반적으로 인정이 되고 있는 몇 가지 핵심적인 계기들이 드러난다. 이 논문에서는 주제와 연관된 가장 핵심적인 두 가지를 다루게 될 것이다. 하나는 공간적인 측면으로, 지리적 위치나 '눈에 익은 경치'(L. 구밀료프의 용어)에 의해 규정된 것이며, 다른 하나는 역사적인 계기와 연관된 시간적인 것이다.

눈에 익은 경치의 가장 중요한 특징은, 우선 먼저, 끝없이 펼쳐지는 러시아의 공간을 들 수 있다. 유라시아 대륙을 사실상 무한하게 돌아다닐 수 있다는 가능성과 수 세기 동안의 러시아 북부와 동부에 대한 개척은 하나의 특징을 형성하였고, 이 특징 없이는 러시아적인 의식, 구세주 신앙, 확고한 권리를 가지고 있다는 느낌과 어떤 위대한 진리를 알고, 그 진리를 현실에 구현하며 다른 사람에게 전파해야

---

14 A. 구레비치. 역사인류학적인 문제로서의 죽음: 해외 사료편찬에서의 새로운 경향에 대하여// 오디세이. 역사 속의 인간(사회 역사학과 문화역사학에 관한 연구). 모스크바. 1989. 115~116쪽.

한다는 의무를 결코 이해할 수 없다. 구세주 신앙의 자연스런 결과가 유토피아주의이다. 구세주 신앙으로 현실을 재건해야 한다는 보편적인 이데아는 유토피아적인 것이 되지 않을 수 없었다.

역사적인 계기는, 보편적인 견해에 따르자면, 뾰뜨르 대제 시대와 연관을 맺고 있다. 서구로의 근원적인 방향전환은, 몇몇 철학자들의 사상에 따르자면, 태고적부터의 순수한 역사 발전의 합법칙성을 무너트려 버렸고, 민족의 운명을 뒤바꿔놓아 자연스러운 러시아적 발전경로를 막아버렸던 것이다. 이러한 견해의 반대자들은 뾰뜨르 개혁이 본질적이며 필연적인 것이고 러시아에 유용한 것이라고 주장한다. 그러나 양측의 주장들은, 17~18세기 경계의 개혁이 국가에 서로 대립하는 두 사회 계급을 형성시켰고, 민중과 귀족, '자연'과 '문명'을 갈라놓았다고 보는 점에서는 일치한다. 이렇게, 국가는 두 개의 적대적인 진영으로 분열되었고, 두 진영 사이의 간극은 단지 소유나 경제적 지위에 의해서, 또는 원칙적으로 상이한 두 개의 문화적 전통에 대한 귀속성에 의해서만 결정되었던 것은 아니다. 그 간극을 넓혔던 것은 고대 모스크바 공국이나 끼예프 루시 시대로 거슬러 올라가는 두 가지 다른 유형의 의식이 양대 진영에 실재한다는 점에도 있다. 결국 그 간극은 민족의 역사적 전통, 즉 몽고족 지배에서 모스크바 공국에 이르는 아시아적 전제정치의 전통과 러시아 역사에서 끼예프와 노브고로드 시기와 연관된, 그리고 뾰뜨르 대제 이후 뻬쩨르부르그 시기로 계승되었던 유럽적인 전통에 동일하게 뿌리를 내리고 있는 두 개의 서로 모순되는 민족적 유전인자에 의해서 결정되었던 것이다.

동일한 인간의 의식에서 조차 제멋대로 얽혀있는 두 개의 상반된 유전인자에 의해 규정된 러시아적인 의식은 오늘날 러시아의 역사에서 많은 것들을 보여줄 수 있다.

20세기 러시아 역사-문화적(그리고 문학적) 발전의 몇 가지 특수성을 이해할 수 있는 열쇠를 구밀료프의 책들에 담겨있는 역사적 구상들이 줄 수 있다. 그리고 비록 L. 구밀료프가 도입했던 카테고리들, 즉 '체계'와 '반체계', '문화적 소멸', '키메라', '키메라적인 문화 구성'이 일반적으로 인정되고 있는 것들은 아니지만, 이 카테고리들은, 특히, 소비에트 시기 러시아의 역사-문학적 소재에도 적용될 수 있다.

L. 구밀료프의 역사-철학적 구상은 두 개의 문화, 다시 말해 인종적으로 다른 문화가 만날 때 가능한 상황들을 다루고 있다[15]. 아주 자주 그러한 충돌은 서로의 문화를 소멸시키고, 그 자리에 키메라적인 문화라고 구밀료프가 명명했던 반문화를 출현시켜왔다. 이 문화는, 키메라처럼, 자체 내에 이러저러한 특징들을 결합하고 있었고, 그러나, 그 특징들은 이전에 가지고 있던 고유한 의미와 내용이 결여된 것 이었다[16]. 수많은 인종들의 제각기 다른 문화들이 충돌을 빚으면서 발생한 키메라적인 이데올로기 구성이 형성되기 시작한다. "살아있는 모든 것, 아름다운 모든 것을 말살"시키고자 하는 일종의 독특한 "부정적인 생태학 체계"가 생겨난다. 그 체계는 독특한 문화 현상을 만들어 냈고, 그것을 구밀료프는 **키메라적인 문화**, 혹은 **키메라**[17]라고 부른다.

---

15 참조: L. 구밀료프. 인종기원과 생활권역. 레닌그라드. 1990. 참조:『인종기원에서의 부정적 의미들』,『생활권역의 양극성』.

16 "키메라를 지배하고 있는 것은 서로 합치 될 수 없는 행동양식이 아무런 체계 없이 결합된다는 점이며, 한 사회를 지배하고 있는 기호, 견해 그리고 관념들이 동일한 정신세계 내에서 완전한 카오스를 경험하게 된다." (L. 구밀료프. 인종영역: 인간의 역사와 자연의 역사. 모스크바. 1993. 533쪽).

17 사자의 머리 염소의 몸 뱀의 꼬리를 하고 불을 뿜는 그리스 신화속의 동물 이름에서 유래하는 것으로서, 서로 다른 종끼리 결합시켜 새로운 종을 만들어내는 기술을 말함. 이종결합. ─ 역자

I. 일리인은 전례 없는 현상이었던 러시아 혁명의 외적인 비논리성을 이해하고 설명하고자 하면서, 20~30년대 러시아의 사회적 배경을 형성하고 있었던 키메라적인 구성에 대한 사회정치적인, 그러나 아주 정확한 규정을 내리고 있다. 이 규정은 이미 다른 역사적 시기와 연관된, 그리고 다른 역사적 소재를 다룬 역사가의 결론들을 미리 예견하고 있는 듯하다. 일리인은 생각하기를, "이전 시기에 사람들은 권력과 재물을 원했었고, 이 때문에 범죄나 죄악을 저지르곤 하였다. 오늘 날 권력과 부를 획득한 코뮤니스트들은 우리나라 최고의 사람들을 *제거*하는 일에 전념하고 있다; 〈…〉 그들이 과제로 삼고 있는 일은, 공산주의적으로 생각하지 않는 사람들, 종교를 믿고 있는 사람들, 조국을 사랑하는 사람들, 모두를 없애버리는 것이다; 그리하여 오로지 스스로의 노예들만이 남게 되었다. 이를 위해 그들은 요원들을 훈련시켰고, 죄 없는 사람들의 고통을 즐기는 새디스트들과 망나니로 가득 찬 세대들을 육성하였다. (지금도 계속해서 육성하고 있다) 그리고 이 모든 것이 상식을 벗어난 키메라를 위해, 어리석은 유토피아를 위해, 기만 말고는 사람들에게 아무 것도 약속하지 않는 가장 큰 저속함을 위해서 행해지고 있다."[18]

문명의 역사에서 L. 구밀료프가 기술하고 있는 반체제는, 만약 그 것이 수 세기, 수천 년 동안 분화되어 온 것일지라도, I. 일리인이 명명했던 것과 같은, 그 체제에 필수적인 공통의 특징들을 가지고 있다. "모든 반체제적인 이데올로기와 이론들은 하나의 중심적인 지향을 통해서 결합 된다. 즉 그것은 이러저러한 추상적인 목표를 위해서 복잡하고 다양한 현실 세계를 부정한다"[19]. 이러한 이론들은 세계를 변화

---

18 I. 일리인. 고독한 예술가. 218쪽.
19 L. 구밀료프. 인종영역: 사람의 역사와 자연의 역사. 494쪽.

시키자고 호소하면서, 실제로는 그 세계를 와해시키고 있다. 게다가, 반체제 진영에서 우위를 차지했던 것은 미래파적인 시간 감각을 가진 사람들이었고, 그것은, 아마도, "자연과 문화를 소멸시키고자 하는 요구로 표출되었던", 특별한 "행동의 신드롬"[20]을 형성하는 유토피아적 구상이 기원할 수 있는 전제들을 창조하기도 하였을 것이다.

이러한 특징들이 미래지향적이고 세계를 급속도로 개혁하고자 하는 갈망과 과거와 절연하고자 하는 갈망을 가졌던 혁명적 세계관의 성격을 규정하고 있다는 것은 어렵지 않게 알아챌 수 있다. 여기에서 때때로 혐오의 감정까지도 보여주었던 현존 세계에 대한 불인정이 연유하였다. 그러한 의식은 완전히 파괴하고 난 뒤 빈자리에 쌓아 올려야 할 것에 대해서는 확실한 계획을 갖지 못한 채 파괴하고자 하는 확고부동한 희망만을 가진 것이었기에 극히 유토피아적인 것이 되었다. 파괴할 수 있는 권리를 갖고 있다는 점은 의심의 여지가 없는 것이었는데, 왜냐하면 과거의 역사는 끔찍한 것이라고 생각되었고, 미래는 값비싼 희생을 치르고서 얻어지는 것이라는 주석 만 달면 될 정도로, 미래에 펼쳐질 현실이 매우 낙관적으로 그려졌었기 때문이었다. 그러나 그런 현실에 대한 인식이 결코 유토피아적인 프로젝트를 실현하는데 장애 요소가 될 수는 없었다.

이러한 세계관이 가장 크게 예술적으로 구현된 것은 소비에트 문학이었다. 예를 들어, N. 오스뜨로프스키와 B. 뻴리냐끄, A. 베셀르이와 A. 파제예프, M. 솔로호프와 M. 고리끼와 같은 매우 다양한 예술가들이 제시하고 있는 혁명에 대한 구상은 단일한 것이었지만, 서로 모순을 가지고 있는 것처럼 여겨지는 두 개의 측면들을 자체 내

---

20 같은 책. 343~344쪽.

에 내장하고 있는 것이었다. 한편으로, 혁명은 익숙한 생활양식의 파기를 자체 내에 포함하는 (일상적이고 인간에게 가장 가깝고 따뜻한 가정의 붕괴에서 전체 세계의 지형까지도 뒤흔드는) 사회적 지각 변동으로 완결되었다. 변혁은 혼란스러웠고, 강압적이었으며, 유혈과 잔혹함을 동반하였다. 다른 한편으로, 이 모든 것은 모종의 추상적인 아름다운 미래를 위하여 무조건적으로 받아들여졌다. 왜냐하면 잔혹과 피 너머에는 새로운, 밝고 아름다운 삶을 향한 길이 숨겨져 있었기 때문이었다. 정상적인 사람들이 갖고 있는 인간적 도리의 근간마저 부정하는 어떠한 범죄라도 저지를 수 있었고, 혁명적 이상으로 고무된 그들의 의식은 동시대의 독자를 감동시켰다. 왜냐하면 이러한 유형의 의식은 현존 세계에 대한 증오감과 어떠한 희생을 치르더라도 이 세계를 뒤집어엎겠다는 희망을 기초로 하고 있기 때문이었다. 이러한 유형의 세계관이 사회주의 리얼리즘 미학에서 예술적으로 입증된다.

'키메라적인 문화'는 기형적이며 구겨진 모습으로, 그것이 기원한 곳의 문화적 특징들을 자체 내에 내장하고 있었다. 그 문화들은, 그러나, 이전의 내용이 빠져있었으며, 문화들의 결합은 비논리적이고 아무런 의미를 갖지 못했다. 이따금씩 나타나는 형식적 요소들의 이해하기 힘든 뒤얽힘 속에서 키메라적 요소가 가장 뚜렷하게 드러났고, 이러한 혼재는 종종 희극적으로 보이기까지 하였다. 즉, 예를 들어 보자면, 50년대 고층 건물의 현관 주랑에, 소비에트 시대의 상징들인 망치나 이삭, 설계용 제도기를 손에 쥐고 서 있는, 고대 그리스 로마 시대의 것과 유사한 인물들, 혹은 지식인들조차 가끔은 읽기가 힘든, 건물 정면에 부조된 대리석으로 된 로마 숫자들이 그러하다. 하지만 중요한 것은 그것들이 이전과는 정반대의, 완전히 새로운 의미를 가지는 것처럼 보인다는 사실이다. 즉, 예를 들자면, 톨스토이적인 심리기법에 관심을 갖고서 그 기법을 형식적으로나마 차용했던 A. 파제예프는 결코 L. 톨스토이의 휴머니즘적인 전통을 답습하려고 하지 않았다. 반대로, 휴머니즘적 전통을 대신하여 반휴머니즘적인 이상을 그는 주장한다; '위'와 '아래'가 뒤바뀌어버린다; 살인이 최고의 사회적 필수 덕목으로 정당화된다; 잔혹한 행위가 선행으로 해석된다.

데미안 베드느이와 Yu. 리베진스끼 혹은 비슈네프스끼와 L. 아베르바흐조차 러시아 문학사의 한 사실로서 기록될 수 없었으며, 그들의 윤리학적인 그리고 전체 세계관에 입각한 구상들은, 만약 그들이 스스로의 입을 통해 말하지 않았다면, 문학사는 물론이고 역사의 표면에 드러나지 못했을 것이다. 이들의 저술에는 러시아의 민족적 특성이 살아 숨쉬는, '러시아적 토양'의 대표자들이나 '문명'의 대표자들에게 똑같이 특징적인 원리가 반영되어 있다.

사회주의 리얼리즘 미학은 개인이나 그룹 혹은 '당'이 보다 나은 세상을 만들기 위해 세계를 강제적으로 개혁할 수 있는 권리를 갖고 있다고 주장한다. 여기에는, 본질적으로, 세기 초 러시아적인 의식-예컨대, 사건의 목격자 모두가 정확하게 기억하고 있는 2월 혁명 초기에 나타난 기쁨에 들뜬 낭만적 분위기-을 특징지었던, 모두가 혁명을 무조건적으로 받아들이는 것처럼 보였다는 점에 그 원인이 있기도 하다. 이러한 사회주의 리얼리즘 미학의 이상은, 아마도, 러시아의 민족적 특성의 몇 가지 측면들과 잘 어울렸었기에, 20~30년대 러시아 문학에 정착될 수 있었다. 이러한 측면들이 **러시아적인 유토피아**라고 부를 수 있는 현상들을 낳았다.

유토피아적인 세계를 그리는 러시아인들의 능력은 놀라운 것이다! 러시아 인들이 공통적으로 갖고 있는 구세주 신앙이라는 견고한 토대

위에 구축된 유토피아 사상은 모든 소비에트 문학의 근본적인 미학적 개념이 되었고, 사회주의 리얼리즘이라는 명칭을 얻었던 미학 체계를 형성하도록 하였다.

유토피아주의란 절대적이고 이상적인 것에 대한 지향의 극단적인 표현이다. 러시아적인 의식이 갖고 있는 이러한 특징을 까르사빈은 다음과 같이 매우 정확하게 특징짓고 있다: "러시아 인은 절대적인 이상 없이는 존재할 수 없다. 비록 너무나 순진하게도 전혀 비슷하지도 않은 것을 자주 이상이라고 여기고 있긴 하지만 말이다. 만약 어떤 러시아아인이 종교적이라면, 그는 금욕주의나 그리스 정교 또는 그 밖에 다른 종교에 빠져들 수 있겠지만 그 어떤 경우든 극단에 이른다. 만약 그가 절대적 이상을 칸트 체계로 바꾼다면, 그는 현상학적 입장에서 외부 세계를 증명하기 위해서 5층 건물의 창밖으로 뛰어나가려 할 것이다. 〈…〉 러시아의 사회 활동가는 반드시 근본 자체에서부터 모든 것을 바꾸려고 한다. 절대적인 것이란 없다거나(절대적인 것의 부정 자체를 그는 절대적인 것, 즉 일종의 도그마로 만들 수 있다) 또는 이상이 실현되기 어려운 것이라는 점을 그에게 증명한다면, 그는 곧 모든 삶의 희망을 잃을 것이다."[21] 세상을 대하는 태도로서의 유토피아는 일종의 절대성에 기초하지만, 그러나, 즉각적인 현실 구현을 요구하는, 이데올로기적 표현이다.

실제로, 오늘날에도 문명화된 러시아는 얼마나 많은 유토피아적 구상을 만들어내고 있는가! 한편으로는, 도스토예프스키의 휴머니즘적인 유토피아와, 다른 한편으로, 공산주의적인 유토피아는 20세기 초 유토피아적 지향의 두 극단이었다. 그러나 이 두 지향은, 전자가 인류애와 창조적인 파토스를 갖고 있었지만, 후자는, 세기 말에 접어

---

21 L. 까르사빈. 동양, 서양 그리고 러시아의 이데아. 쌍뜨 뻬쩨르부르그, 1922. 77~78쪽.

들면서 확실해졌던, 파괴적인 것이었고, 또한 전자가 특수한 러시아적 철학의 산물이었지만, 후자는 서구에서 유입된 것이었다는 서로 간의 커다란 차이에도 불구하고, 모종의 공통적인 원리를 갖고 있었다. 바로 이러한 원리들 덕분에 이 두 지향은 러시아적인 의식으로 자리 잡을 수 있었고, 러시아적인 민족적 특성에 부합되었으며, 러시아적인 심리에 어울리는 것으로서 받아들여질 수 있었던 것이다.

유토피아는 러시아 민족적 정체성의 근원이 될 수 있는 자질들을 드러내고 있고, 이 유토피아 속에 개별적인 러시아인들이나, 러시아 전체에 특징적인, 현실을 대하는 러시아적인 특별한 방식이 감춰져있다. 이것은, 외부에서 유입된, 매우 다양한 유토피아 사상을 러시아인들이 받아들이는 능력이나, 현실에 곧바로 유토피아를 구현하고자 하는 노력 속에서 유토피아적 이상을 만들어내는 능력에서 잘 나타난다.

현실에 대한 개인과 사회의 관계를 규정하는 개념으로서의 유토피아는 사회와 자연이 완벽하게 조화를 이루는 이상향이, 과거나 미래라는 시간 속에서든지, 혹은 멀리 떨어진 공간 속에서든지, 실재한다는 것을 전제로 하고 있다. 그곳에서는 인간 사회와 자연이 완벽하게 균형을 이루고 있으며, 사람들 사이의 관계는 선과 정의를 기반으로 하고 있다. 우리들 앞에는 오랜 기간 동안 완성을 향해 조금씩 다가가는 이상이 아닌, 그 자체로 완성된 세계라는 이상이 펼쳐진다.

독일의 연구자, G. 귄터의 사상에 따르면, 세계의 문명은, 서로 시간과 공간적 측면에서 차별성을 갖고 있는, 유토피아에 대한 두 개의 기본 모델을 보여주고 있다. 첫 번째 유형과 관련된 것은, 사각형이나 동심원 등등과 같이 정확한 기하학적 형태를 갖고 있는, 소위 공간적인 유토피아들이다. (그런데 '유토피아'라는 말은 공간적인 개념에 입각하고 있는 것이다) "도형의 대칭은, – 연구자는 기술한다,

- 앞으로의 완성이 아닌, 완전무결함이라는 이상을 상징한다. 유토피아적인 도시는 제의(祭儀)적인 중앙의 한 점에서 바퀴살 모양으로 뻗어나가는 공간구조이다. 도시의 공간, 그 구조와 도시를 가득 채운 객체들은 일정한 의미와 미학적 자질들이 부여되어 있으며, 그런데 이보다 훨씬 중요한 것은 최고의 가치를 지시하는 그것의 기능들이다. 최고의 것과 유용한 것이 불가분의 조화로운 결합으로 나타난다. 이것은 도시 자체적인 측면에서뿐만 아니라, 도시를 둘러싸고 있는 전체 우주적인 맥락에도 관련된 것이다."[22]

유토피아의 또 다른, 러시아인의 의식에 훨씬 특징적인, 유형은 머나먼 공간 속에, 또한 보다 더 중요한 의미를 가지는, 먼 미래나 과거라는 시간 속에 이상이 구현되는 경우와 연관된다. 만약 공간적인 유토피아에 특징적인 것이 순환적인 시간이라면(현실로 구현된 이상은 시간적 흐름에 아무런 제약을 받지 않는 듯 하며, 이상세계는 더 이상 발전할 여지가 없고, 또한 시간은 멈춰 서거나, 농사 주기에 따른다), "시간적인 유토피아의 주된 특징은 단계적으로 구현된다는 점, 즉 필수적으로 거쳐야 하는 단계별로 구성이 변해간다는 것이다. 〈…〉 정원 혹은 도시의 이상적인 공간은 순차적인 시간의 변화 속에서 시작이거나, 끝을 의미하는 상태로 나타난다. 시간과 공간 유토피아 모두, 그것이 이상적인 최초의 상태냐 혹은 최종적인 상태이냐의 여부와 관계없이, 시간이 멈추고, 시간의 단계적 '도약'과 대립적인 초시간적 공간이 나타난다."[23]

그런데 항상 유토피아적인 의식이 단일하게 집중되는, 자연과 사

---

22 G. 귄터. 유토피아의 장르적 문제와 A. 쁠라또노프의 『체벤구르』// 유토피아와 유토피아적인 사고. 모스크바. 1991. 253쪽.
23 같은 책. 254쪽.

회가 조화를 이루는 세상이라는 긍정적인 이데아 너머에는 또 다른, 결코 항상 눈에 띄는 것은 아니지만, '약속의 땅'이라는 논리 자체에 의해 예견되는, 무섭고 파괴적인 이데아가 있다. 과거, 현재 혹은 미래에 그것이 실재한다는 사실 자체가(그러나 멀리 떨어진 공간 속에) 실재성을 떨어뜨린다. 지금 존재하는 것, 현실로 존재하고 살아 있는 것은, 이상에 맞지 않는 것이기에, 무자비하게 거부된다. 유토피아적인 사고는 실제적인, 비유토피아적인 세계를 가혹하게 처리한다. 이러한 가혹함은 특히 유토피아 속의 시간에 뚜렷한 특징을 부여하는데, 이러한 시간의 두 가지 형태를 귄터는 다음과 같이 말하고 있다. "뒤로 향하는 '퇴행적인' 유형은, - M. 바흐찐은 이를 '역사적 반전'이라는 개념으로 쓰고 있다. - 이상적인 최초의 원시적 상태에 입각하고 있는 것이며, 이 상태 이후에 열악해져 버린 다양한 단계들이 나타난다. "황금의 시대"를 뒤이어 은, 구리 그리고, 마침내, 가장 참혹하고 최악의 상태인 현재 진행되고 있는 시대가 잇따른다." 이 시대가 최악인 것은 황금의 시대에서 가장 멀리 떨어진 것이기 때문이다. 이러한 시간 개념에서 미래는 아무런 의미를 갖지 않는데, 왜냐하면 그러한 유토피아적 구상은, 반체제적인 이데올로기가 될 수 있을 만큼, 현실부정적인 성격을 뚜렷하게 갖고 있기 때문이다. 그렇다고 두 번째 다른 종류의 시간 유토피아가 낙천적이고 커다란 전망을 가진 것 같지는 않다. "미래를 향해 '진보하는' 모델은 역사적으로 볼 때 상당히 늦게 출현했고, 그리고 어떤 의미에서는 '황금의 시대'라는 신화적 모델을 미래에 투영하는 것이자, 이 시대를 역사의 끝으로 옮기는 것이다."[24] 바로 이러한 유토피아적 모델이 사회주의 리얼리즘 미학에 적용되었

---

24 G. 귄터. 유토피아의 장르적 문제와 A. 쁠라또노프의 『체벤구르』// 유토피아와 유토피아적 사고. 모스크바. 1991. 254~255쪽.

으며, 그 구성적 특징들 중의 하나가 되었다.

이 두 모델 뒤에는 유토피아적인 의식이 갖고 있는 또 하나의 파괴적이고 해체적인 특성이 있다. 주변 환경에 예속적인 인간에게, 현실 세계는, 그 안에 조화로운 원리와 부조화적인 요소가 공존하고, 선은 악과 공존하며, 미는 추와, 젊음은 노년과, 사랑은 증오와 공존하고 있기에, 미완성된 것이다. 그러나 유토피아적인 의식은 그러한 세계를 수용하고 싶어 하지 않으며, 수용할 수도 없다. 그렇게 된다면 그 의식은 유토피아적인 의식이 되지 못하고, 현실적인 의식과 비슷하게 되어버린다. 이렇게 하는 것은, 게다가, 매우 어려운 것이다. 왜냐하면 있는 그대로의 현실 세계를 수용하는 것은, 선과 정의의 법칙에 따라 세계를 재건하려는 어떠한 계획보다, 더 많은 지혜가 요구되기 때문이다. 이렇게 유토피아적인 의식은 현실을 거부할 때에 존재할 수 있다.

여기에서, 전부가 아니면 전무(全無)를 주장하는, **러시아 최대강령주의**의 기원을 찾아 볼 수 있다. 현실 세계는 그것이 아무 것도 완벽한 것이 없다는 근거에 입각하여 거부되며, 바로 이점이 현실 세계가 갖고 있는 최대의 죄악이다. 놀라울 정도로 현실에 민감했던 그리고 가장 심오한 유형의 러시아적인 의식들 중의 하나를 구현했던 예술가인 A. 블록조차, 그 자신이 느끼고 "우울함"이라고 명명했던, 이러한 현실 부정의 특징을 갖고 있었다. 이러한 영혼의 상태는 현대의 연구자인 L. 류보미로바의 논문에서 "잘 알려진, 그러나 모든 것에 불만을 느끼고 스스로도 불만스러운 설명하기 어려운 상태"이자, "우수, 니힐리즘, 우울, 불안한 기대, 과도한 야유, 격분, 절망, 공허, 그리고 또한 갑작스러운 성취욕, 근원적인 개혁에 대한 애착, 편협함, 쉽고 빠르게 해결하려는 경향, 이데올로기적인 열광"[25]의 상태인 우울증으로 평가된다. 인용된 논문의 저자는 이러한 세계관이 민족의식의 중요한 면들 중의 하나라고 주장한다: "우리는 최근 두 세기 동안 사려 깊은 러시아아인의 세계관에 어느 정도 확고하게 자리 잡은 실존적 상태로서 우울증을 접하게 된다."[26] 블록은, 아마도, 이러한 세계관을 가장 명확하고 공개적으로 표현했었던 것 같다.

고전적인 논문 「인텔리겐챠와 혁명」에서 그는 다음과 같이 쓰고 있다: "모든 것을 바꿔야 한다. 모든 것이 새롭게 되도록, 그렇게 건설해나가자. 거짓되고, 추하고, 무료하며, 보기 흉한 우리의 삶이 공평하고, 순수하며 그리고 최고의 생활이 될 수 있도록."[27] A. 블록은 혁명적인 그리고 낭만적일 수밖에 없는 상황 속에서 순수한 러시아적인 특징을 구현하고 있다. 즉, 세계 문화의 최고봉에 속했던 러시아 뻬쩨르부르그 지식인 집단의 자유사상 주창자이자 믿음직한 대표자였던 그가 이끌었던 그 현실이, 세기 경계의 전례 없는 러시아 문화의 개화가 증거하고 있듯이, 그저 "거짓되고, 추하고, 무료하며, 보기 흉한 것"이 결코 아니었다는 것, 그렇지만 특별하게 "깨끗하고, 공평하며 그리고 최고의 삶"은 아니었다는, 본질적으로, 단순한 진리를 잊고 있는 것이다. 유토피아적인 의식은, 최대강령주의를 낳으면서, 현실을 있는 그대로 받아들일 수 있는 가능성을 남겨놓지 않고, 현실을 그 자체가 가치를 가진 것이 아니라 혁명을 통해 바꿔야할 대상으로서 인식한다. 블록은, 본질적으로, 파괴적인 혁명성을 고수하면서, 역사 발전의 정상적인 경로나 진화론적인 입장을 정서적으로 거부하고 있다: "알 수 없는 모든 것을 믿지 않는 저 사람 혹은 저 인간들은 왜

---

25 N. 류보미로바. 러시아적 우울증의 마술. 32~33쪽.
26 같은 책. 34쪽.
27 A. 블록. 인텔리겐챠와 혁명// A. 블록. 선집: 모스크바. 1971. 6권 5집. 399쪽.

사는 걸까? 〈…〉 그들은 '모든 것이 자기 방식대로 진행되고 있기 때문에', 즉 점진적인… 방식으로 이뤄지고 있기에, 산다는 게 '특별히 나쁠 것도 없지만, 그렇다고 아주 좋은 것도 아니라고' 생각한다. 사회나 국가에서 해야 할 바에 맞춰 살고, 권리와 의무, 관습적인 법, 관습적인 관계 등등의 벽으로 서로를 보호하면서, 신만이 그들에게 세상에 대해 이러쿵저러쿵 불평을 늘어놓을 수 있도록 할 수 있다고 생각할 만큼, 사람들은 볼품없고 결함이 많다.

그렇게 생각하는 것은 가치가 없는 일이다; 그렇게 생각하는 사람은, 진정 살 가치도 없다 〈…〉.

삶에 대한 극단적인 요구, 즉 전부가 아니면 전무를 요구하는 것; 의외의 것을 기다리는 것; 세상에 결여된 그 것이 아니라, 세상에 있어야만 하는 그 것을 믿어야 한다고 요구할 때에만이 살아갈 가치가 있는 것이다."[28] 바로 이런 말들이, 본질적으로, 현실을 극단적이며 파괴적으로 대하는 러시아 최대강령주의와 유토피아적인 의식의 가장 강력한 사회평론적인 입장표명들 중의 하나이다. 그것이 갖고 있는 파괴적 힘은 삶에 대해 미래주의적인 태도를 주장하는 것 속에, 즉 결여되어 있는 것 그리고 오래 동안 결여될 수 있는 것을 위해서, 현재 있는 모든 것을 걸 수 있는 능력 속에 있다.

그러나 러시아적인 유토피아는 민족의식이 갖고 있는 구세주 신앙과 연관된 자체적 특성 또한 갖고 있다. 만약 유토피아를 산출했던 유럽 문학이, 인간이나 사회, 즉 유토피아 수용자 측면에서의 적극적인 개입을 전혀 요구하지 않는, 기원으로서 유토피아를 그렸다면, 러시아에서의 유토피아는 바로 지금, 이곳에 즉각적으로 건설되어야 하는 것이었다. 러시아아인들은 존재했거나 혹은 현재 존재하고 있는 이

---

28 A. 블록. 인텔리겐챠와 혁명. 400쪽.

상이 머나먼 공간이나 시간 속에 구현된다고는 생각하지 않았다. 그리하여 가장 전형적이었던 것이 '진보하는' 유형의 시간 유토피아였고, 또한 '황금시대'의 고결한 유토피아 프로젝트는 있어야할 세상을 무력으로 건설하거나 심지어는 현존 세상을 와해시키는 방식으로 추진되었던 것이다. 바로 여기에 20~30년대 소비에트 문학이 형성하였던 혁명 구상의 심리적 기반이 있다.

유토피아를 받아들이려는 자세는 '대지파'도, '서구문명파'도, 민중도, 인텔리겐챠도 갖고 있던 특징이었다. "러시아 민중도, 러시아 인텔리겐챠도 진리를 기초로 한 왕국을 찾으려 하고 있다"고 N. 베르쟈에프는 말했다.[29] 그래서 두 러시아 하부 문화(처음엔 1905년, 다음엔 1917년)가 비극적으로 만다던 때에 정치적, 이데올로기적 반체제와 그에 수반되었던 키메라적인 문화구조가 태동하였다. 이 문화 구조의 기반이 되었던 것은, 더 이상의 완성이 필요 없는 바람직한 이상 사회의 특징들이라기보다는(이러한 특징들은 대체적으로 소비에트 시기 거의 전체 기간 동안 찾아볼 수 있다) 현실 세계의 부정에 강조점을 두었던, 유토피아의 이데올로기였다.

현존 사회의 불인정과 그 사회를 개혁하고 파괴하려는 염원, 바로 이것이 혁명적 세계관의 근간을 이뤘던 것이다. 이 세계관은 당면한 전체 현실에 대해서는 물론, 다른 개혁 프로젝트를 제시하거나 혹은 입장이 다른 사람들에 대해, 또는 현실을 과거 세대의 문화유산으로서 받아들이며 원칙적으로 어떠한 개혁도 수용하려 하지 않는 사람들에 대해 강제력을 쓰는 것이 도덕적으로 무조건 옳다고 주장한다. 여기에 러시아를 내전으로 이끌었던, 개인적인 그리고 사회적인 적대감의 원천이 있다.

---

29 N. 베르쟈에프. 러시아 공산주의의 원천과 의미. 모스크바. 1990. 11쪽.

이런 시대적 분위기가 문학에서 맹목적인 광폭함으로 표출되었던 것이다! 세상을 사탄의 창조물로 생각하고, 때문에 반드시 소멸될 것이라고 여기는 마니교나 자비신교와 같은 고대의 종교적 교리들과 흡사하게, 20세기 러시아 유토피아 또한 현 세상을 인정하지 않았다. 이것이 미래지향적인 것이었고 미래에 대한 멋있는 프로젝트였다고 정당화할지라도, 분명히 염세적인 세계관이었다. 그 발생 자체는 20세기 초 형성된 반체제적인 분위기가 가져온 부정적이고 염세적인 의식이 원인이었다. 이 세계관 속에는, 아직껏 그토록 냉소적으로 문학에서 결코 서술된 바 없었던, 전혀 새로운 윤리가 나타나 있었다. 그 본질은 현실, 즉 이미 지금 존재하는 것의 가치를 부정하는 데 있었다. 이런 생각에 사로 잡혀있는 사람은 자기 주변의 모든 것을 어떤 훌륭한, 그렇지만 극히 추상적이고 이해하기 어려운 이상을 위해 불태우려 하였고, 더불어 이상이 현실보다 우위에 있다는 것은 의심의 여지가 없었으며 처음부터 명확한 것이었다. 여기에 인간, 사회, 인류가 이미 갖고 있는 것을 제대로 평가하지 못하는 혁명의식의 뿌리가 있다. 본질적으로, 여기에 세상에 대한 무관심, 현실이 갖고 있는 최고의 덕목에 대한 몰이해가 있다. 아무리 훌륭한 것일지라도, 머리 속의 사상은 항상 실제의 현실과는 다른 법이다. 이것은 가장 무서운 반체제 현상들 중의 하나였고, 그런데 이 반체제는 인간이 엄격한 논리를 통해 출구를 찾게 하고 불공평한 세상에 대한 적대감을 정당화시켜 주는 것이었다."[30]

그것은 선과 악, 위와 아래, 성직자와 평신도의 구별을 애매하게 하곤 하였다. 반체제적 논리에 의해 변형된 폭력과 살인만이 휴머니즘의 발현으로서 받아들여 질 수 있었다. 그런데 이러한 논리적 구조

---

30 L. 구밀료프. 인종영역: 인간의 역사와 자연의 역사. 352쪽.

를 초기 소비에트 산문이, 예를 들자면, 리베진스끼나 아로셰프와 같은 인물들이 알지 못했을까? 살인과 폭력을 정당화 하는 파제예프의 『궤멸』에 나타난 '휴머니즘의 개념'에서 동일한 논리를 볼 수 없는 것일까? '살아 있는 인간'의 개성이라는 라쁘적 구상 속에서, 레프적인 '명확한 기능을 갖고 있는 인간' 속에서, 이름 대신에 숫자와 문자를 제안하는 쁘롤레뜨꿀뜨의 절대적 추상성에서 찾아 볼 수도 있지 않을까?

L. 구밀료프는 반체제가 가지는 공통적 특징에 대해서, 다음과 같은 단 하나의 특징이 공통의 특징을 낳고 있다고 말한다. "진리와 거짓이 상충되는 것이 아니라, 서로 닮아 간다는 점에서 드러나는 염세주의. 이 점에서 살인의 강령이 생겨나는데, 왜냐하면 한때 현실을 있는 그대로 보여주려 하지 않은 적이 있기 때문이며, (우리나라의 경우에 현실은 유토피아적인 혁명의 이상에 의해 평가절하 되었다. — 막심 고리끼), 바꿔 말하면, 이것이 거짓된 것이지만, 환상일망정 고통스러운 존재의 괴로움을 연장하는 것일 수 있기 때문에, 누군가에게 설명할 필요도 없고 아쉬워해서도 안 되었던 것이다. 그런데 만약 그렇다면, 거짓은 진실과 똑같아 지며 스스로의 목적에 따라 이러저러한 진리를 이용할 수가 있는 것이다."[31] 바로 이런 의식 속에서 "휴머니즘"은 잔혹함으로, 연민은 살인으로 바뀔 수 있었고, 사이비논리에 따라 동정은 배척되었다. 여기에 반체적인 사랑의 기본적 특징, 즉 선과 악, 진실과 거짓의 막연함, 도덕적 척도의 애매모호함을 초래하는 모종의 근원적인 도덕적 범주의 가변성과 유동성이 있다. 이것은 모든 요소들을 비쳐 볼 수 있는 거울과 같은 역할과 서로가 서로를 교체시킬 수 있는 능력을 예정하고 있었다. 이를 통해 저열한

---

31 L. 구밀료프. 인종영역: 인간의 역사와 자연의 역사. 351쪽.

것은(예를 들어, 빠블릭 모로조프에 관한 잠언의 친부배신행위) 고상한 것이 되었고, 고상한 것은(예를 들어, 종교적 확신) 비웃음을 사게 되었다.

바로 이러한 특징들을 우리는 사회주의 리얼리즘 문학에서 볼 수 있다.

2. '두 개의 문화'

L. 구밀료프의 사상에 따르면, 반체제는 두 가지 다른 유형의 의식, 서로에 대해 갈등 관계에 있는 두 가지 인종적으로 다른 유형의 문화가 만나는 그 곳에서 기원한다. 그런데 어떤 두 문화가 접촉하면서 소비에트 시대에 형성되었던, 반체제라고 받아들일 수 있을 만한 그 부정적인 의식이 기원하였던 것일까? 동일한 민족, 동일한 언어에 속하고, 공통의 민족 전통, 종교, 국적에 입각하고 있는 "두 종류의 문화"에 대해 말하는 그 경우에, 학자들이 인종적으로 다른 문화를 다루면서 기술하고 있는 바로 그 힘, 바로 그 법칙들이 작동하는 것은 아닐까? 러시아 민족문화에 포함되어 있는 모종의 대립적이고 갈등적인 원리들이 충돌하면서, 저 유명한 레닌의 두 종류의 문화, 혹은 S. 끌르이츠꼬프, S. 에세닌, N. 끌류예프에 의해 문학에 나타난 민중문화와 A. 블록, V. 호다셰비치, A. 벨르이, M. 불가꼬프의 이름과 연관된 귀족적이고 엘리트적인 문화가 충돌하면서, 기형적인 키메라 구조가 나타났던 것은 아닐까? 이는 결코 "검은 뼈"가 "흰 뼈"를 물리쳤다거나, 반대로, 하나의 문화가 다른 문화를 "이겨냈다"는 것을 의미하는 것이 아니다. 두 문화의 충돌로 하나가 없어지는 것이 아니라, 그 자리에는 어떤 새로운, 제3의 문화가 싹튼다.

만약에 그럼에도 문학에서의 사회주의 리얼리즘과 건축, 회화, 조각, 음악과 같은 다른 종류의 예술에서의 사회주의 리얼리즘적인 방법을 키메라적인 문화 구조로 살펴본다면, 우리는 반드시 다음과 같은 문제에 부딪치게 될 것이다. 즉, 어떠한 두 문화가(혹은 몇 가지 문화적 층위가) 충돌해서, 두 문화 대신에 사회주의 리얼리즘적인 키메라 구조를 가진 현상들이 발생할 수 있도록 서로를 잿더미로 만들며, 전적으로 서로를 부정하게 되었던 것일까?

L. 구밀료프는 광범위한 역사적 자료, 특히 유라시아 관련 자료를 검토하면서, 인종적으로 다른 문화가 충돌하면서 나타난 키메라에 대해 말하고 있다. 19세기에서 20세기의 러시아 현실은 다민족으로 구성되었던 러시아 제국과 그 이후 소련 체제의 특성에 힘입어 극히 다양한 민족적 전통을 갖고 있었고, 그럼에도 러시아 문화가 받아들여야 만했던 모종의 숙명적인 다른 민족 문화와의 충돌에 대해서는 검토해볼 만한 자료를 제공하지 못했다고 필자는 생각한다. 때문에 이러한 주장은 논쟁의 여지가 있다고 여겨진다.

따라서 문제는 러시아 문화 자체 내에 있는 극심한 갈등을 유발하는 긴장 요소가 무엇인가 하는 것이다. 그런데 두 전통이 보여주고 있는 이러한 고통스러운 대립의 시발점은 어디인가? 이러한 전통은 어떠한 것들인가? 무엇이 서로를 끊임없이 상호 부정하게 만드는 것인가? 갈등은 언제 생겨났고 표출되었는가? V. 벨린스끼가 정초하였고 N. 도브롤류보프, N. 체르느이셰프스끼, D. 삐사례프가 정치적 투쟁의 무기로서 선포하였던 '실제 비평'이 A. 드루쥐닌과 아뽈론 그리고리예프가 내걸었던 심미비평 혹은 철학 비평과 대립하였던 19세기 전반에 이러한 내부 갈등이 기원하였던 것일까? 혹은 훨씬 더 이른 시기에서 그 근원을 찾아야 하는 것일까? 그리고 이러한 대립의 근원은 무엇일까 – 대립은 순수하게 정치적인 성격만을 가지는 것일까, 아니면 러시아의 민족적 생활양식과 관련된 더 복잡한 어떤 측면과 연관된 것일까?

러시아의 민족적 생활양식이 합치될 수 없는 두 개의 층위로 분할되었다고 느꼈었던 것은 러시아 인텔리겐챠의 대표자들이었고, 특히, 문학과 철학분야 모더니즘의 대표자들이 이전과는 달리 매우 첨예하게 민족적 비극으로서 인식하였다. 이 점을 증거 하는 것이 세기 경계에 등장했던 문화적 엘리트들, 즉 I. 기삐우스, D. 메레쥬꼬프스끼, I. 부닌과 같은 대표자들의 무수한 언급들이다. E. 꾸즈민나-까라바예바는 러시아의 엘리트 문화가 기층 민중의 문화와 분리되었다고 생각하면서 다음과 같이 쓰고 있다: "우리는 무인도와도 같은 거대한 나라에 살고 있다. 러시아는 문맹국 이었지만, 오늘날에는 전 세계의 문화가 집중되어 있다. 즉, 암송하다시피 하는 그리스 신화를 인용하고, 프랑스 상징주의자들에게 매료되었으며, 스칸디나비아 문학을 스스로의 것으로 여기고, 전 세계의 철학과 신학, 시와 역사를 알고 있고, 이런 의미에서 인류가 만든 위대한 문화적 박물관의 수호자이자 거주민이 되었다. 이는 쇠퇴기의 로마 시대와도 같다.… 우리 시대는 민중과 인텔리겐챠가 서로 단절되어 버렸던 비극의 마지막 장이다. 우리 뒤에는 눈으로 뒤덮인 러시아의 광야가, 우리의 환희도, 우리의 고통을 알지 못하며, 그 자신의 환희와 고통도 우리가 알 수 없는 이상한 나라가 뻗어있다"[32].

이러한 두 층위 사이의 심연이 블록이 고민했던 철학적 사색의 대상이었고, 이러한 블록의 모색은 「인텔리겐챠와 혁명」, 「민중과 인텔

---

32 E. 꾸즈민나-까라바예바. 블록과의 만남// 따르뚜 국립대학 학술논문집. No 209. 따르뚜, 1968. 267~268쪽.

리겐챠」, 「자연과 문화」, 「좌초된 휴머니즘」이라는 논문들에 잘 나타나 있다.

철학적 신비주의 모티브를 주장했던 블록은 인텔리겐챠와 민중의 관계를 비정상적이고 바람직하지 못한 것으로 바라보곤 하였었다. 1908년 11월에 다음과 같이 쓰고 있다. "이 둘 사이에는 뭔가 기분 나쁜 것이 있다. 그들을 주의 깊게 바라보노라면 내심 두려움에 사로잡히게 된다. 지금 우리가 말하고 있는 동안에도 뭔가 끔찍하고 말하기 어려운 일이 벌어지고 있지 않은가? 이미 우리 중 누군가가 돌이킬 수 없는 파멸의 위기에 처해있는 것은 아닌가?"[33] 블록은 민중과 인텔리겐챠, 두 문화, 러시아의 두 현실을 극복할 수 있는 출구를 생각 한다: "한편에는 일억 오천만이 있고, 다른 한편에는 수십 만이 있다. 그런데 그들은 근본 자체에서부터 서로가 서로를 이해하지 못하는 사람들이다."[34]

A. 블록은 다른 누군가처럼 역사 자체에 의해 예정되었던, 러시아 문명의 두 극단 사이에서 계속해서 강도를 높여갔던 대립을 감지했다: "민중과 인텔리겐챠라는 두 진영 사이에는 이러저러한 일들을 공모하고 의견을 같이하는 모종의 선이 그어졌다. 이러한 통일전선은 공공연하게 적대적이었던 러시아인과 따따르인들 사이에는 없었던 것이었다; 그러나 작금의 전선은 매우 희박해져서 적대적인 두 진영 사이의 경계는 애매하기 그지없다! 안개 자욱한 네쁘랴드바 강 만큼이나, 이 경계선은 미미하지 않은가? 전투 전야에는 두 진영 사이를 맑디맑은 이 강이 헤치고 흘러갔다; 그런데 전투가 끝난 날 밤에 그리고 또 7번의 밤이 연달아 흐른 뒤 이 강은 러시아인과 따따르 인들의

---

33 A. 블록. 민중과 인텔리겐챠. 259~260쪽
34 같은 책. 264쪽.

피로 붉게 물들어 흘러갔다.”[35]

그는 이 논문에서 그 스스로도 답변할 수 없었던 질문을 제기한다: “혹은 인텔리겐챠와 러시아를 구분하는 경계가 실제로 넘어설 수 없는 것인 걸까?”[36] 블록은 한 달이 지나서 긍정적으로 답한다: 그래, 넘어설 수 없는 것이다! “인텔리겐챠와 민중 사이에 존재하는 ‘알 수 없는 경계’에 대한 질문에 대해 긍정적으로 답하는 것은 내가 아니라, 러시아의 역사가 대답하는 것이다. 역사가, 정치 경제적인 제도로만 귀착된다고 말했던 바로 그 역사가 우리 식탁 위에 진짜 폭탄을 가져와 올려놓았던 것이다.”[37]

A. 블록 스스로가 규정했던 예술적 철학적 의미로 구성된 극히 포괄적인 범주들은 문화와 자연, 문명과 땅, 민중과 인텔리겐챠의 범주로 대비되어 있고, 그가 기술했던 것은 정신적으로도, 생각하는 방식에서도, 동일한 언어인 러시아어를 쓰면서 생겨난 개념들에서도 근본적으로 다른 두 문화 유형, 두 사고 유형의 모순이었다: “러시아의 벌판이 혼잡스러운 넵스끼 대로의 화려함과 다르듯이, 그들의 꿈은 우리의 꿈과는 다른 것이었다. 우리는 기계를 이용해 하늘을 날고, 라듐으로 지구와 인체 내부를 연구하고, 북극을 정복하고, 위대한 이성의 이름으로 모든 것을 설명하려고 하면서, 꿈에서 본 것을 현실로 성취해 내고자 하였다. 그들은 꿈을 꾸었고 현실과 동떨어지지 않은 전설을 만들었다: 지상에 산재되어 있는 신전에 대해서, 누구도 볼 수 없는 장막 뒤에 니꼴라이 추도뜨보레쯔의 석상이 서 있는 수도원에 대해서, ‘바다로 향하는 입구’[38]이기에 그 못 바닥에서 떠오르곤 하

---

35 같은 곳.
36 같은 책. 267쪽.
37 A. 블록. 자연과 문화. 274~275쪽.
38 같은 책. 280쪽.

는, 외국 선박들의 잔해인 널빤지에 대하여.(여기서 A. 쁠라또노프의 「에뻬판의 수문」을 떠올리지 않을 수 없다!)

A. 블록은, 아마도, 그 어떤 사람보다도 탁월하게 러시아의 민중이 두 개의 적대적인 진영으로 분열됨으로써 초래된 비극성을 인식하고 주변 사람들이 첨예하게 느끼고 있던 파국의 느낌은 "양 진영"이 각자의 문화적 폭탄을 들고 반드시 무력 충돌을 일으킬 것이라는 예감에 의한 것이었음을 이해하였던, 예술가이자 사상가이었던 듯하다. 넵스끼 대로와 무한히 넓은 러시아의 들판을 대비시키는 것은 다음과 같은 이유에서 러시아 문명 전체에 이로운 결과를 낳을 수 없었다: "복수로 불타오르는 두 개의 모닥불 사이에서, 두 개의 진영 사이에서 우리가 살고 있는 것이다. 그렇기에 밖으로 어떤 불꽃이 튀어 오를지 몰라 항상 두려워하고 있는 것은 아닌가?"[39] 그래서 다름 아닌 바로 그만이 정확히 10년이 지난 뒤인 1918년에 러시아아인들에게 다음과 같이 물을 수 있는 것이다: "도대체 당신은 어떻게 생각하고 있는가? '''흰' 뼈와 '검은' 뼈, '교육받은 사람'과 '교육받지 못한 사람', 인텔리겐챠와 민중 간의 영원한 불화가 그렇게 '무혈로' '고통 없이' 해결될 수 있다고 생각하는가?[40]" 영원한 불화는, 우리가 지금 보고 있는 것처럼, "흰" 뼈와 "검은" 뼈가 불화 끝에 도달하게 되는 그 곳에 새로운 모습을 만들어 내는 격렬한 폭발을 일으켰던 "두 문화"의 충돌로 해결되었던 것이다.

그러나 이것은 이미 한 나라를 혁명의 소용돌이에 빠지게 하였던 비극의 마지막 장면이다. 제1막은 어디였던 것일까?

아마도, 러시아 문화가 두 개의 흐름으로 나뉘고 시간이 지나면서

---

39 같은 책. 283쪽.
40 A. 블록. 인텔리겐챠와 혁명. 402~403쪽.

더욱 더 서로의 거리가 멀어져갔던 비극적인 분열의 기원은 뾰뜨르 1세 시대에서 찾아 볼 수 있다는 주장이 일반적으로 통용되고 있는 생각인 듯하다. 바로 뾰뜨르 대제가, 체르느이셰프스끼의 정확한 표현에 따르자면, 독일과 스웨덴의 군사 제도를 차용하면서, 내친 김에 그의 눈에 들어온 모든 것을 받아들였던 것이다. 바로 그렇게 그의 시선을 받자마자 "순간적으로" 차용되어졌던 서유럽의 문화는 러시아적인 의식에는 낯선 것이었을 뿐만 아니라, 일부 철학자들의 견해에 따르자면, 철학적 윤리적 전제 또한 전혀 다른 것이었다; 물론 또 다른 철학자들의 견해에 따르자면, 러시아 문화의 역사적 뿌리를 거슬러 올라가면 비슷한 면을 발견할 수도 있는 것이기도 하였다. 그러나 이렇든 저렇든 뾰뜨르 시대부터 러시아 문화가 이전과는 근원적으로 다른 길을 걷게 되었다는 점에는 모두가 일치하고 있다.

러시아적인 의식의 근본 자질들 중의 하나가 집단의식이라고 흔히 이야기된다. 개개인의 개성보다는 공동체, 집단, 단체를 더 가치 있게 여기는 관념을 "러시아의 이데아"에 대하여 집필하고 있는 철학자들은 러시아적인 민족의식의 긍정적인 특징이기도 하지만, 부정적인 특징이기도 한 것으로 평가한다. 이 특징은 지금도 남아있고, 소비에트 시절의 수많은 문학적 미학적 개념들은 바로 이러한 특징을 기초로 구성되었다고 생각된다. 다른 한편으로, 서구의 문화전통은 인간의 개성이 그 자체로 가치 있는 것이며, 절대적으로 그 개성은 보호되어야 한다고 주장한다.

그러나 이러한 두 종류의 세계관의 대립은 훨씬 뒤인 18세기에야 발생한 것이었다. 수염을 깎고 "커피"를 마시도록 하였던 뾰뜨르가 새롭게 형성되고 있었던 국가적, 문화적 엘리트들을, 비록 흡연과 같은 피상적인 모습이었지만, 강제적으로 서구적 유형의 문명에 동참시켰다. 그에게는, 아마도, 담배, 무도회 그리고 커피가 최초의 러시아 신문이나 모험소설 장르가 확립되는 측면에 국한 된 것이기는 하지만 서구화의 첫 발을 내디뎠던 문학과 동일한 선상에 있는 현상들이었을 것이다. 그러나 깎인 수염이나 여타의 피상적인 특징 너머에 있는 훨씬 더 중요한 현상들이 간과되었다: 러시아의 토양 속에서 점진적으로 서유럽 문명의 맹아가 싹터 올랐다: 최초의 러시아 대학들, 수학과 항법 학교들이 문을 열었고, 그 학문적 발전은 불과 수십 년 만에 서구 대학들의 성과를 능가하였다. 감자 뒤를 이었던 것은 러시아의 신문과 잡지들이었고-이러한 매체들 없이는 18세기 문학은 생각조차 할 수 없는 것 이었다-, 면도 뒤를 이었던 것은 러시아의 극장, 계몽, 시와 기타의 예술이었다. 서구 문화와의 접목은 최고의 성과를 가져왔다: 예까쩨리나 통치 시대, 그리고 고전주의 문학 시대 전체가, 본질적으로, G. 제르쟈빈, A. 수마르꼬프, V. 뜨레지아꼬프스끼, D. 폰비진이 활약하던 시대이기도 하였기에, 뽀뜨르 1세가 가져왔던 원리들은 러시아 문화에 뿌리를 내렸을 뿐만 아니라, 독자적인 것이 되었으며, "독일적"이거나 비 러시아적인 것, 혹은 수입된 것으로 인식되지 않았다. 이 원리들이 그럴 수 없었던 것은, 러시아적 환경에 적응하면서 두 세기에 걸쳐 러시아의 문화를 발전시켜 나갔고, 러시아적인 문명과 조화를 이뤄 나갔기 때문이었다. 러시아 사람들은, G. 페도또프의 사상에 따르자면, "뽀뜨르에 대하여 로모노소프로 응답했고, 라스뜨렐리에 대해서는 자하로프와 보로니힌으로 대답하였다; 뽀뜨르 개혁이후 150년 – 그리 길지 않은 기간이었지만 – 이 흐르면서, 러시아의 학문은 눈부시게 발전하였다.

이러한 러시아 문화의 놀랄만한 발전은 새로운 시대에 러시아라는 나무에 서구 문화가 접종되었기에 가능했던 것이었다. 그런데 이러한 사실 자체는 러시아와 서구 문화가 어느 정도 친화력을 가지고 있었다는 것을 보여 준다; 그렇지 않았다면 이국의 문화가 러시아를 망쳤을 것이다. 추태와 왜곡도 적지 않았다. 그러나 프랑스 문화에 경도되었던 18세기의 분위기에서 뿌쉬낀이 출현하였다; 야만적이었던 60년대의 분위기에서 똘스또이, 무소르그스끼 그리고 끌류체프스끼가 탄생하였다." 러시아 민족에게는 태생적으로 고대 끼예프나 노브고로드와 연관된 문화적 맥락이 있었고, 그렇기 때문에, "이런 맥락 속에서 기독교 신앙을 가졌던 서구와 자유롭게 정신적 교감을 나누었던 것이다."[41] 이와 유사한 입장을 망명 그룹에 속했던 수많은 철학가들이 견지하였다: N. 베르쟈에프는 "바로 뾰뜨르 시대에 들어서면서 러시아 문화는 활짝 꽃피었고, 뿌쉬낀과 위대한 러시아 문학이 등장했으며, 사상을 가지게 되었다. 러시아는 고립을 극복해야만 하고, 세계사에 동참하여야만 한다. 이런 길을 걸을 때에만 러시아 민중이 평화로운 일상생활을 누릴 수 있다"[42]라고 말하고 있다.

뾰뜨르가 유럽에서 들여온 문화적 씨앗이 러시아에서 이렇게 자연스럽게 자라날 수 있다는 것은 그 종자가 러시아와 전혀 관계가 없는 것이 아니었다는 점만을 말해주고 있다. 러시아 민족에게는 "모스크바적인" 유전인자와 나란히, G. 페도또프의 표현에 따르면, 서구 지향적이었던 끼예프 루시에 의해 형성된 훨씬 더 오랜, 태고적의 유전자, 고대 노브고로드의 민주정치로 발현되었던 유전자가 살아 있었다.

지금 우리는 뾰뜨르 개혁이 러시아 현실에 적합한 것이었는지 아니면 그렇지 않은 것이었는지를 확실하게 입증해 줄 수 있을 만한 일반적인 관점을 제시하고자 하는 것이 아니다. 그런 관점은 러시아에

---

41 G. 페도또프. 러시아와 자유// 깃발. 1989. No 12. 206쪽.
42 N. 베르쟈예프. 러시아 공산주의의 원천과 의미. 모스크바, 1990. 11~12쪽.

서도, 망명 그룹에서도 존재하지 않는다. 이점에서 논의를 근원적으로 다른 차원으로 옮겨 놓았던 B. 우스뻰스끼의 관점이 돋보인다. 우스뻰스끼는 "새로운 러시아"와 "새로운 민족"의 형상을 독특한 신화로서 간주하는데, "이 신화는 이미 18세기 초에 발생하였고, 최근의 문화적 의식 속에 전달된 것이다. 18세기 문화가 이전시기의 발전과는 사뭇 다른 전적으로 새로운 단계라는 생각은 이미 기정사실로 인정되고 있고, 이 점은, 사실상, 의심의 여지가 없다. 논쟁의 여지가 있는 부분은 과거와 단절된 시기가 18세기 중엽인가 아니면 말엽인가, 그리고 그것이 일시적인 것인가 아니면 점진적인 성격을 가진 것인가, 끝으로, 이후 전개되는 문화사적 흐름 속에서 그것을 러시아의 문화적 발전을 촉진시켰던 긍정적인 사건으로 볼 것인가, 아니면 특성을 상실시키는 부정적인 현상으로 볼 것이냐 하는 것이다."[43] 연구자의 관점에서 볼 때, 뾰뜨르 이후의 새로운 문화는 일반적으로 생각했던 것 보다 훨씬 더 전통을 따르고 있는 것이었다. 러시아에는 맞지 않는 서구문화가 부자연스럽게 이식된 모델이었다고 주관적으로 판단되었던 것이 실제로는 그렇지 않았고, 오히려 전통적인 민족 모델과 깊숙이 결합되면서 재해석되고 개조되었던 것이다. 신앙과 무신론, 기독교와 이교의 상호관계, 시간과 공간에 대한 인식과 같은 민족적 의식구조의 주요한 측면들을 연구하였던 B. 우스뻰스끼는 "서구화"가 가져다 준 문화적 업적은 러시아 문화에서의 몇 가지 전통적인 측면들을 강화시키기조차 했으며, "14~15세기부터 그 형태가 형성되었던 러시아 중세 문화에 나타나는, 그러나, 아마도, 훨씬 더 이른 시기로 거슬러 올라갈 수 있을 몇 가지 전통적인 기호학적인 모델들을 명

---

43 V. 우스뻰스끼. 러시아 문화 역학에서의 이원론적 모델의 역할//V. 우스뻰스끼. 선집. 1권. 역사기호학. 문화기호학. 235쪽.

확하게 해주었던 것이다. 이런 측면에서, 세간의 피상적인 견해와는 달리, 18세기에 이러한 러시아 문화가 심층적으로 구조화되었던 것이다."[44]

뾰뜨르의 개혁이 강화시켰던 러시아 문명의 전통적인 특징들 속에는, 문화 내적인 온갖 반대요소들로 표현되었던, 그 내적인 모순성이 있었다. 이것은 종교적 의식의 영역 속에서도 나타났고(민족적 의식구조 속에서 이교도적인 원리와 기독교적인 원리의 대립), 러시아적인 언어 상황, 즉 하나는 대단히 큰 권위를 가졌지만 다른 하나는 이러한 특징이 결여되어 두 언어 사이에 현격한 괴리를 보여주었던, 한 사회 내에서의 교회-슬라브어와 러시아어의 공존이라는 이중 언어에서도 나타났다. 뾰뜨르 시대에서부터 이러한 대립성이 강화되었고 이전보다 더욱 더 눈에 띄는 문화적 특징이 되었다.

귀족 문화는 뾰뜨르 시대에도, 계몽 시대에도, 19세기에도 침범하지 못했던 민중의 구비문학적 문화와 점점 더 대비되어 갔다. 이 문화는 엘리트적인 귀족 문화와 더불어 발생했다는 사실을 의식하지 못한 채 고립적으로 존재했다. 또한 이 문화는 뾰뜨르 1세가 주도했던 유럽지향적인 발전의 길을 따르지 않았으며, 그 발전은 수준도 달랐고 방향도 다른 것이었다. 본질적으로 극적인 상황이 발생하였다. 동일한 언어, 동일한 종교, 동일한 문화적 전통을 가진 동일한 민족 내부에서 서로의 존재를 인정하지 않는 듯한 "두 개의 문화"가 출현하여, 서로가 전혀 일치되는 법도 없고 교차되지도 않으면서 평행선을 그려 나갔던 것이다. 이것은 하나가 훨씬 더 러시아적이며 다른 것은 그렇지 않다거나, 이것은 "흰 뼈"에 속하고 저것은 "검은 뼈"에 속하는 것이라거나, 이것이 더 우월하며 다른 것은 더 저열한 것이라는 의미

---

44 같은 책. 242쪽.

가 결코 아니다. 이것은 뾰뜨르 1세가 시작하여 에까쩨리나 2세가 후원하였던 귀족 문화적인 방식보다 민중 문화적인 방식이 러시아인의 의식에 훨씬 더 가까우며 자연스러운 것이라는 것을 의미하는 것도 아니었다. 이 모든 것이 역사였으며 각각의 훌륭한 사례들이 있기에, 러시아로서는 둘 다 자연스럽고 유익한 것이었던 것이다.

그러나 대립되는 두 방식이 존재한다는 사실 자체에는 깊숙이 내장된 갈등 요소가 담겨 있었으며, 뿌가쵸프 난이나 1917년의 혁명과 뒤이은 내전과 같은 러시아 역사의 다양한 시기들에서 살펴볼 수 있는 매우 강력한 긴장 요인을 담고 있었다. "잠시 들린 김에" 서구에서 여러 가지 형태의 서유럽적인 문화, 건축학과 문학, 다양한 사회제도와 국가통치체계를 수입해왔던 뾰드르 1세가, 본질을 따져봤을 때, 예부터 전해오는 러시아적인 원리와 러시아에 새롭게 뿌리를 내렸던 서구에서 수입된 원리의 충돌을 빚어냈다고 볼 수 있다.

그렇다면 이 러시아 사회의 두 층위 사이에 존재하는 상호 몰이해와 적대감은 무엇에 의해 규정된 것이었을까? 서로 도와가며 살아갈 수 있는, 동일한 언어를 사용하는 민족구성원들이 잃어버린 것은 무엇이었을까?

이것은 근원적으로 인간의 개성을 다르게 이해했었던 것이라고 생각한다. 이 세계 내에서의 개인의 위치. 개인의 임무, 권리, 자유. 개인이 다른 사람들과 맺고 있는 관계들. 여기서, 아마도, 두 개의 문화로 분리되는 "유전자"가 형성되었을 것이고, 여기 어딘가에서 서로가 가까워지는 것을 방해하는 메커니즘이 나타났을 것이다.

러시아 인의 의식 속에는 유럽적인 측면과 더불어 이와는 다른 전제국가 체제의 아시아 국가적인 측면이 있는데, 이는 개인의 세계를 중요시하지 않았던 한국汗國 시절의 흔적이다. 이러한 사회문화적 면모를 G. 페도또프는 모스크바적인 것이라고 부르곤 하였다. 그는 다음과 같이 말하고 있다. "따따르 족 통치 시절, 모스크바의 공직 사회에는 특별한 유형의 러시아 인이라 할 수 있는 모스크바적 유형의 러시아인이 만들어졌다. 이 유형은, 심리학적으로, 북방의 대러시아인과 유목민의 의식이 합쳐진 것이었다. 러시아인의 세계관은 극단적으로 단순해졌다. 이러한 유형의 러시아아인은 판단하려 들지 않았고, 정신적으로나 사회적으로 생활하는데 필요한 몇 가지 도그마를 신앙으로 받아들였다. 모스크바인들에게 자유란 타락, '무책임', 추악함이란 말과 동일어가 될 정도의 부정적인 개념이었다."[45] 페도또프의 견해에 따르자면, 모스크바적인 유형은 인텔리겐챠나 교육받은 계층과는 대비되는 기본 유형이다; 이러한 유형을 세기 초에는 "민중"이라고 부르곤 하였었다. 모스크바를 중심으로 한 중앙집권적인 러시아 국가가 탄생하는 시점에 형성되었던 이 모스크바적인 유형은 놀라울 정도로 확고부동한 실체를 획득하게 되었다: "짜르의 정원에서 농가에 이르기까지 모스크바를 중심으로 한 루시는 동일한 문화적 내용, 단일한 이상을 가지고 살았다. 차이가 있다면 양적인 것일 뿐이었다. 동일한 신앙과 동일한 편견, 동일한 도모스뜨로이(가훈), 동일한 성경, 동일한 기질, 풍속, 말과 제스처를 갖고 있었다." 뾰뜨르 이후 시기 뻬쩨르부르그적인 문화적 분열성과, 도스또예프스끼가 보여주고 있는, 일례를 들자면, 인간 개성의 복잡성은 모스크바에서는 상상도 할 수 없는 것이었다. "바로 이것이 문화적 통일성이며, 모스크바적인 유형이 전례 없이 확고부동한 실체임을 알려주고 있다. 대부분의 사람들에게 이 유형은 러시아인을 대표하는 것처럼 여겨질 정도이다. 이 유형은, 어떠한 경우에도, 뾰뜨르 시대에도, 러시아에서 유럽 문화가 활짝 꽃피

---

45 G. 페도또프. 러시아와 자유. 203~204쪽.

우던 시절에도 살아남았다; 기층 민중 가슴 깊은 곳에 이 모스크바적인 의식은 혁명 바로 직전까지 간직되어 있었다."[46]

뾰뜨르 1세의 활동을, 한편에서는, 민중과 이미 에까쩨리나 시대에 전체적으로 형성되어 있었던 전체 귀족 엘리트들은 매우 다양하게 파악하고 있었고, 다른 한편으로는, 이 러시아 짜르의 가장 눈에 띄는 주요 성과였던 뻬쩨르부르그에 대한 태도 또한 다양했다. 이 도시에 대한 태도 속에, 블록이 쓴 바 있는, 두 "진영"의 뿌리 깊은 대립이 나타나며, 그 두 진영 사이에 뾰뜨르 1세가 파 놓은 심연을 만나게 된다.

러시아인의 내면에는 뻬쩨르부르그에 대한 두 개의 신화가 담겨있으며, 게다가 이 둘 모두가 뾰뜨르 1세의 업적과 연관된 것이며, 이 도시를 짜르와 직접적으로 연관된 것으로서 해석하고 있다. "구비문학에서도, 글로 기록된 문학에서도 뾰뜨르와 뻬쩨르부르그는 동일한 영역, 동일한 특징과 특성을 갖고 있는 모종의 단일한 결합체 인 것처럼 나타나며, 이들에 대한 태도가 신화 밑바탕에 깔려있다"라고 L. 돌고뽈로프는 쓰고 있다. 민중들의 전설 속에서 뾰뜨르는 반기독교인이자 사탄의 피조물이며 바뀐 짜르이다. 그가 건설한 도시는 비러시아적인(다시 말해 진실 되지 못하고, 부자연스러운) 도시이며, 그의 영지는 지상에서 사라져버려야 할 것이다. 글로 기록된 문학에서는, 반대로, 뾰뜨르가 특별한 사람이자 영웅이며 티탄족출신의 반신반인으로 등장한다. 그가 건설한 도시는 영원히 기려야 할 위대한 과업이었다."[47] 러시아인의 의식 속에서, 뾰뜨르와 그가 세운 도시를 러시아 땅에 온 비러시아적이며 독일적인 사악함의 화신이라고 보거나, 선, 복지 그

---

46 같은 책. 205쪽.
47 L. 돌고뽈로프. 두 세기의 경계에서. 레닌그라드. 1977. 159~160쪽.

리고 계몽의 구현이라고도 보는, 두 개의 서로 상반된 신화가 존재한다는 것은 그 괴리의 깊이를 말해준다. 러시아 문학에서 이 상반된 두 개의 개념은 단 한번 뿌쉬낀의 「청동기사」에서 결합될 수 있었다.

어떠한 경우에 두 종류의 러시아 문화가 공존할 수 있는 것일까?

다음과 같은 두 가지 경우로 일반화 해 볼 수 있다. 하나는 종합과 유용한 상호작용이며, 다른 하나가 새로운 문화 창조를 이끄는 파괴적 충돌이다. 최근 두 세기 동안 이 두 가지 가능성은 교대로 실현되었다. 이와 함께 전자는 비약적인 문화 발전을 가져왔고 민족적 자의식을 고양시켰고, 후자는 수많은 민족적 참극을 빚어냈다.

"두 문화"의 대치가 직접적인 충돌로 이어졌던 가장 잔혹한 장면 중의 하나가 뿌가쵸프의 난이었다고 생각된다. 러시아 농노제의 근간을 뒤흔들었던, 스스로의 인간적 사회적 가치 회복과 자유를 위한 정당한 운동은 엄청난 민족적 참극이 되어 버렸던 것이다.

"뿌가쵸프의 난은 위대한 러시아적인 비극에 의해 생겨난 것이다. 이 비극은 귀족이 농민을 인간으로 취급하지 않은 것처럼, 농민 또한 귀족을 사람으로 보지 않았던 국가 내부의 뿌리 깊은 분열 속에서 생겨났다"고 O. 차이꼬프스까야는 『대위의 딸』에 대해 쓴 그의 정치평론이자 철학 논문이었던 「그리뇨프」에서 말하고 있다. 지주들의 야만성에 대해 민중은 유혈 폭동으로 대답하였다. 결과로 남았던 것은 잔혹함 뿐이었다."[48] 이것은 러시아 민족문화가 문자 그대로 파탄나기 직전까지 갔었던 순간이며, 두 적대 진영, 민중과 귀족 중심의 국가기구, 그들이 제각각 영위했던 두 개의 문화가 서로를 거의 근절시켰던 순간이었다고 생각된다. 사실, "만약 일시적이나마 뿌가쵸프가 승리할 수 있었다면?"이라고 문제제기하면서, "그의 승리는, 의심의 여

---

48 O. 차이꼬프스까야. 그리뇨프// 신세계. 1987. No 8. 239쪽.

지없이, 러시아 문화에 엄청난 공백을 만들었을 것이다. 뿌가쵸프의 난 와중에 제르쟈빈은 죽을 뻔했지만, 날쌘 말이 겨우 그를 구했다; 어린 바네츠까 끄르일로프가 교수형에 처해질 뻔했었다. 뿌쉬낀 자신의 운명도 어떻게 전개되었을지 예측하기 어려웠다: 뿌가쵸프 반군들이 볼지노를 배회하였고, 가족과 함께 출발했던 시인의 할아버지, L. 뿌쉬낀을 발견하지 못했지만, 그의 종복을 교수형으로 처형해 버렸다"[49]고 대답한 O. 차이꼬프스까야의 말에 동의하지 않을 수 없다. 물론, 역사는 가정법을 알지 못하며, 그런 가정이 실제로 존재할 수 없는 것이긴 하지만, 도시에서 도시를 점령해 나갔던 뿌가쵸프를 귀족 국가 제도가 이겨내기 위해서 필요했던 것은 무엇이었을까? 역모주동자를 진압하기 위한 원정을 이끌었던 에까쩨리나 2세 스스로의 열정이었을까? 아니면 반란진압에 참여했던 A. 수보로프, A. 비비꼬프, P. 빠닌과 같은 훌륭한 장군들이었을까?

실제로, O. 차이꼬프스까야가 생각하고 있는, 민족문화에서의 공백이란 두 문화가 서로를 부정한 결과인 진공상태와 같은 것이다. 이 진공상태가 아주 신속하게 매워지지 않았다면, 뿌쉬낀이 시작하여 체홉이 완성하였던 러시아의 19세기는 없었을 것이다.

그러나 뿌쉬낀과 체홉의 시대는 존재했다. 뿌가쵸프 난 발발 이후 합일을 이룰 수 있었던 새로운 시대가 뒤를 이었던 것이다. 귀족 문화의 대표자들이, 비록 창작을 위해서 가졌던 관심이었겠지만, 민중문화 속에서 힘과 영감을 얻으면서 이러한 가능성은 발현되었다. 어떠한 외래어와도 독립된 러시아어를 쓰고자 하였던 A. 쉬쉬꼬프 장군과 쉬쉬꼬프주의자들의 유토피아적인 언어 문학적 개념들은, 물론, 민족 전통 수호와 러시아의 과거를 지향하는 극단적인 표현이다. 그

---

49 같은 곳.

러나 이와 동일한 경향과 쉬쉬꼬프를 가장 반대했으며, 『러시아 국가의 역사』에서 러시아적 역사 발전의 독특함을 나름대로 해석해 보려고 했던 까람진 창작의 마지막 단계가 연관을 맺고 있는 것은 아닐까? 지난 세기 슬라브주의자들의 문화 철학적인 사상이 이러한 경향과 연관된 것은 아닐까?

러시아 문화에서는 항상 두 가지 가능성이 있었다: 한편에서 갈등이 심해지면, 다른 한편에서는 서로 합일에 이르고자 하는 지향을 보여주었다. "합일"을 이루고자 하는 지향이 더 크고 강해질수록, 문명화된 러시아의 잠재력은 더 커져갔다. 이점에서 제각각 분열의 고통을 겪으면서, 한편에서는, 모스크바적인, 다른 한편에서는, 수 세기 뒤에 뻬쩨르부르그로 자라났던 끼예프-노브고로드적인, 두 개의 문화사적인 유전자형을 자체 내에 내장하는 러시아 문화만의 독특한 자기 보존, 자체 방어의 메커니즘이 나타난다. 이러한 서로를 갈망하는 양자의 지향은 농노와 농노소유자 모두를 망치고 농노와 귀족 사이에 단절의 벽을 만들었던 농노제조차도 막지 못했다. 농노와 지주 사이의 거리감은 사벨리이치와 뻬뜨루샤 그리뇨프에게도, 뿌쉬낀과 아리나 로지노브나 혹은 결투 이후 치명상을 입은 그를 집에 데리고 왔던 하인에게도 존재하지 않았다. 이들 사이의 관계는 계급적인 것이 아니라 인간적인 것이었고, 젊은 세대와 나이든 세대를 이어주는 혈족과도 같은 것이었다. 그리고 바로 이러한 사적이고 아버지와 자식 간의 피붙이와도 같은 관계는 하나의 문화가 다른 문화로 스며들게 해주었다. "계층적으로나 계급적으로 구분되는 귀족과 농민이 같이 생활하면서 일상적으로 긴밀한 관계를 맺고 서로에게 영향을 주는 과정에서 자주 유익한 결과가 발생하였다. 귀족의 자제를 길렀던 러시아의 유모들은 민중이 창조했던 정신적 자산을 이 아이들에게 전달했고,

귀족 인텔리겐챠 주위엔 농노 출신의 인텔리겐챠가 성장할 수 있는 분위기가 조성되었다.

공통된 문화적 기반을 가지는 일종의 형제애 같은 것이 생겨났고, 이것은 스스로의 확고한 도덕적 원칙, 미학적 규범, 행동법칙을 갖고 있는 것이었다. 이러한 문화는 처음엔 미숙했지만, 〈…〉 아버지에게서 아들로, 할머니에게서 손자로 구전되었고, 이 문화를 바탕으로 세계 문화의 모든 성과를 쌓아 올렸던 19세기라는 저 화려한 건물의 토대가 되었다."[50]

그렇다면 뿌쉬낀의 창작은 어떠한가? 가장 세련된 귀족 엘리트 문화의 세례를 받고, 화려한 에까쩨리나 시대의 문체와 제르쟈빈의 정신을 계승했던 뿌쉬낀은 스스로를 민중 문화의 담지자이자 계승자로 생각했다. 그리고 바로 뿌쉬낀의 동화에서 문화적 합일을 이루었을 때 가능한 유익한 성과가 나타났다. 두 개의 러시아 문화는 서로 분리 될 수 없는 것일 뿐만 아니라, 반대로, 하나의 공통된 흐름으로 결합되고 합치됨으로써 비약적인 발전과 생산적인 합일을 이룰 수 있는 것이었던 것이다.

보기 드문 그리고 그 무엇과도 비교할 수 없을 만큼 지난 세기 러시아 문학이 도약했던 것은 두 문화가 합일을 이루면서 가능한 것이었다고 생각한다. 이러한 도약은 거의 모든 예술가의 창작에서 나타났다. 『미르고로드』, 『성탄 전야』, 『무서운 복수』의 저자이자, 『넵스끼 대로』, 『초상화』, 『코』의 저자였던 고골의 경우를 생각해 보자. 민족 문화의 두 가지 갈래가 그의 창작에서 완전히 어우러져 합일을 이루었던 것이다.

그러나 최고의 문화적 합일은 잡계급 출신 지식인이 등장했던 60

---

50 O. 차이꼬프스까야. 그리뇨프// 신세계. 1987. No 8. 241쪽.

년대였고, 이 시기에 이 "새로운 인맥"은, A. 게르쩬의 표현에 따르자면, 교육을 제대로 받을 수 없었던 민중의 신분을 벗어나 대학 강단으로 거처를 옮겼다. 잡계급 지식인들은 대학에서 강의를 하였고, D. 삐사례프의 표현에 따르자면, 바자로프의 현미경과 개구리에 "몰입하였다". 이 사람들을 N. 네끄라소프는 「초등학생」에서 환영하였고, 이들에 대해 N. 체르느이셰프스끼가 소설을 썼다. 60년대는 문화적 합일의 정점을 이룰 수 있는 시기였다고 가정해 볼 수 있다. 바로 이 순간이 러시아 역사에서 두 문화의 비극적 모순을 극복할 수 있는 가능성이 현실화되었던 시기였고, 두 문화가 하나로 합치 될 수 있는 현실적인 전제가 마련되었던 시기였던 것이다. "50년이란 시간만 더 있었다면 러시아의 서구화는 사회 각계각층으로 진행될 수 있었을 것이다. 다른 방법이 있을 수 있었겠는가? 18세기에 귀족이 성공적으로 통과했던 바로 그 문화적 인종적 테스트를 러시아의 "민중"이 받았던 것이다. 이러한 불과 50년이란 세월이 러시아에는 주어지지 않았다."[51]

아쉽게도, 이러한 가능성이 실현되지 않았다. 60년대인들 스스로나, 그 시대 다른 모든 세대들의 운명이 그러했듯이, 그들의 개인적인 운명은 과학과 문화 그리고 뾰뜨르 시대로 거슬러 올라가는 문명화에 직접적으로 연관되어 있었으며, 그들은 게르쩬이 표방한 바 있는 "도끼"를 들자고 호소하면서 러시아에서 반란은 무의미하고 무자비한 것이라는 뿌쉬낀의 말을 듣지 않았었다. 그들은, 아마도, 그들이 관여했을 바로 그 서구적 유형의 문명으로 무장하였다. 그들은 농민혁명을 꿈꾸면서 어떻게든 이 혁명을 이루고자 하였고, 귀족의 것이든 민중의 것이든 모든 러시아의 문화를 말살할 수 있는 불을 지폈

---

51 G. 페도또프. 러시아와 자유. 210쪽.

다. 이 불길 속에서 잡계급 지식인의 대학 강좌도, 게르쩬적인 농민의 도끼도, 화로도, 아뽈론 벨리베제르스끼도, 이들의 가치에 대해서 논쟁했던 60년대의 N. 네끄라소프도, A. 게르쩬도 흔적도 없이 사라져버렸다. 마치 뿌가쵸프의 난을 19세기로 옮겨놓으려고 했던 것처럼 보였던 60년대인들의 혁명성은 바로 이 시기에 매우 격렬하게 진행되었던 합일을 어떻게 이룰 것이냐의 문제에 직면하게 되었다. 안타깝게도, "도끼"에 대한 호소는 소멸되었고, 60년대에 시작되어 A. 체홉의 사할린 여행으로 끝났던 브나로드 운동도, 귀족과 민중이라는 두 가지 러시아 현실, 두 가지 문명을 결합시킬 수 있는 것 같았던 작은 일 이론도 소멸되었다. 귀족과 민중 문화의 결합은 이루어지지 않았다. 19세기는 민중과 지식인 사이의 극복하기 어려운 끝없는 심연만을 확인하고 마감하였다. 이 끝없는 심연을 E. 꾸지민나—까라바예바는 작품 속에서 이야기 하고 있으며, A. 블록은 비록 불가능한 것이지만 그 심연을 메우기 위해 어떠한 개인적 희생이라도 치르려고 하였고, 『시의적절치 못한 생각』의 저자인 M. 고리끼는 이 심연을 보고선 전율을 느끼곤 하였다.

파국적인 상황은, S. 불가꼬프의 표현에 따르자면, "국가가 둘로 나뉘고, 아무 의미 없는 싸움 속에서 국가의 최고 역량이 소진되던" 시기인 1905년 봉기 발발 이후에, 아주 명확하게 드러났다. 뾰뜨르 개혁의 전통을 계승하고 그 귀족적이고 엘리트적인 문화 유형을 상속받았으며 이미 그 당시 인텔리겐챠라는 당당한 신분을 구축했던 러시아의 식자층들은 이점에 대해 스스로 책임을 짊어졌다. 다시 되풀이된 뿌가쵸프의 난과 역시 그 못지않게 가혹했던 진압이 눈을 뜨게 해주었다. 공개적인 참회록이자 역사적 과오에 대한 인정이 문집 『베히』였는데, 왜냐하면 "혁명은 인텔리겐챠의 정신적 적자(嫡子)였으며, 따라서, 혁명의 역사는 이 인텔리겐챠에 대한 역사적 심판이었기 때문이었다."[52]

『베히』의 모든 저자들은 러시아가 두 개의 계층으로 분리된 것을 비극적으로 회상하고 있다. "민중이 우리를 이해하지 못하고 증오한다고 말하는 것은, 사실을 제대로 이야기하는 것이 아니다. 아마도, 민중은 우리가 그들보다 더 많은 교육을 받았기에 우리를 이해하지 못한다고 할 수 있을까? 아마도, 우리가 육체노동을 하지 않고 호사스럽게 살고 있기에 증오한다고 할 수 있을까? 아니다, 민중은, 결정적으로, 우리를 사람으로 보고 있지 않다. 우리는 그들에게 사람 꼴을 한 괴물인 것이며, 마음속에 신을 모시지 않는 사람들인 것이다."라고 M. 게르쉔존은 쓰고 있다. 그의 사상에 따르자면, 1905년 이전에는, 이러한 대립관계가 뚜렷하게 떠오르지 않았었다. "우리마저도 이점을 미처 헤아리지 못하고 있다. 우리는 민중이 우리와는 그저 교육 정도만이 차이가 있다고 굳게 믿었었다. 민중의 정신은 질적으로 다른 것이라는 것을, 우리는 생각하지 못했었다."[53] M. 게르쉔존 이야말로 누구보다도 더 통절하게 갈등의 비극성과 고통을, 그리고, 가장 심각한 것은, 그것이 해결될 수 없는 것이라는 점을 느꼈던 사람이었다. "우리와 민중 사이에 있는 것은 또 다른 성격의 반목이다. 우리는 민중에게 촌에 있는 부농과 같은 강탈자가 아니다; 우리는 민중에게 터키인이나 프랑스인과 같은 낯선 타인도 아니다: 민중은 우리에게서 인간적인 것과 러시아적인 면모를 보고 있지만, 그러나 우리에게서 인간적인 영혼을 느끼지 못하며, 때문에 민중은, 아마도, 무의식 속에서 불가사의한 공포를 느끼며, 우리를 끔찍이도 증오하는 것이다. 과

---

52 같은 책. 25쪽.
53 M. 게르쉔존. 창조적 자의식// 베히. 85쪽.

연 우리는 어떠한가, 우리는 결코 민중과 하나가 되고 싶어 하지 않을 뿐만 아니라, 정권의 어떠한 처벌보다도 더 우리는 민중을 두려워하고 있다."[54]

M. 게르쉔존의 이러한 사상을 어떻게 이해해야 할 것인가? 그는 새로운 러시아 혁명이 가져올 재앙을, 뿌가쵸프는 못했지만, 20세기의 뿌가쵸프의 난이 성공할 수 있었던 러시아 문화와 러시아 문명에 대한 타격을 예견했던 것이라고 생각한다. 게르쉔존이 "민중과 하나가 되기"를 두려워 할 때, 그는 서로를 이해할 수 없는 두 개의 문화와 서로 이해하지 못하는 러시아 사회의 두 계층이 상호 소모전을 벌이는 것을 두려워하고 있는 것이다.

바로 이러한 사상, – 러시아 사회 내부에 형성된 두 문화적 잠재력이 만나는 것을 우려하는 사상, 이렇게 만나게 될 경우 어떠한 비판 세력이 우위를 점하게 될 수 있고, 민족적 재앙을 초래할 수 있는 봉기가 일어나게 된다는 사상 – 이 또한 P. 스뜨루베의 논문에 내재되어 있다. "무수한 희생을 치를 가치가 있었지만, 그 방법에 있어서는 쓸데없이 잔인하고 완전히 '날강도 같았던' 스쩬까 라진의 이름과 연관된 운동"도, 또는 "1598~1613년의 동란이나 스쩬까 라진의 난과 원칙적으로 다른 새로운 것이 아무 것도 없었던"[55] 뿌가쵸프의 난조차도, 1905년의 혁명에서 나타났던 그러한 위험성은 없었다고 그는 간주한다. 문제는 "뿌가쵸프 혁명 이후 이 혁명에 이르기까지 모든 러시아의 정치적 운동들은 러시아에서 잘 교육받고 특권을 가졌던 일부의 운동이었다는 점이다. 이러한 특성은 제까브리스뜨 당원들이 일으켰던 청년 장교들의 혁명에서도 지극히 명백하게 본질적인 것이었

---

54 같은 책. 89쪽.
55 P. 스뜨루베. 인텔리겐챠와 혁명// 베히. 156~158쪽.

다. 우리가 체험했던 이 혁명에서만이 인텔리겐챠의 사상은 민중과 잇닿을 수 있었고, 이는 그 의미에서나 그 형식으로 볼 때 러시아 역사에서 처음 있는 일 이었다."[56] 이러한 접촉 방식은 참으로 그로테스크하게 보였고, 이런 저런 면에서 가장 잔혹하고 무서운 세력을 각성시켰다. "인텔리겐챠의 이상이 갖고 있는 정치적 급진성과 민중의 본성에 내재한 사회적 급진성이 급속도로 접목되었다."[57] 이러한 접목이 불과 20여 년이 경과한 후에 러시아에서 발생하게 되는 새로운 사회문화 제도를 향해 내딛는 첫 발 중의 하나가 되었다.

민중에 애착을 느꼈던 인텔리겐챠는 헌신성이라는 모티브를 중요시했었고, 그러나 이 모티브는 일종의 자기 부정의 본능이나 민중의 절대적 행복을 위해 현존 세계의 모든 것을 부정하고자 하는 각오로 변질되었다. 이렇게, 혁명성은, S. 프랑끄는 간주한다, 형이상학적으로 파괴가 절대적인 가치라고 생각했던 세태를 반영하는 것이었으며, 특히, E. 뜨루베쯔꼬이가 기술한 바 있었던, 러시아인의 의식에서 일반적으로 볼 수 있는 정치적 급진주의와 최대강령주의에 따른 결과물이었던 것이다. 가장 무서운 것은 파괴를 반기고, 그들이 살고 있는 곳에 시간이 지나면서 뭔가 훌륭한 것이 생겨나리라는 (그렇지만 결코 현실로 실현되지 않았다) 순진하고 어리석은 믿음 속에서 두 문화가 서로 잿더미가 되는 것을 받아들이려는 자세가 혁명성과 급진주의 내부에서 성숙되어 갔다는 점이었다. S. 프랑끄는 마치, 인류사의 개별 조각들에서 주워온 파편들을 결합하여 뭔가 새로운 것을 만들었던, 앞으로 생겨날 키메라의 발생과 발전 과정을 예측하고 있는 듯하다. "만약 인류의 문화가 가지고 있는 문제들을 기계적인 문제로 바라

---

56 같은 책. 164~165쪽.
57 같은 책. 170쪽.

본다면, 현재 우리에게 남아 있는 것은 단지 두 개의 과제, 즉 과거에 문제가 있었던 형태를 해체하거나, 부품들을 다시 재배열하고 그 중 새롭고 유용한 것을 취해 재조립하는 것만이 남아있다. 그리고 문화의 영역에서 어떠한 기계적 결함을 진단하고 창조적 건설의 원리라는 새로운 원리를 찾기 위해서는 인생을 전적으로 다른 각도로 이해해야만 한다."[58] 안타깝게도, 이러한 문화에 대한 견해, 문화를 와해시키려는 자세, 자기 주변의 모든 것을 불사르기, 합일도 아니고 창조적 건설도 아닌 상호소멸에 대한 지향이, 세기 초 러시아인들의 의식구조를 지배하고 있었다.

많은 점에서 이 때문에, 휴머니즘적 전통이 항상 철학적 윤리적 토대를 이루었던, 러시아 문학에서 20~30년대에 원칙적인 면에서 볼 때 반휴머니즘적인 예술적 구상이 형성될 수 있었다.

이러한 시각은 이러저러한 작가들의 세상을 바라보는 예술적 비전뿐만 아니라 현실로 구현된 그 비전의 구체적 모습까지도 반영하고 있었으며, 뿌리깊이 박혀있는 러시아 민족적 특성의 산물이었다. 아주 분명하게 이 특성이 드러났던 것은 1905년이었다. 민중이 결코 선량한 사람이 아니라는 것, 민중은 착한 품성을 갖고 있지 않으며 결코 천사의 모습이지도 않다는 것을 이해하기 위해서는 혁명기의 피비린내 나는 사건들을 필요로 하였다. 러시아 민중은, 다른 모든 민중들처럼, 밝은 면과 어두운 면을 갖고 있다. "역사적으로 볼 때 러시아 민중의 정신 속에는 성 세르게이 사원의 유훈과 라진이나 뿌가쵸프와 같은 참칭자들의 부대를 구성했던 농노도적단의 정신이 싸움을 벌이고 있다."[59] 민중의 정신 속에 살아 있는 이 두 전통들 중 어떠한

---

58 S. 프랑끄. 니힐리즘의 윤리(러시아 인텔리겐챠의 도덕적 세계관의 특징에 대하여)// 베히. 195쪽.

것이 우위를 점할 수 있는가? 다른 문화적 원리와 접촉할 때 어떠한 것이 승리하는가?

아쉽게도, 인텔리겐챠들은 민중 정신 속에 내재해 있는 파괴력을 불러 일으켰다. 이점은 다음과 같은 그들의 민중에 대한 태도와 연관된 것이다. "인텔리겐챠는 두 개의 극단, 즉 민중숭배와 정신적 귀족주의 사이를 계속해서 그리고 필연적으로 오가고 있다. 민중숭배에 대한 요구는… 인텔리겐챠가 가지고 있는 믿음의 기반 자체에서 연유하는 것이다. 그런데 이런 기반에서 상반된 태도도 필연적으로 연유한다. "의식성"을 길러 주기 위해 유모가 필요한 미성년자이자, 인텔리겐챠가 볼 때 계몽되지 않은 구원의 대상으로서의 민중에 대한 오만한 태도가 그것이다."[60] 이러한 상황은, 인민주의자와 잡계급 지식인들이 활동하던 60년대부터 특히 긴밀하게 이루어지던 인텔리겐챠와 민중의 만남에서, 이러한 접촉이 긍정적인 성과를 낳기도 하였지만, 치명적인 불꽃이 일어나고, 파괴의 열정이 생겨나는데 한 몫을 하기도 하였다. 바로 이러한 러시아 사회의 두 계층에 대한 해석을 S. 불가꼬프는 주장한다: "민중이 갖고 있던 오랜 세월 동안의 종교적-도덕적 원칙의 와해는 민중 속에 있는, 러시아 역사에서 수 없이 볼 수 있었던, 감춰진 본능, 유목민이자 정복자였던 따따르인들의 본성으로 깊이 중독된 사악함을 드러내 주었다." 바로 "이러한 스스로의 파괴적 니힐리즘 안에 내재해 있는 무시무시하고, 무질서하며, 자연발생적인 힘들이"[61], 1905년에 처음으로 스스로의 파괴력을 남김없이 보여주었던 것이다.

---

59 S. 불가꼬프. 영웅성과 영웅적 행위. 64쪽.
60 같은 책. 59~60쪽.
61 같은 책. 64쪽.

안타깝게도, 지난 세기의 역사 속에서 갈라져버린 두 개의 러시아 문명과 두 개의 문화가 20세기에도 합쳐지지 않을 것이라는, 『베히』 저자들의 음울한 예언은 진실로 판명되었다. 반대로 두 문화의 본질적 속성이 둘 사이의 타협할 수 없는 갈등을 낳고 있다. 이 두 문화가 충돌한 결과, ─ 그 충돌의 제1막은 1905년이었고, 정점은 1917년이었다 ─, 지금까지 우리가 알 수 없었던 역사적, 문화적 메커니즘이 작동을 개시하였고, 대중은 비판적으로 변해갔다. 봉기가 일어났고, 그 결과 두 개의 문화적 전통은 소진되어 버렸다. (하나의 문화가 다른 하나를 이겨낸 것이 아니었다) 다행스러웠던 것은, 러시아 문화가 스스로의 내부에, 비록 잠재적인 형태일망정, 선행 시기에 획득했던 문화적 코드들을 탄탄하게 간직하고 있었다는 점이었다.

1920년대에 망명 문학가 그룹에서, 현대판 뿌가쵸프로 레닌을 바라보는 입장이 확립되었다. 이러한 단순명료한 비교는 1910~1920년대의 문화적, 역사적 발전 과정의 본질을 이해하도록 해주는 것이다.

18세기 후반의 몇 십 년 동안 생겨나지 않았던 것이 20세기 초에는 현실이 되었다. 새로운 뿌가쵸프가 혁명이 되어 버렸던 봉기의 문화적 방향성을 변경시키지는 않았다. 이것은 이미 1905~1907년에 있었던 혁명의 "예행연습" 이후에 명확해졌었고, 이 점에 대해 『베히』의 저자들은 떳떳하게 표명한 바 있었다. 15년의 세월이 채 지나지 않아서 『심연에서』라는 철학문집에서 그들은 1917년 이후 러시아 문화 상황의 근원적인 변화를 확인하였다. 그들 중 한 사람인 S.아스꼴도프의 관점에서 볼 때, 1917년 사건의 본질은 사회적 변혁이 아니라 바로 러시아 민족의 문화적인 전체 토대를 건드렸다는 점이었다. "1917년 10월의 국가적 변혁은, ─그는 쓰고 있다.─ '사회적인' 성격이 매우 미미한 것이었다. 이 변혁은 모든 면에서 반사회적인 것이었다. 왜냐하면 그것은 기본적인 모든 사회제도들, 즉 소유권, 행정 기능, 국제 조약, 재판정, 모든 자유를 인정하는 법안을 와해시켰고, 극단적인 선동가들이 불만을 가졌던 계급과 계층들에게 '부르주아'라는 딱지를 붙이면서 사회적 거세를 시도할 정도로 국가의 일상적 기능을 정지시켰기 때문이었다. 부르주아와 함께 모든 사회 제도에 필수적인 사회 조직들도 파국을 견뎌 내야 했었으며, 새로운 상황에서 일시적으로나마 이득을 얻었던 프롤레타리아 자신도 가까운 장래에 피할 수 없는 재난을 대비하여야 하였다. 본질적으로 볼 때, 사회주의의 깃발 아래 천천히 무정부주의적인 붕괴가 진행되고 있었던 것이었다. 이러한 과정의 파괴적 본질을 현실 자체가 극히 명확하게 드러내 주고 있었다."[62]

"이러한 과정의 파괴적 본질"은 문학에서나, 일부 예술가의 운명 속에서도 비극적으로 이야기 되었다. 러시아 농민의 세계관을 표현할 수 있었고 확고한 민중적, 민족적 뿌리를 갖고 있었던 민중 문화의 대표자들인 N. 끌류에프, S. 에세닌, S. 끌르이츠꼬프, 또한, 예를 들어, 민족문화의 다른 갈래를 대표하는 B. 벨리냐끄나 P. 스뱌또뽈끄-미르스끼, 프세볼로드 메이에르홀드와 A. 따이로프가 운명을 함께 하였던 것이다.

3. '두 개의 문화'에 대한 레닌의 이론

20세기 초에 절정에 이르렀던 러시아의 문화 내적인 대치 상황을

---

62 S. 아스꼴도프. 러시아 혁명의 종교적 의미// 베히. 심연에서. 모스크바. 1991. 242쪽.

볼셰비키들은 실리적인 정치적 관점에서 긍정적인 계기로 받아들였었다. 실제로, 러시아 역사에는 두 개의 대립되는 문화적 "유전자형"이 있었으며, 그것은, 아마도, 결국은 충돌을 일으키게 되어 있는 것일 것이다. 이러한 충돌의 순간이 다가왔다. 볼셰비키 당은 이 문화 내적인 갈등이라는 칼로 러시아 땅에 공산주의적 공동체라는 환상을 심을 수 있다고 예견이라도 한 듯이 민족 전통을 파괴하는 이 대립관계를 받아들였고, 이를 이용하였다. 레닌은 하나의 민족 문화 안에 "두 개의 문화"가 있을 수 있다고 보는 이론을 내걸었고, 정권 장악을 위해서 이 이론을 이용하였다. 그리고 그것은 러시아 민족 문화에 커다란 구멍을 뚫어 버렸고, 거의 반세기에 걸쳐서 사회주의적인 법칙이 예술을 지배하게 되었다.

하나의 민족 문화 내부에 "두 개의 문화"가 있다는 유명한 레닌의 이론은, 당연한 말이지만, 정치적 성격이 짙은 것이었고, 그러나 아주 정확하게 러시아 내부의 실제적 현실을 반영하고 있었다. 이 이론은 실제로 심각한 갈등이 존재한다는 것을 확인시켜 주었고, 구체적인 정치적 목적으로 이 갈등을 이용할 수 있는 가능성을 열어 주었다. "당대의 각 민족에게는 두 개의 민족이 있다… 각각의 민족 문화에는 두 개의 민족 문화가 있다. 뿌리슈께비치 부류와 구츠꼬프 부류 그리고 스뜨루베 부류의 위대한 러시아 문화가 있지만, 또한 체르느이셰프스끼와 쁠레하노프의 이름으로 특징지을 수 있는 위대한 러시아 문화도 있다"고 V. 레닌은 1913년에 쓰고 있다.[63] 그러나 보다 중요한 점은 민족 문화를 두 개의 적대적인 진영으로 나누려는 생각이 볼셰비키가 권력을 장악한 뒤에도 변하지 않았다는 것이고, 이 사상은 행동의 지침이 되어 버렸다.

---

63 V. 레닌. 전집. 24권. 129쪽.

이런 양분법은 1920~30년대 전체에 걸쳐 불변의 것으로 남았고, 문화 건설 분야에서의 당 정책의 근간이 되었다. 이것은 극히 자연스러운 것이었는데, 왜냐하면 바로 문화 내적인 갈등의 보존이야말로 일원론적인 소비에트 문학 형성을 위해서 이론적, 실천적 근거가 될 수 있었기 때문이었다. 따라서 문학 문제에 관련된 모든 당의 문서에는 "두 개의 문화"라는 개념이 확고하게 담겨져 있었다.

이 점을 증명하고 있는 것이, 특히, 1932년에 『문학백과사전』을 위해 씌어진 A. 루나차르스끼의 '레닌과 문예학'이라는 핵심적인 논문이다. "이러한 민족 문제 해결을 위한 레닌적 해법의 변증법은 스딸린 동지의 상응하는 여러 발언을 통해 완전히 해명되었다"라고 루나차르스끼는 쓰고 있다. 그는 '우리 내부의 문화적 과제들'의 특징을 거론하면서, 그 과제들이란, 가장 일반적인 특징을 언급한다면, 하나의 민족 문화의 틀에서 "뿌리슈께비치 부류, 구츠꼬프 부류 그리고 스뜨루베 부류의 문화"를 근절시키고, 체르느이셰프스끼와 쁠레하노프의 이름으로 특징지을 수 있는 정반대의 문화를 활성화시키는 것이라고 말한다. 이것은 잘 계산된 정책으로서 철저히 실현되었다. 국가는 문학과 예술에서 최고 재판관의 역할을 맡게 되었으며, 문학과 예술에서 어떠한 경향이 존속되어야하고, 어떠한 경향이 없어져야 하는 것인지를 결정하는 임무도 떠맡게 되었다. 여기에서 민족 문화 전통과 문화의 현주소, 무수한 문화 창조자들의 개별적 운명 등도 예외가 아니었다.

이러한 견해들이 언급되었던 것은 V. 레닌, A. 루나차르스끼, L. 뜨로쯔끼의 저작들에서였다. 그들 저작에서는 모두 이런 저런 식으로 러시아 문학을 두 개의 흐름으로 나누었으며, 어떤 "진부해졌거나", "진부해지고 있는" 흐름에는 준엄한 판결을 내리고, 다른 하나, 즉 새로운 세상의 생성 중인 문학에 대해서는 지지를 표명하고 있었다. 이처럼 두 개의 문학, 혹은 한 민족 문화 틀 속의 '두 개의 문화'는 비단 계급적 원리에 따라서만 대비되었던 것은 아니었다. 여기에는 각기 다른 시대와 세계의 대립, 부르주아적이며 받아들일 수 없는 것으로 이해되었던 과거의 것과 새로운 것의 대립도 포함되어 있었다.

"죽은 자가 산 자를 사로잡는다"라는 오래된 격언을 A. 루나차르스끼는 과거와 현재 문화의 상호 관계를 규정지으면서 인용하고 있다. "그렇다. 사멸한 계급이 살아 있는 계급을 사로잡는다; 사회적 사망자, 사멸한 계급, 없어져버린 생활양식, 사멸한 종교는 이미 오래 동안 흡혈귀로서 존재할 수 있었다. 이것들은 이미 오래 전에 묘지에 묻혀 있어야만 했지만, 아직도 우리 사이를 떠돌고 있는 것이다. 흡혈귀들은, 사시나무 말뚝으로 박아버리지 않는다면, 무덤에서 기어 나오거나 화장장의 굴뚝을 타고 악취로 새어 나와서 어둠의 악령으로 다시 지상에 내려온다."[64] 이 계시록적인 광경은, 20년대 내내 그가 생각하고 있었던, "두 개의 문화", 두 개의 문학이 맺고 있는 상호 관계를 특징짓기 위해서 그려진 것이다. 이런 식으로 루나차르스끼가 그 역할을 규정했던 러시아 문화 활동가나 문학가들을 일일이 열거할 필요는 없을 것이다.

두 개의 문학, 두 개의 직접적으로 반대되는 문화적 전통을 첨예하게 계급에 따라 대립시키고, 이 가운데 어떤 것은 품종 개량하고 다른 것은 멸종시키는 방식은 민족적 니힐리즘의 극단적인 형태, 즉 혁명과 직접적으로 연관되지 않는 모든 것, 계급적, 사회적, 혁명적 이상에 반대되는 과거 문화의 모든 것을 잘라내 버리려는 갈망에 근거한 것이었다. 이 민족적 니힐리즘의 경향이 가장 극단적으로, 즉

---

64 A. 루나차르스끼. 새로운 세계의 문학. 모스크바. 1982. 96쪽.

러시아 문화 자체를 오만하게 부정하는 형태로 표현된 것은 L. 뜨로쯔끼의 책 『혁명과 문학』에서였다.

1923년에 발간되어 1924년에 곧바로 재출판 되었던 뜨로쯔끼의 책은 결코 1920년대 문학을 다룬 비평집이 아니었다. 첫째로, 이 책의 저자는 가장 권위 있는 당 활동가이자, 혁명가였고 레닌의 동료이자 소비에트 정부의 각료였었다. 따라서 그의 견해는 일개인의 견해로 간주될 수 없었다. 그 견해들은 공식적인 관점과 연관된 것이었으며, 그 관점이 구체화된 것이었다. 둘째로, 이 견해들은 과거와 확실한 선을 긋고, 이 과거를 평가절하하며 미래지향적인 것에 모든 가치를 두려는 당대 사회의식의 전형적인 지향이 뚜렷이 나타나 있었다. 여기에는 일종의 "황금 세기"라는 관념이 깔려 있다. 이 시대는 과거가 아니라 미래에 펼쳐지는 것이며, 또한 이 시대는 과거의 모든 것을 포기할 때에만 도래할 수 있는 것이었다. 과거는 근원적으로 평가절하된다. 뜨로쯔끼는 러시아 문화, 철학, 문학, 심지어 건축마저도 존재할 권리나 현재의 구성 부분으로서 현재에 포함될 권리를 박탈하고, N. 체르느이셰프스끼, P. 차다예프, L. 똘스또이, V. 솔로비요프의 경험을 부정하면서, 다음과 같이 주장하고 있다. "다시 한 번 반복하건대, 우리의 사회 사상사는 아직까지도 인류 전체의 사상사에 깊이 새겨 놓은 것이 없다. 이러한 사실이 민족적 자존심을 건드리는가? 그러나, 첫째로, 역사적 진리는 민족 자존심에 딸린 시녀가 아니다. 둘째로, 우리의 민족 자존심을 과거가 아닌 미래에 두는 것이 더 좋을 것이다." 과거에 이미 존재하던 것을 원칙적으로 평가절하하고 모든 문화적 전통을 전면 부정하며 과거와 하루 속히 단절함으로써 신화적인 미래의 "황금 세기"를 이루겠다는 생각은 현재에 대한 모든 폭력 행위를 정당화 시켜준다. 1912년에 뜨로쯔끼는 "우리는 철학이나 사회과학 영역에서 세계에 무엇을 제공했는가? 전혀 없지 않은가! 뚜렷하고 확실한 러시아 철학자가 있으면 어디 한번 말해보라"고 물음을 던졌다. 10년 뒤에 이 물음은 러시아 철학 사상의 모든 학파에 대한 새로운 권력의 확신과 명령이 된다.

현실에 존재하지 않는 "황금 세기"와 미래를 위해 인간 보편적인 문화를 거부하는 것이 "황금 세기"에 도달할 수 있는 유일한 방법이다. "우리의 '경탄할 만한' 과거와 '근사한 것의 이상'인 현재의 '독특한' 특징이 역사에 의해 씻겨 지는 만큼만 위대한 미래는 우리에게 흐릿한 환상에서 현실로 바뀐다."[65]

L. 뜨로쯔끼는 새로운 사회가 유산으로 물려받을 것이 전혀 없다고 주장함으로써 러시아 문화가 아예 존재하지 않는다는 견해를 내놓고 있다. 사실, 문화전통을 거부하는 가장 확실한 방법은 문화가 아예 없다고 말하는 것이다. "사회적 야만 상태라는 처녀지에 '문화계층'의 아주 미세한 이탈"이니, "역사에서 잊혀 진 가련한 우리 귀족 계급!"이니, "되돌아보면 러시아는 얼마나 가련한 나라이며 우리 역사는 또 얼마나 가련한가" 따위의 말은 과거보다는 현재를 두고 하는 말이다. 이러한 표현들은 마음에 들지 않는 작가와 문화 활동가 및 작품, 철학 또는 문예미학 사상의 제반 경향 및 조류 등에 대한 폭력을 노골적으로 정당화시켜 준다. 문화적 니힐리즘은 맘에 들지 않는 문화적 맹아의 제거와 문화의 품종 개량 등에 도덕적 윤리적 근거를 제공해주며, 이데올로기적 출판물에 대한 억압의 고삐를 바짝 당기고 문학을 이데올로기의 전달 수단으로 바꾸려는 의도에 논거를 제공해 주었다. 가장 높은 수준에서 선언되던 문화적 니힐리즘은 사회뿐만 아니라, 개인들에게도 치명적이었다. 문화적 니힐리즘은 개인의 터전을

---

65 L. 뜨로쯔끼. 문학과 혁명// 문학의 제 문제. 1989. No 7. 194~199쪽.

허물고 체제의 윤리적 나침반을 앗아가고 인간 보편적 개념을 "계급적" 개념으로 대체시켜 버린다. 선악, 상하, 흑백 등은 보편성을 상실하고 위치를 바꿀 수 있는 것처럼 되기 때문에 그러한 인간의 의식을 보다 수월하게 조작할 수 있다. 이를테면 증오는 휴머니즘으로 생각될 수 있다. 라쁘의 서기장 L. 아베르바흐는 프롤레타리아트의 계급적 증오심보다 더 휴머니즘적인 것은 없다고 적었다.

"문화는 묶어버리고 제한하는 기능을 수행하며, 특히 문화는 보수적인 것이어서, 문화가 풍부할수록 더 보수적으로 되어버린다"[66]라는 말은 이미 완전한 반체제의 이데올로기이며, 그 발전은 갈등을 빚고 있는 두 문화적 전통의 근절에서부터 시작된다. 이 이데올로기의 밑바탕에는 뭔가 새로운 것을 위해서, 과거의 문화를 대신하여 생겨날 미래의 키메라를 위해서 문화 전통의 가치를 평가 절하하려는 태도가 깔려 있다. 그래서 L. 뜨로쯔끼는 안드레이 벨르이를 죽어버린 사람이라고 선언하고 그와 동시에 인상주의 미학체계를 폐기처분하여 문화에서 가장 위력적이었던 부분을 제거하였고, 아흐마또바와 쓰베따예바의 서정시를 "새로운 인간에게 사회적으로나 미학적으로 아무런 쓸모가 없는" 것이라고 설명하면서 문화를 불안정하게 만들고자 하는 것이다. 그래서 그는 "어떤 면에서는 예술이 정치에 근접하고 정치가 예술에 근접하기" 때문에 문학을 정치라고 선언하는 것이다. 그래서 그는 프롤레타리아에게 특징적인, 그의 관점에서, 매우 독특한 세계 지각을 표현하기 위해 예술을 차용하고 있는 것이다. "프롤레타리아는 이제 막 형성되고 있는 새로운 정신 상태를 예술을 통해 표현해야 하며, 예술은 이 새로운 정신 상태 형성에 도움이 되어야 한다."[67]

---

66 같은 책. 194쪽.
67 같은 책. 207, 220, 221쪽.

전체적으로 뜨로쯔끼의 저술은, 30~50년대 소비에트 문학의 유일한 경향이 되었던 사회주의 리얼리즘 미학이라는 문화적 일원론을, 30년대에 이미 준비했던, 문화적 품종 개량에 정치적으로나 문화적으로 논거를 제공해 주었다. 과거의 문화적 퇴적물을 깨끗이 제거한 땅 위에 건설되는, 모두가 갈망하는 미래라는 "황금 세기"론은 계속해서 위축되어 가던 문화적 범주를 이데올로기적으로 정당화 할 수 있도록 해주었다. 보편적인 가치를 가지고 있는 그 어떤 미래를 위해 과거와 현재의 문화를 전면적으로 평가 절하하게 되면, 과거와 현재의 문화에 대한 탄압이 절대적으로 정당화된다. 이로 인해 문학은 D. 베드느이의 운문이나 Yu. 리베진스끼의 산문, 정반대되는 선행 시기 휴머니즘 전통에서는 거의 찾아보기 힘든 새로운 미학적 자질을 획득한다. 이 지점에서 우리는 20년대에 형성되어 30년대에 사회주의 리얼리즘이라고 불렸던, 키메라 구조의 역사적, 문화적 원천을 만나게 된다.

L. 뜨로쯔끼의 저서 『혁명과 문학』은 1920년대 사회생활에서 지엽적인 현상이 아니었다. 그것은 문학예술 문제에 대한 공식적인 입장을 상세하게, 논리적으로 표명한 것이었다. 이 점은 문학계에 몸을 담고 있던 모든 사람들이 인식하고 있었다. 당시 문단에서 권위를 인정받고 있었던 A. 보론스끼는 뜨로쯔끼의 이념과 관련해서 이렇게 적고 있다. "프롤레타리아 작가들 사이에서는 뜨로쯔끼 동지의 이 발언이 그의 사견일 뿐이라고 말함으로써 이 발언의 의미를 약화시키려고 하는 경우가 적지 않다. 지난 겨울과 봄에 출판물에 등장한 레닌 동지의 발언을 기억하는 사람이라면 누구나 레닌 동지의 발언이 뜨로쯔끼 동지의 관점과 완전히 맞닿아 있다는 점을 인정해야 한다."[68]

A. 보론스끼는, 대단히 의아스럽게 여겨지겠지만, 이 대목에서 미

---

68 A. 보론스끼. 예술과 삶. 모스크바. 1924. 95, 96쪽.

래 문화를 현재 문화에 대립시키거나 현재 문화를 평가 절하하는 것을 전혀 염두에 두지 않았다. 또한 그는 프롤레타리아 문화에 대한 판단의 배후에 러시아 민족 문화와 민중과 귀족 모두의 문화적 원천을 전면 부정하는 태도가 숨어 있다는 점을 간과하였다. 마침내 그는 뜨로쯔끼의 견해가 레닌의 견해나 "체르느이셰프스끼와 쁠레하노프의 이름으로 특징지을 수 있는" 하나로 구성된 민족 문화에 대한 그의 믿음에도 부합되지 않는 다는 점을 몰랐다. 그는 뜨로쯔끼가 레닌과 드러나게 논쟁을 벌이지는 않지만 레닌보다 더 멀리 나가고 있다는 점을 몰랐다. 과거나 러시아 문학의 역사가 아니라, 러시아의 현재와 미래에 적용되었던 한 민족 문화 내부에 "두 개의 문화"가 존재한다고 보는 레닌의 학설이 문화 발전의 전체 경향이 아니라 몇 가지 경향만을 제거하는 결과를 가져다주었던 반면, 뜨로쯔끼는 러시아 문화 전체를 부정하고 있었던 것이다.

뜨로쯔끼의 저서는 루나차르스끼의 저서나 레닌의 발언들처럼 명령적인 성격을 띠고 있지 않았다. 이것은 단지 1920년대 공산당 중앙 위원회의 각종 결의 및 법령에 근거를 제공해주었을 뿐이었다.

당중앙위원회의 각종 결의 및 법령 등의 문서는 그때그때의 당면한 과제를 해결하기 위한 것이면서 이와 동시에 그 이전 문서의 맥락 속에서 등장한 것이다. 문학을 계획적으로 차근차근 국유화하고 문학을 마치 경제나 여타 사회 영역을 대하듯 지도하려는 정책 노선이 이렇게 하여 만들어졌다. 어떤 반체제에 반드시 따라다니는 속성인 정치적 압박이라는 조건을 갖췄을 때서야 키메라적인 구조도 탄생할 수 있었다.

4. 국유화

문학과 문화를 국가가 지도해 나가겠다는 입장은 소비에트 시대 전체에 걸쳐 변함이 없었다. 그런데 20년대는(문학적인 의미에서 이 시기는 1917년에서 1930년대 초반에 이르는 시기를 말한다) 최소한 두 개의 대립적인 경향이 싸움을 벌였던 시기로 특징지을 수 있다. 한편에서는, 다양한 종류의 문학 발전 경향(문학동아리, 살롱, 그룹, 다수의 다양한 미학적 지향을 표현하는 조직들의 연합 등등)이 있었다. 다른 한편에서는, 당 문화 정책에 표현된 정부 당국의 지향이 자연스럽게 퍼져 나오는 다양한 목소리들을 강제적으로 하나의 목소리로 통일시키고 있었다. 그래서 문학에 관련된 모든 당의 문서들은(1920년 12월 발표된 러시아 공산당 중앙위원회의 결의안 '쁘롤레뜨꿀뜨에 대하여', 1925년의 법령 '예술 문학 분야에서의 당 정책에 관하여', 1932년의 법령 '문학-예술 조직의 재편에 대하여') 바로 문학 속에 하나의 노선을 심고, 반대되는 입장이거나 약간이라도 다른 생각을 가진 여타의 모든 것들을 축출한다는 과제를 제기하고 있었다. 향후 수십 년 동안 공식적으로 인정을 받지 못한 모든 미학적, 이데올로기적 문학 경향들은 국내 문학의 흐름 속에서 배제되었다. 다시 말해서 이러한 경향들은 망명문학이나 지하 문학에서 가능하게 되었다.

20~30년대에 걸쳐 문학 과정에 국가가 영향을 미치는 새로운 형식과 메커니즘이 생겨났다. 문학과 예술 문제에 대한 공산당 중앙위원회의 결의문, 공산당 아카데미에서의 토론, 언론에 게재되는 공개 토론들이 그것이다.

이러한 법규와 서류들 모두가 그때그때의 당면한 과제를 해결하기 위한 것이면서 이와 동시에 그 이전 문서의 맥락 속에서 등장한 것이다. 문학을 계획적으로 차근차근 국유화하려는 정책 노선이 이렇게 하여 만들어졌다. 문제의 핵심은 바로 문학을 국가가 지도하는 부분이었다. 이를 위해서는 통치 수단, 조직, 기구가 필요했었다. 이러한 기구가 1934년에 만들어 졌던 작가 동맹이었고, 이 기구는 일종의 문학 "행정부"였다.

문학의 지도 가능성을 준비한 최초의 문서는 1917년 11월 9일 (10월 27일) 혁명 직후 두 번째 날에 채택되었던 출판 법령이었다. 이 법령으로 "다양한 뉘앙스를 가진 반혁명적인 출판" 기관들이 폐쇄되었고, 언론과 출판의 자유는 다음과 같이 "자유주의적인 병풍"으로 광고되었다. "우리 사회의 이 자유주의적인 병풍 뒤에는, 부당하게 신문사를 장악하여 대중의 의식에 혼란을 조장하고 이성을 마비시켜버리는, 부유한 계급을 위한 자유가 실제로 숨어있다; 부르주아 신문들은 부르주아의 가장 강력한 무기 중의 하나이다. 이 무기가 어떤 순간에는 폭탄이나 기관총 못지않게 위험하다."[69] 출판에 관한 법령으로 폐지된 언론의 자유는 다시 회복되지 못했다.

문학의 국가 권력 종속에 대한 다음 조치는 1920년 12월 1일 채택된 '쁘롤레뜨꿀뜨에 대하여'라는 공산당 중앙위원회 결의문이다. 이 문서에 의해서 쁘롤레뜨꿀뜨 지도자들이 옹호하였던 국가로부터의 창작 기구 독립의 가능성이 부정되었다. 나름의 복잡한 철학을 가지고 예술 창작에서 부침을 거듭하며 전국에 그물망처럼 뻗어있는 스튜디오와 창작 서클을 갖추고 있던 규모 있는 창작과 계몽을 위한 기구들이 정부의 산하기구로 편입되었다. '쁘롤레뜨꿀뜨에 대하여'라는 공산당 중앙위원회의 결의문은 문학의 국유화, 문학의 정부 통제를 겨냥

---

69 10월 혁명 법령집: 소비에트 인민위원회의 대표자인 레닌이 서명한 행정 조치들. 모스크바. 1933. 16쪽.

한 최초의 국가적 법령이었다.

당연히, 이러한 국가와 문화의 상호 관계에 이전 시기 예술분야의 대표적인 인텔리겐차들이 어떻게든 관여하지 않을 수 없었고, 이 점은 갈등의 양 당사자들, 즉 인텔리겐차들 스스로나 당 지도부도 잘 이해하고 있었다. 그래서 국가 정책의 또 하나의 측면은 이 인텔리겐차들을 강제 망명을 통해 축출해 버리는 것이었다. 20년대 초에 러시아는 이전에 본 적이 없었던 그런 규모였고, 진실로 러시아의 비극이 되어버렸던 현상을 경험하게 된다. 이 현상은 볼셰비키 독재에 굴복하지 않았던 수 백 만 명의 러시아 인들을 다른 나라로 보내는, 성서의 출애굽과 같은 것이었다. 수많은 사람들이 내전에서 패배한 백위군의 잔존 부대와 함께 떠나갔고, 수많은 사람들이 기차를 타거나, 배를 타고 떠나갔고, 일부는 목숨을 걸고 걸어서 국경을 넘어갔다. 자유가 그들에게는 더 소중한 것이었다. 국내에 남는 것을 원했던 반볼셰비키 인사들조차 강제로 출국시켜 버렸다. 이것이 새로운 정권의 정책이었다. 1922년 5월에 레닌은 제르진스끼에게 다음과 같은 메모를 보냈다.

> "제르진스끼 동무! 반혁명을 돕는 작가들과 교수들을 외국으로 보내는 문제에 대해.
>
> 이를 좀 더 면밀하게 준비해야 합니다. 사전에 충분한 분비가 없으면 바보짓을 하기 십상입니다.
>
> 이 '군사 스파이들'을 계속 체계적으로 붙잡아 외국으로 보내도록 해야 합니다.
>
> 이 일을 정치국원들과 나에게 정기적으로 알려주되 다른 사람들에겐 비밀로 하시오. 그리고 나에게 이들의 평가와 귀하의 결론을 통보해 주시오."[70]

이러한 행위의 결과였던 것이 소위 "철학하는 기선(汽船)"이었고, 이 배를 타고 새로운 정권을 지지하지 않는 인텔리겐차 대표자들은 해외로 추방되었다. S. 불가꼬프, N. 베르쟈예프, L. 까르사빈, F. 스쩨뿐 등등의 저명한 러시아 철학자와 사회비평가들이 이렇게 해외로 추방되었다. "철학하는 기선"을 타고 러시아를 떠났거나 이 시기를 전후하여 조국을 등졌던 사람들이 러시아 망명문학이라는 놀라운 현상을 일으켰다. 문학이 발전할 수 있는 미학적 조건을 고려해 보았을 때, 이것은 거의 불가능한 일이었다. 하지만 러시아 망명문학은 외국이라는 낯선 환경에서 형성되었던 작가의 형상을 만들어 냈을 뿐만 아니라(V. 나보꼬프, G. 가즈다노프, B. 뽀쁠라프스끼), 전 세계에 흩어져 살아가는 쉽지 않은 조건 속에서도 민족 문학 발전을 위한 기반을 조성해 내기도 했던 것이다.

이후 20년대의 결의문들에서 문학을 당과 국가가 지도해야 한다는 사상이 구체화되었다. 문학은 당 사업의 일부분으로 검토되었고, 이와 함께 당과 국가가 문학 분야에서 이데올로기의 개발과 통제 기능을 담당하였다. 이러한 견해들이 공산당 중앙 위원회의 '예술 문학 분야에서의 당 정책에 대하여'(1925)라는 결의문에 표현되어 있다. 이 결의문은 당과 국가가 문학 과업에 관여하여, 이 과업을 지도하는 권한을 갖는다고 선언하고 있다.

문학적 일원론 확립이 절정에 이른 것은, 농촌에도 문학에도 대전환의 해였던, 1929년이었다. 바로 이때에 본국 문학과 망명 문학의 관계가 결정적으로 단절되었다. 이를 가능하게 했던 계기는 베를린의 출판사 '뻬뜨로뽈리스'에 책을 출판한 혐의로 B. 삘냐끄, M. 불가꼬프, A. 쁠라또노프, E. 자먀찐과 같은 작가들(라쁘식 용어에 따르자

---

70 V. 레닌. 전집. 54권. 265~266쪽.

면, "동반자 작가")에게 조직적으로 엄청난 박해를 가하면서부터이다. 이 출판사는 러시아 문학의 두 흐름, 즉 망명 문학과 조국에서 창조된 문학을 연관시켰다. 소비에트 검열과 정치적 술수로부터 독립할 수 있었던 이 출판사는, 작가들이 모스크바든 베를린이든 또는 파리든 어디에 살든지에 관계없이, 러시아 작가들에게 문을 개방하였다. '뻬뜨로뽈리스'는 러시아 문학에서 일종의 치외 법권 지역을 형성할 수 있었다. 이 출판사의 책들은 소비에트 러시아와 러시아 망명문학의 집산지였던 유럽 국가들을 판매 시장으로 하고 있었다.

1929년 이전에는 '뻬뜨로뽈리스'에서 책을 출판하는 것이 소비에트 작가에게는 지극히 일상적인 일이었다. 그러나 B. 삘냐끄가 베를린에서 『마호가니』라는 소설을 출판한 것 때문에 정치적 박해를 받으면서, 이러한 상황은 종지부를 찍었다.

작가들을 탄압하는 전례 없는 캠페인의 이데올로기적 근거는, ─그 주된 대상은 삘냐끄와 자먀찐이었다, ─ 농촌뿐만 아니라, 문학에서도 사회주의 완성을 위해 계급투쟁을 강화해야 한다는 테제였다. 삘냐끄를 '뻬뜨로뽈리스'와 연관시켰고, 자먀찐은 (이 작품이 체코에서 다시 번역되어 치명적으로 왜곡되고 생략이 되어 버렸던) 그의 소설 『우리』가 러시아인들이 많이 모여 살았던 프라하에서 발행되는 잡지들 중의 하나인 『러시아의 자유』에 발표되었다는 점 때문에 문책 당했다. 이러한 캠페인은 작가를 국가에 무조건적으로 예속시키는 시대의 문을 열었으며, 모든 문학 작품이 반드시 이데올로기 검열을 거치도록 하였다. 해외 출판사에 영향력을 미칠 수 있는 뾰쪽한 방법이 없었던 소비에트 정부는 대량 주문을 해놓고서는 대금을 결제하지 않는 방법으로 '뻬뜨로뽈리스'를 파산시켰다.

사회생활의 모든 영역을 지도하기 위해서는 지도 기관이 필요했고, 이 기관은 1920~30년 사이에 창립되었다. 이러한 기관의 역할을 자임했던 라쁘는, 첫째로, 지나치게 교조적이었고, 둘째로, 지도부의 개인적인 야망이 문학 단체뿐만 아니라, 당 지도부에게도 의혹을 불러 일으켰다. 게다가, 이 조직은 슬로건, 지령, 집행 결과의 심사, 가능한 모든 재조직과 재건 등에 매달렸음에도 문학의 행정기관 역할을 자임할 수는 없었다. 그 결과 공산당 중앙위원회의 1932년 4월 23일자 결의문 '문학-예술 조직의 재편에 대하여'에 의거하여 라쁘는 해체되었다. 문학 단체들은 결의문을 반갑게 받아 들였다. 모두가 '라쁘의 몽둥이'라는 메타포를 기억했고, 정치적 밀고장이 되어버린 라쁘의 정치적 논문들을 혐오했다. 그러나 동시대인들은 향후 몇 십 년 동안 소비에트 문학의 운명을 결정했던 이 전술적인 결정(라쁘 해체) 너머에 있는 것을 알아차리지 못했다. 바로 이 결의문이 소비에트 문학 전체에 귀속된다는 원리가 아니라, 공통의 이념-미학적 원리에 따라 문학가들이 각각의 동맹을 결성할 수 있는 자유를 의미하는 문학적 다양성의 유기적 기반을 와해시켜 버렸다는 점을 말이다.

1934년에 결성된 소련 작가 동맹은 당과 국가가 문학을 지도하기 위한 기관이었고, 문학이 국가 제도라는 단일 메커니즘 속에서 '톱니바퀴와 나사'(레닌)로 변해가는 과정을 논리적으로 완결 짓는 것이었다. 이렇게 형성된, 한 사람의 독재자가 최정상을 차지하는 엄격한 위계질서를 갖춘, 명령적 행정적 관료주의적 사회주의 체제는 문학의 생동하는 삶을 짓밟았고, 이데올로기적 억압을 한층 강화하였으며, 예술 창작을 선전 도구로 활용하면서 장관, 지도자가 정상에 서서 작품, 예술가, 문학경향 등의 운명을 결정할 수 있는 피라미드 형태의 국가 행정 모델에 따라 문학을 조직하였다. 소련 작가동맹은 국가 기구를 꼭 빼어 닮았고, 명령적 관료적 사회주의 국가 체계 전체를 반영하고 있었다.

사회생활의 모든 영역에서의 단성(單聲)화와 이데올로기적 획일화 경향은 소비에트 문학을 일원론적으로 만들었고, 이러한 일원론은 30년대에 이미 이데올로기적, 이론적 근거를 얻고 있었다. 그 본질은 문학 과정의 특징이 단일한 흐름으로 변해 갔다는 점이었고, 이 점은 천편일률적인 문체, 창작 방법, 세계와 인간에 대한 미학적 개념으로 나타났다. 결과적으로 사회주의 리얼리즘이라고 불렸던 단일한 미학 체계가 문학 과정 전면에 부상하였고, 다른 미학 체계는 강제로 금지되었거나, 또는 출판 금지 되었다.

일원론적인 소비에트 문학론이 실현되기 위해서는 문학 활동을 포괄하는 새로운 틀을 만들어 내는 정치적 측면에서나, 새로운 예술의 미학적 성격을 정당화하는 이론적인 측면에서 엄청난 노력이 필요했다. 문학의 "집단화"는 여타의 창작 동맹들의 근절과 단일한 동맹의 창설을 의미했다. 그러나 이 일을 이뤄내는 것은 공통된 이념-미학적 기반 위에서만 가능한 것이었고, 사회주의 리얼리즘이라는 새로운 창작 방법론이 그 기반이 되었다.

사회주의 리얼리즘의 미학적 원칙들은 대회 직전의 토론들에서 마련되었으며, 대회 직후 원칙 수립의 가장 중요한 계기가 되었던 것은 30년대 중반에 개최된 언어에 대하여(1934)와 형식주의에 대하여(1936)라는 두 번의 토론회였다.

언어에 대한 토론은 천편일률적인 문학, 이념-미학적인 일원론을 향한 중요한 분명한 행보였다. 그 결과는 스까즈나 장식적인 산문과 같은 20년대 유행했던 문체적 경향의 소멸이었다. 스까즈 구조에 특징적으로 나타나는 어떤 사회적 유형을 문체적으로 겨냥한 단어나 문체적 실험, "장식", 산문적 언어의 시화, 산문을 시적인 언어의 법칙에 따라 구성해보려는 시도들이 불온시 되었다. 이로 인해 "중립적인 문체"가 무제한의 권력을 누리게 되었고, 이 문체는 곧 30~50년대 문학의 특징이 되었던 권위적 문체로 바뀌었다. 중립적인 문체는 사회주의 리얼리즘의 이데올로기에 가장 잘 맞아 떨어지는 것이었다. 이 문체는 어떤 사회계층의 담론을 염두에 두지 않았고, 어떠한 복선이나, 동의어 반복 또는 복잡한 메타포와 같은 군더더기가 없고, 도치나 복잡한 문법적 구조도 없는 단순명료한 것이었다. 현실에 대한 연구나 당면 문제에 대한 분석이 아니라 입안된 이상적 사회 모델을 지향하는 문체이기도 했다. 이것은 그야말로 주장하는 문체였다. 그것은 명료하고 단순했으며, 규칙적인 언어 배열을 즐겼고, 종속문을 피했으며, 부동사나 형동사 구문을 편애했다. 만약 이 문체에서 문제가 제기된다면, 그저 수사학적인 것이고 뭔가 명료한 것을 주장하는 것이지, 문제의식을 갖거나 의혹을 품는 법이 없었다. 의혹은 권위적 문체의 명료함과 확고부동함을 와해시킬 수 있을 뿐이었다.(중립적 문체에 대해서는 사회주의 리얼리즘에 관한 장에서 더 상세하게 논하게 될 것이다.)

만약 언어에 대한 토론이 공식문학의 필수적 특징으로서 중립적인 문체를 주장한 것이라면, 형식주의에 대한 토론에서는 삶의 진실에 입각하는 시학만을 주장하면서 비현실적인 형상, 환상적 요소, 그로테스크와 같은 형식들에 대한 의구심이 제기되었다. 비판의 대상이 되었던 것은 형식주의 문예이론뿐만이 아니라, 무엇보다 핍진성과 구별되는 모든 시학적 요소들이었다. 아주 자주 토론 과정에서 형식주의와 더불어 자연주의가 거론되었지만, 실제로 주된 논의의 대상은 '형식주의적인 장난'이라고 낙인찍혔던 상징주의 미학이나 구성주의, 미래주의, 이미지주의 등의 잔재였다. 1936년 3월에 『문학신문』의 지면에는 예전 형식주의자들의 참회가 줄지어 나오게 된다. 오십 브

릭은 "단어 및 음성, 색채의 자족적인 유희라는 이름 아래 이뤄진 정신의 귀족주의", "유행병"에 대해 이야기하면서, 이 유행병과 귀족주의가 "광범위한 독자층을 상대로 한 작업을 의식적으로 거부"하기 때문에 해롭다고 언급했고, K. 빠우또프스끼는 "형식주의자들이 현실을 오만하게 바라본다. 그들은 값싼 이념을 갖고 하는 체스 놀이, 재주, 그로테스크, 언어적 장식 등을 가지고서 끓어오르는 진정한 삶을 대체하고 있다"고 주장했다. "우리는 예술이 민중 전체의 예술이라는 점을 망각하였다. 지금 이 시대에 필요한 것은 현명한 단순성이다"라고 메이에르홀드는 고백한다.

토론의 주목적은 구체적인 학문적, 문학적 내용도 없이 극도로 이데올로기화된 광범한 형상-상징들을 대비시키는 것이었다. 한편으로는 '형식주의', '자연주의', '값싼 형식주의적 장난', '형식주의적인 헛수고, 괴짜인 척하기, 허세, 좌경적 위장을 한 기형', '소수를 위한 오락', '제멋대로의 주관주의'를 말하면서, 다른 한편으로는 '단순성', '민중성', '명료함', '민중을 위한 예술' 등을 이야기 했다.

언어와 형식주의에 대한 토론은 사회주의 리얼리즘을 최종적으로 형성하고 그 기본 특징들, 즉 50년대 중엽까지 존재했던 핍진적인 시학과 중립적인 문체를 확립했던 최종적인 단계였다.

1930년대 말엽에 50~60년대에 이르기까지의 문학 과정의 특징을 완전히 결정하게 되었던 상황이 발생하였다. 문학은 전적으로 당과 국가의 통제를 받게 되었다. 국가의 통제와 지배 메커니즘도 형성되었다. 일종의 문학적 행정기구가 되었던 것이 소련 작가 동맹이었다. 비평은 문학-예술적 의식을 담는 형식이 되었는데, 이 형식은 사회적(당과 국가의) 요구를 담아내고, 그 실행을 감독하였다. 엄격한 이데올로기적 규범뿐만 아니라, 이 규범을 구현하는 예술적 방식(비현실적인 형상 부정, 핍진성을 지향하는 시학, 중립적인 문체)도 미리 결정했던 사회주의 리얼리즘의 법칙이 형성되었다. 문학의 기본적인 장르와 테마를 규정했던 사회주의 리얼리즘의 장르 체계도 형성되었다.

1930년대를 완성하는 일종의 표식이 되었던 것은 공산당 중앙위원회의 1940년 12월 2일자 결의문 '문학 비평과 도서목록에 대하여'이었다. 이 결의문에 의거해서 30년대 가장 흥미로운 잡지들 중의 하나인 『문학비평가』가 사라졌고, 이 잡지의 편집정책은 사회주의 리얼리즘 법규에 맞지 않는 창작을 했던 작가들의 작품 활동을 돕는 것이었다. 이러한 작가들 중에는 A. 쁠라또노프가 있었다. 일 년이 지나지 않아 다른 문학 비평집들도 폐간되었고, 전쟁이 발발하였다.

전쟁 시기는 문학에 대한 국가 정책에서의 몇 가지 변화가 특징적이다. 파시즘과의 투쟁에 전력을 기울여야 했던 전시 동원 체제는 출판계에 변화를 가져왔다.(대다수 문학 비평지들이 폐간되어 버렸다.) 전쟁 중에 사실상 유일하게 유지되었던 『문학과 예술』이라는 신문 지면에는 문학과 비평이 선전-선동의 임무를 담당해야 한다는 내용이 발표되었다. 바로 이 때문에 V. 프리체와 V. 뻬레베르제프 교수가 대표했던 소위 '속류 사회학주의' 학파의 와해 이후 30년대 초에 이미 정착되었던 이데올로기적인 변화가 전쟁 시기에 결정적으로 고착되게 되었던 이 시기에 문학예술 현상에 대한 계급적인 접근은 의심 받았다. 이제, 파시즘과 싸우면서 소비에트 사회의 계급적 구별 보다는 민족적 단결을 우선시할 수밖에 없었던 전쟁 상황 자체가 마침내 전 인류적이며 정신적인 범주를 현안으로 만들었다.

당연히, 전쟁 시기에 문학비평의 관심이 정치 군사적인 문제에 쏠리면서 이론적인 문제는 뒷전에 밀렸고 적극적인 관심의 대상이 되지 못했다. 게다가, 그 해결을 위한 언론 출판적인 토대도 존재하지 않

았었다. 그러나 승리에 대한 열정이 다시 이론적 문제에 대한 관심을
불러 일으켰다. 1945년 5월 이후에 문학이론이나 비평적인 측면에서
전쟁 시기가 아무런 소득이 없었던 것은 아니라는 점이 명확해졌다.
B. 에이헨바움은 "우리 학문의 이론적 기초에 관심을 기울"[71]여야 할
필요성을 말했고, G. 구꼽스끼는 "공통적인 문학사론, 학문 체계를
세우는 것"[72]이 목표라고 보았다. 승리는 문학이 부활하고, 당의 지령
에서 해방되며, 문학과 비평에 관한 학문의 자유로운 발전을 위한 조
건들이 만들어질 것이라는 희망을 가져다주었다.

이러한 희망은 실현되지 않았다. 공산당 중앙위원회의 1946년 8
월 14일자 결의문 '잡지『별』과『레닌그라드』에 대하여'는 전후 새로
운 단계의 사회정치적인 그리고 문학적인 지침을 예고하였다. 이 결
의문에서 소멸되어야 할 주요 대상이 되었던 사람이 A. 아흐마또바와
M. 조셴꼬였다. 레닌그라드의 잡지들은 무사상과 탈정치, '예술을 위
한 예술'의 선전을 비난했다. 일련의 결의문이 이 잡지들을 뒤따랐다.
8월 26일에는 '극장 상연 목록과 그 개선 수단에 대하여', 9월 4일에
는 '영화「위대한 인생」에 대하여'가 그것이었다. 1948년에는 'V. 무
라젤리의 오페라「위대한 우정」에 대하여', '잡지『악어』에 대하여',
'잡지『깃발』에 대하여'가 채택되었다. 공산당 중앙위원회의 결의문
'잡지『별』과『레닌그라드』에 대하여'를 잡지『깃발』의 편집진이 이행
하고 있는 지의 여부에 대한 감사가 이어졌다. 꼭 집고 넘어가야 할
점은, 1946~1948년의 결의문들이 가혹한 정치적 조치였을 뿐만이
아니라, 문화 분야에서의 이데올로기적 탄압을 정당화하는 것이기도
했다는 점이다. 그것은 향후 수십 년 동안 문학의 이념 미학적 플랫

---

71 B. 에이헨바움. 협상해야한다// 문학신문, 1945년 10월 13일.
72 G. 구꼽스끼. 문학사가의 메모// 문학신문, 1945년 9월 15일.

폼이 되었다.

결의문 '잡지 『별』과 『레닌그라드』에 대하여'의 규정들은 정치국 위원이자 공산당 중앙위원회 비서였던 A. 쥬다노프가 레닌그라드 핵심당원 회합에서 제출했던 보고서에서 발전되었다. 그는 결의문이 비원칙과 '순수예술'을 반대하는 것이라고 설명하면서, N. 도브롤류보프의 리얼리즘과 문학의 민중성에 입각해서 혁명적 민주주의자들의 미학 론을 인용하였다. 작품의 의미는 작가적 구상이나 작가의 이데올로기보다는 작품 속에 반영된 현실에 의해서 결정된다는 논리를 폈던 '실제 비평'의 혁명적 민주주의적인 미학 원칙들도 시류에 딱 들어맞는 것이었다. "우리에게 중요한 것은, – 쥬다노프는 도브롤류보프를 인용한다, – 작가가 말하려고 하는 것보다는, 그가 말했던 것, 비록 우연일망정, 현실의 실제 모습을 올바르게 재현해낸 결과일 것이다."[73]

여기서 예술가의 세계관과 그 계급적 귀속성은 예술 창작에서 결정적인 의미를 갖지 않는다는 결론이 내려졌다. 예술가가 자동적일망정 자신의 계급적 견해를 극복하고 전체의 입장을 취할 수 있는 가능성을 주었던 리얼리즘적 방법이 더 중요하게 되었다. 이러한 생각들이 L. 찜모페예프의 교과서 『문학의 이론』(1948)에 숨김없이 드러나 있다. 이 책은 계속해서 재출판 되었고, 문학과 비평에 큰 영향을 주었다. "현상의 본질을 인식했을 때, 찜모페예프는 적고 있다, – 작가는 스스로의 계급적 이해를 딛고 올라 설 수 있고, 그의 작품은 모두에게 통용되는 의미를 얻을 수 있다."[74]

이렇게 1946~1948년의 결의문들도, 40년대 후반 문예이론도, 30년대 말 예술가의 방법과 세계관의 상호 관계를 논쟁하는 과정에

---

73 N. 도브롤류보프. 전집. 모스크바. 1935. 2권. 207쪽.
74 L. 찜모페예프. 문학의 이론. 모스크바. 1948. 11~12쪽.

서 잡지 『문학비평가』가 주장했던, 계급보다 민중과 민족적인 것이 더 우선한다는 사상에 경도되어 있었다. 이렇게 30년대 말의 공식적 이데올로기에 의해 폐기되었고, 1940년의 결의문 '문학 비평과 도서목록에 대하여'가 통렬히 비판했던 사상이 40년대에 공식적으로 채택되었던 것이다. 이 사상은 『문학비평가』의 저자들이었던 M. 로젠딸, I. 세르기옙스끼, G. 루카치, M. 리푸쉬쯔에 의해서 형성되었고, 예술가가, 만약 그가 리얼리즘적인 방법을 견지한다면, 자신의 세계관에도 불구하고 객관적으로 올바르게 현실을 반영할 수 있다고 주장했다. "보쁘레끼주의자"들의 리얼리즘은 세계관에도 불구하고 자동적으로 민중성의 관점에서 객관적인 현실 묘사를 할 수 있다고 단언했고, 다른 한편으로는, 리얼리즘적인 경향을 갖지 않은 작가에게 의혹의 눈초리를 보냈다. 이렇게 보쁘레끼주의자들의 논의는 본질은 변화시키지 않은 채, 논쟁 과정에서 일련의 변화를 보여 주었던 두 개의 흐름 이론을 제기하였다. 하나의 흐름은 리얼리스트들로 구성된 "진보적인" 것이고, 다른 흐름은, 리얼리즘적인 원칙과는 거리가 먼 작가들로 구성되어 전망을 찾기 힘든 것이었다.

40년대 후반 상황에서 A. 쥬다노프가 실제 비평의 미학적 원칙을 인용한 것은 30년대 말에 거부되었던 보쁘레끼주의의 원칙에 대한 지지를 의미하였다.(물론, 잡지 『문학비평가』에 대해서는 어떠한 인용도 없었다.)

이런 입장에서 40년대에 과거 유산에 대한 문제도 해결되었다. 보쁘레끼적인 두 개의 흐름 이론은 모든 선행 문학을 둘로 나누었다. 한 흐름은 상징주의, 극치주의, 이미지주의, 인민주의 작가가 포함된 "반동적인" 흐름이었다. 이 흐름을 연구하거나, 더욱이, 가르쳐서는 안 되었고, 정치적 분류를 위해서만 필요했다. 그렇게, V. 브류소프,

A. 블록, O. 만젤쉬땀, S. 에세닌, M. 불가꼬프, A. 쁠라또노프, E. 자먀찐, I. 바벨은 문학사에서 배제되어 갔다. 또 다른 흐름인 리얼리즘적인 흐름은 자체 내에 세 가지 기본적인 특징-리얼리즘, 민주주의, 민중성-을 갖고 있었고, 동시대 소비에트 문학의 선조로서 생각되었다. 민주주의, 리얼리즘 그리고 민중성이 과거의(물론 현재에도) 예술가에게 문학적 정당성을 보장 하는듯한 상황이 발생하였다. 40년대 말부터 문학 비평적인 관행이 되어버린 이 개념들은 구체화되지도 않았고 지극히 광범위했었던 만큼, 곧, 미학적인 의미가 아니라 정치-이데올로기적인 의미로 이용되었다.

그러나 가장 무서웠던 것은 30년대 보쁘레끼주의자들이 만든 두 개의 흐름 이론이 40년대 후반에 문학의 과거뿐만 아니라, 그 현재적 상태에도 적용되었다는 점이었다. 이 이론에서는 진보적인 흐름과 반동적인 흐름을 구분하였다. 결의문은 "진보적인" 흐름에 속하지 않았던 작가들, 즉 M. 조쉔꼬, A. 아흐마또바, N. 자볼로쯔끼, A. 쁠라또노프, B. 빠스쩨르나끄 등등에 대한 탄압의 서곡이었다. 이 캠페인은 신문 잡지나 작가 단체 회의, 열성 당원 모임 등등에서 벌어졌다. 다음과 같은 40~50년대 사이의 『프라우다』 사설의 제목들은 이러한 특징을 잘 보여준다. "문학 비평의 수준을 더 높이!", "문학 비평의 저속화를 반대하며", "문학 비평에서의 비애국적인 견해의 부활을 반대하며", "예술 창작에서 필요한 것에 대하여", "드라마뚜루기야의 낙후성을 극복하자", "소비에트 문학의 이념성과 완성도를 위하여". 이런 식으로 작가동맹의 비서 A. 파제예프는 문학적 관행으로 되돌아온 두 개의 흐름론을 동시대 문학적 상황에 적용하였다: 이 두 개의 흐름론은 "오래 전부터 러시아 혁명적 민주주의 문학의 전통, 나아가서는 볼셰비키와 레닌-스탈린적 전통에 위배되었던 문학 전통을 폭로하였다.

〈…〉 이제 우리가 가는 길에 서 있는 이러한 위험성의 구체적인 담지자들도, 이러한 위험성의 원천들도 규정해야만 하는 우리 문학 이론과 비평의 역할이 여느 때와 달리 커지고 있다."[75]

만약 이러한 위험성의 구체적인 담지자들로, 지금 살펴본 것처럼, 20세기 러시아 문학의 영광이었던 예술가들을 거론했다면, '볼셰비키, 레닌-스탈린적인 전통'을 대표하는 작가들(M. 부벤노프, V. 아자예프, S. 바바예프스끼 등등)에 대해서는 찬사가 이어졌다. 예술 작품에 대한 최고의 평가는 스탈린상이었다. 비평들은 "사회주의 리얼리즘의 업적" 목록이 되었다. 이 시기 문학 비평 논문집의 제목도 이채로웠다. "소비에트 문학의 새로운 성공"; "소비에트 문학의 탁월한 작품"; "절정의 소비에트 문학".

40년대 후반기에서 50년대 전반기의 특징은 문화나 문학적 상황이 최종적으로 "응고(凝固)"되는 시기라는 점이다. 정해진 틀에 맞추고 가장 단순한 정의들로 귀결시키는 사회주의 리얼리즘 이론이 문학에 적용되었다. 이 이론에 적합하지 않는 모든 것이 빛을 볼 수 없었다. 전쟁에서 돌아 왔지만 전후 문학적 상황에 적응할 수 없었던 몇몇 재능 있는 예술가들을 러시아 문학은 놓쳐 버렸고, 추측할 수만 있을 뿐 그들의 이름은 알려지지 않았다. 그들 중 몇 명은, 그럼에도, S. 구드젠꼬, A. 메지로프, S. 오를로프의 경우처럼 이후 해빙기에 세상에 알려질 수 있었다. 까. 레빈이라는 뛰어난 전쟁 세대 시인의 이름은 80년대 말에서야 알려졌다. 또한 「적들이 고향 집을 태웠다」는 시 때문에 M. 이사꼬프스끼는 매우 신랄한 비판을 받아야 했었다.

이 시기 문학은 사회 전반에 영향을 미쳤고, 문학계를 포함한 사회 여론의 즉각적인 반향을 요구했던 정치적 캠페인이 주도하였다.

---

75 문학신문. 1946년 10월 2일자.

이 모든 캠페인들은 역설적으로 정권에 아부하고자 하는 경향들이나 40년대 말 유행했다가 50년대 초 돌연 급격하게 지지세를 잃었던 무갈등 이론과 결합되었다. 그러나 이런 모순(사회적 문제에 대한 정치적 공세를 담은 캠페인과 곡학아세적인 의도가 동시에 존재하는 것)은 두드러지게 눈에 띄었다. 사회주의 리얼리즘적인 문화를 다룬 동시대의 연구들은 이 문화의 근저에 깔려 있는 것이 정반대되는 경향들, 즉 갈등과 무갈등, 아부와 삶의 진실 등등의 일련의 양극단이라고 지적하고 있다. 이와 함께 전체주의 문화는 필요한 순간에 이러저러한 극단을 취하면서, 이 양극단 사이의 모순을 이해하지 못했다.[76]

이사꼬프스끼가 '세 개의 국가'를 정복하고 폐허가 되어버린 고향 집에 돌아 온 승리자의 슬픔을 보여주는 시 때문에 가혹한 비판을 받았던 것은 인간의 슬픔이 포함된 부정적인 모든 것을 묘사해서는 안 된다는 식의 아부와 무갈등 논리 때문이었다. 문학은 긍정적인 것만을 묘사하여야 하였고, 이데올로기 강령도 마찬가지였다. "전쟁이 끝나고 적잖은 세월이 흘렀다, ─『문학신문』은 1946년에 적고 있다 ─ 새로운 커다란 과제들이 우리 앞에 제기되었다. 민중은 불굴의 노력과 열성으로 파괴된 지역 복구와 새로운 스탈린 5개년 계획의 수행에 매달려 있다. 〈…〉 이러한 때에 우리나라의 일부 작가들은 도대체 무엇을 하고 있단 말인가? 잡지『깃발』은 젊은 시인들의 시를 매호마다 게재하고 있다. 이 시들은 우수로 가득 차 있고, 때로는 푸념이 되기도 하는 끊임없는 슬픔으로 가득 차 있다. 불평불만 가득한 사람들처럼, 시인들은 잡지 속에 드러누워서 이러한 모티브들을 이러쿵저러쿵 늘어놓고 있다. 〈…〉 우리의 과거를 들여다 볼 때는, 전쟁 시기의 환

---

76 E. 도브렌꼬. 사회주의 리얼리즘적인 미메시스, 혹은 '혁명적으로 발전해가는 삶// 사회주의 리얼리즘 법칙. 상뜨 뻬쩨르부르그. 2000.

영에 사로잡혀 있거나 얼음 속에 갇혀있는 사람의 눈이 아니라 살아 있는 사람의 눈으로, 오늘 날 현실에 입각해서 보아야만 한다."[77]

정치적인 고려 때문에 긍정적이거나 "현실미화적인 경향"으로만 묘사하였고, 죽음의 테마, 슬픔, 상실, 전쟁이 가져다 준 의미와 같이 더 이상 거론해서는 안 되는 금지된 테마[78]들이 생겨났다. E. 도브렌꼬는 1946년에서 1952년에 이르는 기간을 포스트유토피아적인 의식을 가진 시기라고 부른다. 왜냐하면 이때는 유토피아가 완성된 시기였고, 유토피아가 현실로 구현된 시대였기 때문이었다.

포스트유토피아 의식의 주창자는 V. 에르밀로프였다. "예술가의 시적인 염원이 가장 아름답고, 용감한 것이라면 무엇이든 수백만 소비에트 인민들의 동감을 얻었다. 시는 삶이 되었는데, 왜냐하면 삶 자체가 시적인 것이 되었기 때문이다"라고 그는 1947년 『문학신문』에서 적고 있다. 1년 정도 후에 그는 또 다시 혁명적 민주주의 비평을 지렛대 삼아, "미는 바로 우리의 삶이다"라는 포스트유토피아적인 의식이 담긴 슬로건을 내걸었다. "체르느이셰프스끼의 '미는 삶이다'라는 유명한 테제는, 미가 우리 사회주의 현실이며 공산주의를 향한 우리의 해방운동이라는 의미라는 것을, 오늘날 우리는 잘 알고 있다."[79]

유토피아가 실현된 시기에는 30년대에 이미 형성되었던 무갈등 이론이 부각되었다. 이 이론은 만약 세계가 완성되고 아름다운 것이라면, 이 시기 소비에트 문학이 주장하고 있듯이, 이 세계에는 적대

---

77 문학신문. 1946년 10월 2일자.

78 E. 에뜨낀드. 소비에트의 타부// 구문론. 파리. 1981.No 9. 에뜨낀드는 소비에트 문학의 시야에서 꾸며내지 않은, 진정한 민족의 생활을 다룬 테마들이 사라져가고 있다고 지적하고 있다: 소비에트 문학은 강제적인 집단화도, 추방도, 정치적 탄압도, 굶주림도 다루고 있지 않다.

79 V. 에르밀로프. 문학의 전투적인 이론을 위하여! '낭만적인' 혼란을 반대하며!// 문학신문. 1948년 9월 15일.

적인 갈등뿐만 아니라, 어떠한 갈등도 있을 수 없으며, 문학 작품은 훌륭한 것과 더 훌륭한 것, 최고의 것과 뛰어난 것의 갈등을 다룰 수 있다고 주장한다.

1952년에 상황은 급격하게 변했고 문화 속에 내재하는 정반대의 패러다임이 부각되었다. "미는 바로 우리의 삶이다"라는 슬로건은 사라지지 않았지만, 몸을 움츠리면서 마치 정반대의 패러다임으로 보충하는 듯 했다. 1952년 봄에 『프라우다』는 사설에서 앞으로의 전진을 방해하는 결함을 채찍질하기 위해서는 "고골과 시체드린이 필요하다"라고 선언하였다. 말렌꼬프는 제19차 공산당 전당 대회의 결산 보고에서 "우리 작가와 예술가들은 사회에 만연해 있는 결함이나 단점, 불건전한 현상들을 채찍질해야만 한다. 우리는 소비에트 시대의 고골과 시체드린이 필요하며, 이 작가들은 풍자의 불길로 케케묵고, 생기를 잃어버린 모든 부정적인 것, 앞으로의 전진을 방해하는 모든 것을 태워버렸다"라고 말하고 있다. 바로 일 년 전의 구호가 "미는 바로 우리의 삶이다"였다는 사실은 이미 까마득히 잊은 듯 했다. 이런 사정 속에서 국가의 문학 정책의 일부분이 되었던 무갈등 이론이나 현실미화적인 경향과의 투쟁이 50년대 초에 개시되었다.

전후 10년의 세월은, 이렇게, 소비에트 문화 내부에서 벌어지고 있었던 역설적인 상황을 보여주고 있다. 40년대 말에 득세했던 무갈등 이론과 현실미화는 스탈린 집권 후기 소비에트 체제가 자기존립의 근거를 갖기 위해 체제의 우월성을 뽐내고자 했던 노력의 직접적인 결과였다. 다른 한편으로는 체제 자체가 대립적인 사고방식을 기반으로 끊임없이 안과 밖의 적을 탐색하는 체제였기 때문이기도 했다. 다시 말해서 50년대 초에 나타난 유토피아 완성기에서 체제의 결함이나 단점과의 투쟁으로의 이행은 단지 이론상의 것이었을 뿐이었고,

이 이행은 양극적인 패러다임에 기초한 문화 자체의 특징을 보여주는 것이었다. 1940~50년대 사이의 기간은 "미는 바로 우리의 삶이다"라는 포스트유토피아적인 슬로건으로 제시되었던 패러다임에서 또 다른 패러다임, 즉 주위의 적, 계급투쟁의 강화, 경각심의 강화라는 패러다임으로 이행하고 있음을 보여주고 있다.

두 패러다임은 하나의 제목으로 합쳐질 수 있을 만큼 그다지 대립적이지 않았으며, 서로를 보충하는 것이기도 했다. 두 개의, 아마도, 서로 다른 방향성을 가진듯한 경향들은 A. 따라센꼬프의 『소비에트 문학의 이데아와 형상들』(1949)이란 책에 잘 나타나있다. 이 책의 첫 장은 '사회주의 리얼리즘의 길을 걷고 있는 소비에트 문학'이란 제목을 달고 있었고, 스탈린 동지의 지도 아래 새로운 문학적 성과를 향한 불패의 행진을 내용으로 하는 역사적 오체르끄였다. 토를 단다면, 이 책은 옹호론적인 문화 패러다임을 담고 있었다. 후반부는, 반대로, 적들이 누구인가를 찾고 있었다. 그 내용은 스탈린 말기 정치적 캠페인들 중의 하나를 선전하면서, "문예학의 세계주의자"를 거론하고 있었다. 이 부분의 본질은 A. 베셀로프스끼 학파와의 사이비학문적인 논쟁이었는데, 저자의 잘못된 견해에 따르자면, 베셀로프스끼의 과오는 서구와 서구 문학에 "매료"되었다는 점이었고, 그가 이끈 학파가 서구의 근원적인 영향을 받으면서 성장하였다는 것이다. "이 조악한 오류투성이의 반역사적 이론 때문에 모든 외국인들이 베셀로프스끼에게 경의를 표하고 있다." 진실은 러시아 문학이 서구와의 접촉을 피해서 고립 단절적으로 발전해 왔다는 점에 있다; 생생한 계급투쟁의 역사적 관행만이 문학의 역사를 규정하여왔으며, 규정하고 있다.

"문학의 세계주의자"를 찾으려는 목적에서 과거를 돌이켜 보는 것은 현재의 세계주의자들을 폭로하기 위해서 필요한 것이었다. 이러한 세계주의자들 중에 V. 쁘롭이 있었으며, 그의 책『요술 동화의 역사적 근원』은 야만적이고 불공정한 비판의 대상이 되었다. "쁘롭은 베셀로프스끼의 방법에 따라 수백 가지의 슈제뜨들을 이리저리 뒤섞으면서, 환상적인 결합을 만들어 냈다. 만화경에서처럼, 그의 책에는 다양한 민족, 다양한 시대가 아른거린다"라고 따라센꼬는 적고 있다. 따라센꼬는 쁘롭이 밝혀냈던 일련의 역사적 문화적 동일성(러시아 동화에서 주인공들이 머리채를 묶는 모티브-약혼한 남녀가 피를 섞는 랩란드 족의 전설-신혼부부들이 서로의 피를 마시는 오스트레일리아의 원시적 의식-피를 마시는 흑인과 아랍인들의 의식)을 재론하면서, 다음과 같은 희비극적인 결론을 내린다: "이 연구자의 회로는 막혀있다. 그는 러시아 민족 전래 동화의 모티브가 식인종의 풍습과 친족 관계를 갖고 있다는 것을 입증하고 있다. 진정 쁘롭은, 그가 여기서 러시아 민족을, 결코 식인종과 아무런 공통점도 갖고 있지 않았던, 우리의 아름다운 시적인 서사시를 비난하고 있다는 것을 모르고 있는 것은 아닌가?"

비교사적인 문예학 유파의 기원이 되었던 V. 쁘롭의 학문적 성과는 원칙적으로 다른 입장, 즉 세계주의와의 투쟁을 위한 정치적 캠페인의 입장에서 가해진 비판의 대상이 되어 버렸다.

'사회주의 리얼리즘의 법칙'이라는 엄격한 이데올로기적 그리고 문화적 구조는 이런 식으로 50년대 중반까지 형성되어 왔다. 1953년 스탈린의 죽음은 새로운 탄압의 물결로부터 국가를 구원했을 뿐만 아니라, 이 시기 I. 에렌부르그가 규정했던 '해빙기'를 개막시켰던 공산당 20차 전당대회를 호루시쵸프가 준비할 수 있도록 해주기도 하였다.

5. 합일?

20년대는 50년대 말쯤에 완성되는 키메라적 문화 양식이 정착되기 시작한 시기이다. 본질적으로, 모든 소비에트 문학의 일원론은 바로 이점을 겨냥하고 있었다. 때문에 "신생 소비에트에 과거의 고전이라는 장미를 접목시키자"라는 V. 호다세비치의 시도들은 대단히 순진하고 시기적으로 맞지 않는 것이었다. 반체제는 어떠한 접목도 용인하지 않으며, 이것은 형식적으로는 거의 아무런 변화가 없다고 생각될 수 있지만, 반드시 전혀 다른 내용으로 채워진다.

그러나 세기 경계에서 현 세기 처음 몇 년간에 이르는 과정에서 뒤얽혔던 러시아의 사회 현실의 복잡함은 문화적으로 서로 대립되는 두 계층의 상호 소멸과 폐허가 된 자리 위에 키메라적인 구조를 형성하는 것만으로는 결코 해소될 수 없었다. 모든 것은 더 복잡해만 보였다.

첫째로, 키메라는 지배적이었지만, 피상적인 것일 뿐이었다. 키메라를 통해서는 20년대 문학도, 50년대 문학도 풀리지 않았다.

둘째로, 문학 과정 내부에는 계속해서 두 개의 경향, 두 개의 방향이 존재했지만, 그러나 그것은 최근 삼백년 동안 기껏해야 두 번 정도 합일을 이룰 수 있었다. 합일은, 아마도, 문학과 문화계 내부에서 반드시 필요한 '지질학적' 조건들을 창출해내고, 지표면을 장악해버린 반체제의 압력을 통해서만 가능해 보였다. 이러한 합일의 결과였던 것은, 예를 들자면, B. 빠스쩨르나끄[77]의 『닥터 지바고』였다. 이 작품에서는 전문적인 엘리트 문화 속에서 커왔고, 어떠한 상황에서도 이 문화를 저버리려 하거나 저버릴 수 없는 한 개인의 운명과 민중의 운명이 원론적으로 똑같은 비중으로 다뤄지고 있다.

셋째로, 러시아 문화의 가장 영향력 있는 인사들이 대거 망명해버렸다는 점이다. 문학, 예술, 음악, 정치한 종교 철학 사상 속에 구현된 러시아적인 의식이 무엇과도 비교되지 않는 거대한 규모로 세계를 향해 분출되면서 세계 각처에서 놀랄만한 현상을 빚어냈다.

전체적으로 20세기 내내 이러한 러시아 문학의 두 흐름 속에서 형성되었던 양대 미학론이 갖고 있는 모종의 공통성과 통일성에 대해 말해 볼 수 있다. 어느 정도 단순화해본다면, 본국 문학과 망명 문학 사이의 간극은 인간의 개성과 전체 생활에서의 그 지위를 서로 다르게 이해했기에 생긴 것이라고 할 수 있다. 1917년 10월 문학 전통의 단절에 대해서도 아주 쉽게 많은 것을 생각해 볼 수 있다. 실제로 전통은 강제로 단절되었다. 그러나 이 전통은 결코 단일한 전통이 아니다! 반대로, 뾰뜨르 시대 서구에서 차용된 고전주의 예술에서 출발하여, 뿌쉬낀과 체홉의 정신이 간직돼있던 화려한 19세기 귀족 예술을 자양분으로 성장했던 이 전통은 민중 문화와 대비되는 측면이 있었다. 그것은 공동체나 집단주의에 기반 한 민중의 의식에는 어느 정도 낯설었던, 독립된 개인의 자유라는 사상을 자체 내에 갖고 있었다. 그런데 집단주의라는 원리는 소비에트 시기의 문학에 유일한 것은 아니지만, 기타 모든 것을 지배하는 원리였었다. 그리고 이러한 원리로 인해 개인보다 대중이나 집단에 우선권을 주거나, 개인이 집단을 우선시하고 집단 속의 한 개인으로 존재하는 소비에트 문학 특유의 현상 자체가 가능할 수 있었다. 예술적으로 가장 강력하게 구현되었던 이 집단 사상 때문에 개인주의적인 시인 V. 마야꼬프스끼는 노동 계급을 위한 노래를 부를 수밖에 없었고, A. 파제예프의 소설 『괴멸』의 주인공은 스스로의 개인주의 때문에 빨치산의 일원이 되어 희생하려 하지 않고 배신하는 인물로 그려졌었다. 또한 이 사상 때문에 I. 에렌부르그의 소설 『이튿날』의 주인공은 거대한 조직의 작은 나사가 아니라, 그저 자기 자신의 정체성을 원했다는 이유로 무참하게 몰락해버린다. 20세기 러시아 문학사는 19세기에는 생각하지 못했던 이러한 다수의 해결책을 알고 있었다. 본국에서 형성된 키메라적인 문화 구성은 인간의 개성을 구속하고 사회주의나 노동계급 또는 직업조합 등등의 집단에 대한 복종을 요구하면서 민중문화를 반민중적인 것으로 만들었고, 기형적이고 왜곡된 형태로 민중 문화의 특징을 차용하였다.

　개인보다 사회를 무조건적으로 우선시하는 사상은 민중에게 일종의 죄의식을 갖고 사는 지식인들의 태도나 집단에 용해되고자 하는 강렬한 욕구, "한패거리가 되고자 하는" 희망, 이 세상 밖에 홀로 남겨진다는 공포로 표현되었다. S. 프랑끄는 이러한 특징이 러시아 인텔리겐챠의 "리힐리즘적인 윤리"의 결과라고 기술하고 있다: "인간의 가장 큰 그리고 유일한 과제는 민중에 대한 복무이다. 이 때문에 우리는 이러한 과제 실현을 방해하거나 또는 그저 도움이 안 되는 정도까지도, 모든 것에 대해 금욕주의적인 증오감을 갖고 대해야 한다. 〈…〉 따라서 인간은 대다수가 잘 살 수 있도록 자신의 모든 힘을 바쳐야만 하고, 이런 임무를 방해하는 모든 것이 악이기에 가차 없이 뿌리를 뽑아야만 하는 것이다."[80] 마찬가지로 우리는 I. 에렌부르그 혹은 Yu. 리베젠스끼의 예술론에서, 러시아적인 의식구조에서 흔히 볼 수 있는 개인보다 대중을 우선시하는 특징보다는 작가가 주인공을 스스로의 존재 가치를 거부하고 구체적인 실용적 이익은 도외시 한 채 민중이나 혁명을 위한 제단을 쌓을 수 있도록 의미 있는 것을 추구하도록 묘사하는, 인텔리겐챠의 "니힐리즘적인 윤리"의 발현을 볼 수 있다.

---

80 S. 프랑끄. 니힐리즘의 시학. 185쪽.

그러나 망명문학에서의 러시아의 20세기는 사정이 다른 듯하다: 이를테면 러시아의 민족적 자의식의 근원적이고 유일한 자질이 공동체의식이라고 보는 I. 일리인의 견해나, 혹은 I. 슈멜레프의 작품들이 있음에도 불구하고, 러시아 망명 문학은 어떠한 계급이나 집단, 혹은 공동체에 속하는 가에 구애받지 않는, 그 자체로 가치를 가지는 인간의 개성이라는 서구의 전통적인 사상을 예술적으로 구현하고 있다. 이러한 규정이 망명문학의 의미를 정확하게 표현하기는 어렵겠지만, 한 가지 말할 수 있는 것은, 망명문학의 파토스가 인간 존엄성의 확립에 있었다는 점이다. 이런 사상은 문학이 사회에 복무해야 한다는 입장을 저버린 나보꼬프나, 작가나 주인공이 어떠한 사회적 이상이나 혹은 처음이자 마지막으로 얻어진 민중의 행복(역사적 경험이 보여주듯, 아주 빈번하게, 민중 스스로도 이 행복을 이해하지 못했다)을 위해서라도 자신이나, 자신의 행복, 가족을 희생할 수 없다는 원칙에서 드러난다. I. 부닌이나 위에서 이야기한 V. 나보꼬프의 세련된 유미주의에서도, 소비에트 역사 소설가들과는 차별성을 보이는 M. 알다노프의 역사 소설에서도, 작가는 계급투쟁이나 노동자 농민 운동이 아니라, 인간과 인간의 개성을 역사의 한 동인으로 해석하고 있다.

바로 그렇기 때문에 언젠가부터 갈라져버렸던 본국 문학과 망명 문학이라는 두 흐름, 그리고 또한 소비에트 시대 문학 과정 내부에서 만들어졌지만 독자에게로 다가가는 출구를 찾지 못했던 문학은, 원칙적으로 다른 미학적 철학적 내용을 담지하고 있으며 20세기 러시아 문화의 예술적인 거대 담론을 형성하고 있는, 각기 다른 내용물을 담고 있는 가장 강력한 문화적 경향들인 것이다.

제 2 장

문화적 진공(眞空)

1. 새로운 역사적 주체로서의 '집단의 일부인 인간'
2. 창작 행위의 여러 유형, 혹은 문학적 배역

문화적 진공(眞空)

1. 새로운 역사적 주체로서의 '집단의 일부인 인간'

20세기 초 세 번의 혁명은 러시아 문화의 자연스러운 발전을 강제로 차단하였다.

세기의 경계를 살았던 사람들은, 새로운 세기였던 20세기가 변화시켰던, 문화나 역사적 상황의 근원적인 새로움을 느꼈다. 이러한 새로움은 의식하고 있지는 않지만 이따금 강하게 느껴졌던, 넓은 의미의 문화의 전 영역을 필연적으로 포괄하는 모종의 새로운 원리가 러시아 현실에서 발현되고 있다는 느낌으로 다가왔다. 이러한 새로움을, 예를 들어, V. 레닌, A. 블록, D. 메레쥬꼬프스끼와 같은 매우 다양한 사상가, 철학가, 예술가, 사회평론가들은 근원적으로 새로운 역사 주체가 역사의 무대에 등장했다는 사실과 연관시켰다. 레닌이 했던 것처럼, 그 출현을 환영할 수도 있었고, 메레쥬꼬프스끼처럼, 분개할 수도 있었으며, 블록처럼, 침착하게 그 출현을 받아들이면서, 과거 문명의 성과를 망치는 것이긴 하지만, 이 주체가 새로운 사회적 문화적 토대가 될 것이라는 점을 결코 부정하지 않을 수도 있었다.

이러한 러시아 역사의 새로운 주체는 사회적 계층도, 계급도, 정치적 당파도 아니었다. 이것은 역사적 과정에 능동적으로 참여하고, 문화에서의 자기 자리를 찾을 권리와 그럴 수 있는 자신에 대해 밝히고자 했던 원리이자 사회 현실 전반에 도래한 모종의 새로운 원리였다. 20세기 역사에 생겨난 이 새로움의 실체를 동시대인들은 대중이라고 불렀다. 사회, 문화, 예술, 문학에서의 그 대표자는 "집단의 일부인 인간"이었다.

레닌은 다음과 같이 적고 있다. "폭풍과 같은 이것은 대중 스스로의 운동이었다. 끝까지 혁명적일 수 있는 유일한 계급인 프롤레타리아트는 선두에 서서, 처음으로 수백만 농민의 공개적인 혁명 투쟁을 일으켰다. 최초로 폭풍이 휘몰아친 것은 1905년이었다. 그 뒤를 잇는 폭풍이 우리 눈앞에서 점차 커나가고 있다."[81]

휴머니즘의 붕괴. 레닌은 대중에게서 선행했던 모든 문명을 파괴할 수 있는 힘을 느꼈고, 이 대중의 출현하면서 구세계를 파괴할 수 있는 희망을 준다고 보았다. 대중이 자체 내에 갖고 있는 파괴적인 힘을 수많은 사람들이 느꼈지만, 그러나 결코 레닌과 같이 낙천적으로 이 힘을 대하지는 않았다. 대중을 눈여겨보았던 A. 블록은 속죄양의 사상을 선포하였는데, 이 사상은 개별적 개성을 중시하고 창조자인 예술가의 형상을 중심에 놓는, 그리고 이 때문에 무리, 대중과는 반대되는, 과거의 문화가 가져야 할 덕목이었다. 이전의 문화, 개성의 문화, 휴머니즘의 문화는 낡은 것이 되었고, 도태되어 가고 있었다.

---

81 V. 레닌. 전집. 5판. 21권. 261쪽.

이 문화가 차지하던 자리를 대중이 가지고 온 새로운 문화가 차지하고 있다. 그래서 과거 문화와의 결별이 주는 비애와 어떤 새로운 문화가 발현할 것이라는 순진한 희망 또한 간직하고 있었던 블록은 휴머니즘 문화의 대표자들이었던 자기 주변의 동시대인들에게, 역사의 합법칙성과 필연성에 의해서 휴머니즘이 붕괴할 것이라고 주장하면서, 개화되지 못한 야만적인 무리의 발밑으로 과거의 모든 문화를 던져버리라고 호소하였다.

새로운 시대, 20세기라는 시대를, 블록은 두 가지 원리가 상충하는 시기로 곧잘 검토하곤 하였다. 즉 휴머니즘적이고 개인의 개성을 중시하는 원리와 이와 반대되는 대중과 연관된 원리의 상충이 그것이다. "휴머니즘이라는 개념을 우리는 무엇보다 강력한 운동으로 이해하곤 하였다. 〈…〉 휴머니즘의 슬로건은 인간, 즉 자유로운 인간의 개성인 것이고, 이렇게, 휴머니즘의 근본적이고 가장 오래된 특징은 개인주의였다."[82]

블록의 복잡한 철학체계에서 휴머니즘이라는 개념을 우리는 인류의 문화에 기여를 한, 복잡한 내면세계와 지식을 가진 개인의 출현과 연관된 원리를 의미하는 것으로 파악해 볼 수 있다. 개인이 대중으로부터 분리되어 스스로의 개별성과 차별성을 갖는 것을 중시했던 서유럽 문화의 근간으로서의 휴머니즘이야말로 중세 후기에서 19세기 말엽에 이르는 서유럽 문화와 역사의 주된 발전 경향이라고 블록은 생각하였다. 그러나 세기 경계의 일반적인 역사적 문화적 상황은 이와는 달리 전개되었는데, 개인의 권리와 자유라기보다는 개인이 갖고 있는 잠재력의 무한함과 독창성 자체를 중시한다는 점에서 개인을 그 자체로 가치 있는 것으로 이해하고 휴머니즘을 중시했던 문화적 측면

---

82 A. 블록. 휴머니즘의 붕괴// 선집: 5권. 모스크바. 1971. 452쪽.

에서는 비극적인 변전의 시기였다. 휴머니즘을 중시하는 문화를 대신하여 개성을 상실한 대중이 출현하였다. "출발점이자 최종적인 목표가 인간의 개성이었던 운동은 개인이 서유럽 문화의 주요 원동력이 되었던 시기에 이르기까지 커지고 발전할 수 있었다. 우리는 최초의 휴머니스트들이나, 독립적인 학문, 세속 철학, 문학, 여러 유파 예술의 창시자들이 무례하고 무식했던 군중을 노골적으로 무시했었다는 점을 알고 있다. 기독교 윤리의 관점에서 이 점에 대해 그들을 비난할 수는 있지만, 이 시기 대중들이 문화의 동력이 아니었고 세계 오페라의 역사에서 그들의 목소리는 압도적이지 않았기에, 그들을 이해할 수 있었다. 그러나 서유럽 역사의 무대에서 새로운 동력 – 개인이 아닌 대중 – 이 등장하였을 때, 휴머니즘의 위기가 도래한 것은 자연스러운 일이었다."[83]

이러한 역사와 문화의 흐름을 주도하는 주체의 합법칙적인 교체 속에서 블록은 서유럽 문명의 토대라고 할 수 있는 휴머니즘이 붕괴되어 버리는 원인을 보고 있다. 대중은, 그의 견해에 따르자면, 개별성을 중시하는 휴머니즘의 정신과는 구조적으로 거리가 멀다. 따라서 대중의 출현과 지배는 전통적인 기반을 허물게 되는데, 왜냐하면 대중은 결코 완전히 문명화되지 않았기 때문이다. 그러나 대중이 역사의 무대에 출현한 것을 블록은 모종의 새로운 문화가 출현할 것을 기대하는 희망과 연관시키고 있는데, 왜냐하면 야만스러운 대중이 이 새로운 문화의 무의식적인 수호자가 될 수 있기 때문이었다. 이 때문에 부각되고 있는 야만스러운 대중의 발밑으로 전통적인 휴머니즘적 문화를 던져버리고, 새로운 문화의 창조자인 대중에게 의탁하자는 과감한 결정과 순진한 각오를 보여주고 있는 것이다. "대중을 개화시키

---

83 같은 책. 453쪽.

는 것은, 블록의 사상에 따르면, 불가능할 뿐만 아니라, 필요하지도 않다. 만약 우리가 인류의 문화에 대해 이야기해 본다면, 누가 누구의 문화를 당연히 본받아야 하는 지에 대해서는 아직 아무도 알고 있지 못하다. 문명인이 야만인을 가르쳐야 하는 것인지, 아니면 그 반대인지를 말이다. 왜냐하면 문명인들 또한 문화적 통일성을 상실하고, 생기를 잃고 있기 때문에 그러하다. 이러한 시대에 문화의 무의식적인 수호자는 더 신선한 감각을 갖고 있는 야만적인 대중이다."[84]

휴머니즘의 위기, 개인의 개별성에 기초하여 구성된 문화의 위기를 블록은 합법칙적이고 자연스러운 현상으로 이해한다. 대중의 물결이 밀려들면서 내는 쾰쾰 소리를 그는 러시아인들에게 새로운 음악이라고 들어보라고 제안한다. 혼돈에서 조화가 생겨난다는 자신의 사상에 충실했던 그는 밀어 닥친 혁명과 봉기의 굉음 속에서도 새로운 원리에 기초해 만들어지는 미래의 조화를 구별해 내려고 하였다.

만약 블록이 전통적인 휴머니즘 문화가 와해돼버리는 비극을 느끼면서도 앞으로 "집단의 일부인 인간"이 지배할 것이라는 사실에서 낙관적인 결론을 내리고, 신선한 감각을 지닌 미개한 대중이 문화의 수호자가 될 수 있다는 가능성에서 카타르시스를 느낄 수 있었다면, 세기 경계 러시아의 대표적인 문화적 엘리트들의 압도적인 대다수는 앞으로 대중이 지배할 것이라는 사실을 다시 태어난 천민의 지배라고 받아들였다.

메레쥬꼬프스끼는 다음과 같이 예언적으로 외치고 있다: "노예근성과 모든 노예근성 중 최악의 것인 소시민 근성과 모든 소시민 근성 중 최악의 것인 천민 의식을 두려워할지니, 이는 권력을 얻은 노예가 천민이며, 권력을 얻은 천민이 악마인 까닭이다. 이 악마는 과거의

---

84 같은 책. 458쪽.

환상적인 악마가 아니라 새롭게 나타난 현실 속의 악마이며, 진정으로 무시무시한, 다시 태어난 천민이다."[85] 그러나 메레쥬꼬프스끼의 저작에 새롭게 태어나고 있는 천민에 대한 저주만이 담겨 있는 것은 아니다. 작가는 세기 경계 최초의 러시아 철학비평들 중 하나를 통해서, 현세 이후의 세계, 미래의 왕국이 어떤 모습이 될 것인가를 규정하는, 그의 세계관의 특성을 입증하려고 하고 있다.

이러한 세계관의 밑바탕에는, 메레쥬꼬프스끼에 따르면, 매우 혐오스럽고 화석화되어버린 실증주의가 깔려있다. "모든 것이 단순하고, 모든 것이 평범하다. 논리적으로 견고한 의미, 확고한 긍정. 확인 된 것만이 존재하는 것이며, 더 이상은 아무 것도 없고, 더 이상 아무 것도 필요하지 않다. 현재의 세계가 모든 것이며, 이 세계를 제외한 다른 세계는 존재하지 않는다. 땅이 모든 것이며, 땅을 제외한 어떤 것도 존재하지 않는다. 하늘은 시작과 끝이 아니라, 시작도 끝도 없는 땅의 연속이다. 〈…〉 지상 최고의 제국이 천상의 제국, 지상에 도래한 하늘나라이며, 지상의 왕국은 모든 시대의 중간계층과 소시민들의 왕국이다.… 중국식의 조상 숭배와 과거의 황금시대를 유럽적인 후손 숭배와 미래의 황금시대와 일치시킨다. 우리가 아니라, 우리의 후손이 지상의 낙원, 지상에 도래한 천국을 보게 되며, 진보라는 종교를 믿는다. 선조들도, 후손들도 똑같이 하나 밖에 없는 인간의 얼굴이나 개성 대신에 무개성적인 민중이나 인류로 나타난다."[86]

바로 이런 개별성의 상실과 개성에 대한 경시(블록적인 의미로)에서 메레쥬꼽스끼는 "무뢰한이나 부랑인, 흑백인(黑百人) 조와 같은 하층민들로 이뤄진 천민계급의 얼굴"[87]을 보며, 이 모든 얼굴 중 가장 무서

---

85 D. 메레쥬꼬프스끼. 다시 태어난 천민// 전집. 모스크바. 1911. 9권. 34쪽.
86 같은 책. 6~7쪽.

운 것이 러시아에 나타난, 다시 태어난 천민의 얼굴들이다.

　이러한 다시 태어난 천민들이란 어떠한 사람들인가? 이 모든 희생물들을 요구하는 대중에는 어떠한 사람들이 포함되는가? 민중인가? 「시인의 사명」이라는 논문에서 A. 블록은 러시아 사회의 두 가지 원리, 즉 민중과 서민에 대해 말하고 있다. 그는 서민의 특징이 무엇인가를 말하면서, 새로운 조화가 탄생한다는 사상과 연관시켰던 바로 그 미개한 대중의 특징이 무엇인가를 지적한다. "서민은 시인에게서 외적인 세계에 대한 복무라는, 서민이 일하고 있는 바로 그 세계에 대한 복무를 요구한다; 서민은 시인에게서 뿌쉬낀이 말한 바 있던 '유용성'을 요구한다; 시인이 '거리에서 먼지를 쓸어버리고', '동업자의 마음을 계몽시키라고' 요구한다."[88] 바로 여기서 블록은 대중의 근본적인 특징을 규정하였고, 그 개별적인 대표자의 '생리학'을 규정하였다.

　집단의 일부인 인간이 세상에 등장했고, 그들은 가능한 최대의 안락함을 스스로에게 요구하면서 물 흐르듯 자연스럽게 이 세상에 자리를 잡았다. 요구하거나 명령할 수 있는 가능성은, 공리주의나 세상의 모든 복지, 문명, 문화가 자체적인 가치를 가지는 것이 아니라 대중의 요구를 충족시킬 경우에만 존재할 권리가 있다는 관념들에서처럼, 집단의 일부인 인간의 가장 고유한 특징이었다.

　집단적인 인간은 역사가 발전되어 오면서 나타난 현상이었고, 결코 러시아에만 국한된 현상이 아니라, 오히려, 20세기 서유럽 전체에 특징적인 현상이었다. 그 모습은 1930년대 스페인의 철학자인 호세 오르테가-이-가세트가 그려본 바 있다. 그의 관점에서, 대중은 20세

---

87 같은 책. 35쪽.
88 A. 블록. 시인의 임무에 대하여. 522쪽.

기의 주요 등장인물이자, 이 세기의 독재자였다. 그의 저작 전편에서, 그리고 우선 먼저 「대중의 봉기」라는 논문에서, 그는 대중과 군중, 대중의 심리와 군중의 심리를 비교하고서, '집단의 일부인 인간'이라는 문화심리학적으로 특별한 유형을 도출해낸다.

"대중은 중간적인 인간이다. 〈…〉 대중은 비슷비슷하게 닮아있고 소외되어 있으며, 이러한 인간은 남달리 뛰어난 점도 없고, 일반적인 유형을 답습하며 살아간다. 〈…〉 본질적으로, 대중의 심리적 실체를 느끼기 위해서는 무수한 인간 군상을 필요로 하지 않는다. 단 한명의 인간을 놓고서 대중인지 아닌지를 규정해 볼 수 있다. 대중은 특별한 척도를 통해서 선이냐 악이냐를 스스로를 가늠해보지 않는 무차별적인 그 누구나이며, '모두가 하는 식으로' 그렇게 느끼고, 스스로의 평범함을 고통스러워하지도 않을 뿐만 아니라 만족해하며 살아간다. 〈…〉 대중이란 평범한 사람이다. 우리 시대의 특징은 평범한 사람들이 스스로의 평범함에 대해 아무런 고민 없이 과감하게 그 평범함이 옳다고 주장하고, 어떤 것이든, 어디에서든 이 평범함을 강요한다는 것이다. 〈…〉 대중은 비슷하지 않은 것, 탁월한 것, 개인적인 것 그리고 더 뛰어난 모든 것에 당혹감을 느낀다."[89] 대중은, 철학가의 사상에 따르자면, 역사적 공간 속에서 매우 정확하게 규정된 행동의 특성을 갖고 있다. 대중은 시류에 편승 하며, 가치 지향적인 사람들이 아니다. 그래서 아주 교묘한 정치적 책략의 대상이 되어 버린다. 대중의 에너지는 창조가 아니라 파괴를 겨냥하고 있다. 대중적인 인간은, 그 힘이 엄청난 것이라 할지라도, 창조하지 않는다. 이러한 모든 측면들이 '대중이 되어버린 인간'의 '생리'와 '내부 구조'의 특징을 선별해 낼 수 있는 가능성을 준다. 이것은, 첫째로, 현대의 과학 기술이 이용

89 오르테가-이-가세트 호세. 미학. 문화철학. 모스크바. 1991. 309~311쪽.

가능한 모든 자원을 가지고 충족시키고 있는 욕구가 무제한적으로 커져갔지만, 이와 함께 이러한 욕구는 오직 물질적인 것이지, 정신적인 성격의 것은 아니라는 점이다. 대중이 되어버린 인간의 정신적인 욕구는 최소한의 것으로 제한된다. 둘째로, 사회적인 차별이나 계층, 카스트 제도는 완전히 사라졌지만, 인간이 법적으로 평등해졌을 때, "집단의 일부인 인간"은 소수에 속하는 다른 어떤 사람에게도 자신과 똑같아 질 것을 강요했다는 점이다.

이러한 "집단의 일부인 인간"의 요구가 1920년대의 러시아에 어떻게 구현되었는지에 대해 A. 똘스또이는 『고뇌 속을 가다』 제1판에서 다음과 같이 적고 있다: "황제의 자리에 쓰레기 더미 속의 걸인이 등극하여 외친다—'모두에게 평화를!' 그리고 그에게 악당들이 허리 굽혀 인사하고, 키스를 한다. 지하 하수관에서, 최후의 모욕을 감당했던, 간신히 사람 꼴을 한 인물을 끌어내었고, 이 인물을 본받아 모두가 똑같은 모습을 하게 되었다." 똘스또이는, 유효적절하게, '대중'이 갖고 있는 사회적 분위기의 가장 중요한 측면을 포착하였다: 사회 구성원 모두가 통일된 모습을 갖자는 '대중적 인간'의 주장은 쁘롤레뜨꿀뜨와 레프의 개인에 관한 논의의 핵심이었고, 바로 이런 논리와 E. 자먀쩐이 소설 『우리』에서 논쟁을 벌였다.

오르테가-이-가세트는 "집단의 일부인 인간"의 몇 가지 심리적 특징을 다음과 같이 규정 한다: 스스로를 제어하고 억제할 수 없을 정도로 커져버린 욕구의 무한한 팽창, 그리고 편하게 살아 갈 수 있도록 해주었고 이러한 욕구를 충족시켜 줄 수 있었던 모든 것을 쉽게 잊어버리는 선천적인 배은망덕. 그 결과 "집단의 일부인 인간"은 정신적으로 응석받이 비슷하게 되어 버렸다. 이러한 인간의 세계관은 다음과 같이 규정되는데, "첫째가, 무의식적으로나 천부적으로 인생의 어려움을 모르고 되는대로 살아가는 경박성이고, 또한, 두 번째가, 그 결과, 스스로가 모든 것을 할 수 있고 대단히 잘난 존재라는 의식이다. 이런 의식 때문에, 자연스럽게, 스스로가 대단히 탁월한 지적, 정신적 수준을 갖추고 있다고 생각하게 된다. 〈…〉 그리고 대중적인 인간은, 마치 세상에 자신이나 자신과 비슷한 사람들만이 존재하는 것처럼, 안하무인으로 살아가며, 바로 이점에서 세 번째 특징이 생겨나는데, 스스로의 야비함을 무례하게, 절대적으로, 당장 받아들이도록 단호하게 강요하면서 모든 것을 간섭한다."[90]

이런 모든 점들을 기반으로 "집단의 일부인 인간"의 심리적 특징들이 발달해 간다. 그들은 세상에 벌어지는 모든 일들을 편향되게 생각하고, 듣지도 않으며, 어떤 다른 입장이 있다는 것에 동의하지 않고, 다만 판단하고 결정하고 그리고 결단을 내린다. 새로운 인간 유형이 등장하여 권력을 잡게 되었지만, 그들은 무엇이 옳은 가를 따져보거나 인정하려 하지 않고, 그저 스스로의 뜻을 관철시키려고만 한다.

"집단의 일부인 인간"이 앞으로 행사하게 될 통치권에 대해서 이미 지난 세기 중엽부터 수많은 사람들이 주시하고 있었고, 그 중 A. 게르쩬이나 『겨울에 쓰는 여름날의 인상에 대한 소고』의 저자 F. 도스토예프스키의 기록이 가장 괄목할 만하다. 유럽에서는 통치체계가 뒤바뀌면서 대중들이 급속하게 혁명의 대오를 이탈하여 부르주아로 변해갔고, 인간 보편적인 가치를, I. 부닌의 소설 『샌프란시스코에서 온 신사』에서 표현된 바 있으며 세기 경계를 살던 사람들이 통상 생각하고 있던 의미에서의 부르주아적인 가치들로 대체해 나갔다. 그러나 러시아에서만 유독 이 변화는 정권 타도와 과거 문화의 부정으로 나타났다. "집단의 일부인 인간"이 정권을 획득하면서 "무분별하고 무자

---

90 같은 책. 333~334쪽.

비 했던 러시아의 폭동"이 수반되었다. "이전에는 예속되었던 평범한
사람들이 권력을 움켜쥐고자 하였다. 남다를 바 없는 평범한 새로운
인간 유형이 탄생하자마자, 무대 전면에 나서겠다는 결의가 저절로
생성되었다."[91]

2. 창작 행위의 여러 유형, 혹은 문학적 배역

　　결국, 새로운 주체가 역사의 무대에 등장하면서 러시아의 문화적
지형이나 러시아 문학은, 특히, 20년대에 접어들면서 적극적으로 배
제되었던 전통적인 문화와 "집단의 일부인 인간"이 만들어 내는 새로
운 사이비문화라는 두 개의 다른 원리가 충돌하는 국면으로 접어들게
되었다. 블록이 새로운 문명, 새로운 조화의 발생과 연관시켰던 바로
그 미개한 대중은 선행했던 문화를 완전히 말살시켜 버렸다. "집단의
일부인 인간"은 문화적 진공 상태에 빠져 버리게 되었다.

　　"대중이 이상을, 다시 말해 문화를 갖게 된 것이, – 오르테가–이–
가세트는 적고 있다, – 과연 위대한 진보가 아니라고 할 수 있을까?
아무리 봐도 아닌 듯하다. 왜냐하면 대중적인 인간의 이상이 진보적
인 것도 아니고, 대중적인 인간이 제대로 된 문화를 갖고 있는 것도
아니기 때문이다. 〈…〉 의거할 수 있는 법칙에 기반을 두고 있지 않
다면, 문화가 아니다. 어떠한, 심지어는 극단적인 견해일지라도, 논쟁
을 할 수 있다는 개방적인 자세가 없다면, 문화가 아니다. 〈…〉 만약
미학적인 논쟁들이 예술의 의미를 따져보는 것을 목적으로 하고 있지

---

91 같은 책. 333쪽.

않다면, 문화가 아니다.

만약 이 모든 것이 없다면, 그것은 문화가 아니라, 가장 직접적이고 정확한 의미에서의 야만성이다."[92]

그렇기 때문에, 이러한 입장은 문화적 진공 상태를 초래할 수 있었다: 대중은 "휴머니즘" 문화를 거부했지만, 어떤 형태로든 이 문화에 맞설 수 있는 문화를 창조해 낼 수는 없었다. 상황은, 본질적으로, 아주 자연스럽게 흘러갔다. 확실한 것은 파괴가 창조보다 시간과 노력을 훨씬 덜 요구한다는 점이었다.

문화적 진공 상태는 어떻게 문학 과정에 반영되었는가?

새로운 사회문화적 상황. 소비에트 시기 문학 과정의 특성은 많은 점에서 1917년 두 번의 혁명과 잇달았던 내전 이후에 형성된 러시아의 사회문화적 상황 변화에 의해 예정되었다. 이러한 변화들은 문학 과정에서 가장 중요한 '**독자와 작가**' 체계를 바라보는 태도 속에 반영되었다.

세기 초에 역사적으로 아주 중요한 사건들이 발생하면서 러시아 작가들의 구성도 변했고, 독자층도 바뀌었다.

지난 세기의 고전을 읽었거나 세기 경계의 세련되고 우아한 문화 속에서 커왔던 나이 든 독자들은 무대 전면에서 사라졌다. 이러한 문화를 향유했던 수백만 명의 사람들은 대부분 망명해 버렸거나, 내전 과정에서 죽어갔다. 남은 사람들마저도 거의 문학 과정에 영향을 줄 수 없었다. 무대 전면에는 새로운 독자가 등장했다. 이 시기 문학이 보여주는 특성 자체의 변화는 많은 점에서 이러한 독자의 모습과 연관된 것이었다.

새로운 독자층을 이룬 것은 예전에는 교육과 문화에서 소외되어

---

92 같은 책, 323~324쪽.

있었기에, 이제는 교육 받고 문화를 향유하고자 하는 갈망을 가졌던 사람들이었다. 바로 이러한 사람들이 수천 개에 달하는 쁘롤레뜨꿀뜨 스튜디오의 청강생이 되었다. 이 단체는 일단계로 수강생들이 비록 기초적인 것이지만 글쓰기 연습을 하게 했고, 최초의 예술적 훈련을 쌓을 수 있게 해주었다. 그러나 이러한 실용적인 교육과 동시에 정부의 선전과 쁘롤레뜨꿀뜨의 속류 사회학적주의, 그리고 다음에는 라쁘의 영향을 받고 있었던 새로운 독자층은 특히나 새로운 문화와 문학을 줄기차게 요구했다. 왜냐하면 혁명전의 문학은 적대적인 계급의 이데올로기가 스며들어 있는 것이기 때문이었다. 이는 새로운 독자가, 무엇을 어떻게 쓸 것인가를, 작가에게 요구하고 강요할 수 있는 권리, 그리고 문학 발전의 이전 단계와 연관된 예술가를 적대적이거나 의심스러운 태도로 대할 수 있는 권리가 있다는 생각을 갖게 해주었다. 이런 권리는 단편 속에 이러저러한 일상적인 에피소드들을 반영하도록 요구했던 M. 조쉔꼬에게 보내는 통신원들의 편지들이나, 60년대 말엽 『신세계』의 문학적 사회적 입장과 다른 견해를 내비쳤던 '일반 노동자'의 A. 뜨바르도프스끼에게 보내는 편지에서도 나타나 있다. 이렇게 해서 새로운 독자의 세계관에 일치하는 사회적 주문이라는 개념은 문학 속에 자리하게 되었다.

비슷한 변화가 작가들에게도 발생하였다.

19세기의 책을 통해 교육받고, 이전에 두 세기 사이에 있었던 예술 혁명의 목격자이자 참가자였으며, 전통적인 예술 문화의 범주에 속했던 예술가들은 이미 20세기 문학에서 마땅한 자리를 차지할 수 없었다. 혁명 이전에 작품 활동을 하였고, 세기 최초 20년간 문학이 나아가야 할 방향을 결정했었던 작가들은, I. 부닌과 A. 꾸쁘린과 같이, 기본적으로 자신의 독자들과 운명을 같이 하거나 독자들과 함께 망명해 버렸다. 그들은 문화 전통의 보존이라는 자신의 사명을 자랑스럽게 짊어지면서, 추방이 아니라, 파견된 것이라고 생각하였다. 전통적인 예술적 가치를 신봉했고 혁명과 전쟁이 끝난 이후에야, V. 나보꼬프나 G. 가즈다노프처럼, 자신의 입장을 밝힌 작가들도 그들과 운명을 같이 했다. 우리는 얼마나 많은 미래의 작가들이 20세기 최초의 30년간 벌어졌던 역사적 격변 속에서 죽어 갔는가를 다만 추측할 수 있을 따름이다. 러시아에 잔류한 작가들이나, E. 자먀찐처럼, 혹은 망명지에서 돌아 온 작가들은, A. 똘스또이처럼, 선택의 기로에 섰다: 정치적 문화적 풍토 변화에 굴복해서 스스로를 바꾸든지, 아니면 "내부의 망명가"가 되어 재야 세력이 되거나, E. 자먀찐이 겪은 것처럼, 발언권을 상실하거나 해야 했다.

그런데 이런 작가들과 더불어, 마치 새로운 독자층이 문단에 파견한 듯 했던, 새로운 작가가 나타났는데, 이들 또한 내전의 참가자였지만 반대되는 진영 출신이었다. 이들은 풍부한 인생 경험과 역사적 경륜을 갖고 있었으며, 그리고 이런 의미에서 이전의 작가들과는 구별되었다. 러시아에 영웅들이 대거 등장했던 시기의 경험이 이들의 예술적 반영의 대상이었고, 선행 시기의 문학가들과는 달리, 인생의 경험은 많았지만, 풍부한 인생의 우여곡절을 미학적으로 변형시켜본 경험은 갖고 있지 않았다. 바로 이런 작가가 묘사된 시기의 문학에서 주도적인 지위를 차지했다.

이러한 작가들은 극히 복잡한 이중적인 상황에 처하게 되었다: 한편에서는, 기초적인 습작 경험이 부족했었기에, 아주 기본적으로나마 전통에 의지하여 부족한 점을 채워보려고 하였다. 이러한 노력은, 예를 들어, 라쁘에 의해 기각되었던 '대가에게서 배우자'라는 표어에 암시되어 있다. 이러한 학습의 결과가 A. 파제예프의 소설 『괴멸』이었다. 다른 한편에서는, 대중이 초빙하고 등용했던 이러한 작가들이 문화에 관여하면서 스스로의 기반과 멀어져 갔고, 그 연관마저도 이내 잃어버리게 되었다. 이러한 위험성 또한, 아마도, 새로운 작가들은 느끼고 있었던 듯하다. 그 예를 데미안 베드느이의 경우에서 볼 수 있는데, 그는 자신의 작품이 예술적으로 잘 구현되었는가를 결코 고민하지 않았으며, 대신에 사회적 주문을 민감하게 포착했고, 문학이 그래야 한다고 믿는 자신의 독자들과 동일한 언어로 이야기를 나누었다.

이러한 상황의 이중성은, 문학적 전통과 이러한 전통을 알지도 못했고 또한 거부했던 대중 사이에 새로운 작가(물론 구세대의 작가도)가 서게 되었던 때인, 1920년대의 사회 문화적인 상황이 초래한 결과였다. 이때는 양극으로 나뉘어 버린 사회에서 아직 사라지지 않은 과거 문화의 잔재와 활발하게 생성되고 있는 새로운 문화적 요소들이 갈등을 빚고 있던 순간이었다. 과거의 문화적 기반을 와해되었지만, 그러나 아직 새로운 기반이 정착되지 않았던 이 시기를 문화적 진공 상태라고 규정할 수 있다.

이러한 상황 속에서 예술가의 위치는 어떠했을까? 당연한 말이겠지만, 예술가는 정치, 문학-미학, 종교-도덕에서 일상적인 행동에 이르는, 문자 그대로 모든 영역을 포괄하는 문화적 정향성을 선택해야 하는 갈림길에 서게 되었다. 그들은 개인적으로나 문학적으로 양극으로 나누어져 버린 것 같은 모델 중의 하나를 선택해야 했다. 즉, 혁명 전의, "야만시대 이전의" 전통을 따를 것이냐, 아니면 이제 막 형성되고 있으며, 모든 점에서 이전의 "엘리트적이고 고상한" 전통을 반대하고 있던 새로운 규범을 받아들이느냐를 선택해야 했던 것이다.

18세기 러시아의 사회 문화적 상황을 고찰했던 Yu. 로뜨만은 평범한 일상적 활동의 일정한 형식들이 문학의 규범과 법칙으로 나타난다는 것, 다시 말해서 일상적 행동이 미학적으로 구현된다고 주장하면서, 러시아 귀족의 일상적인 행동의 시학에 대해 말한 바 있다.[93] 매일 매일의 삶이 문학적 행위의 기호가 된다. 이는 뾰뜨르와 에까쩨리나 시대의 러시아에 두 개의 서로 완전히 다른 일상적(문학적으로나 문화적으로도) 행동양식을 가졌던, 두 문화가 충돌하였기에 일어난 일이었다. 이 두 유형 중 하나는 규범적으로 자연스러웠으며, 자기만의 방식을 가질 수 있었고, 제식(祭式)화 되지 않은 행위였다. 그것은 학습을 통해 얻어지는 것이 아니었고, 어릴 때부터 그 행위 규범이 몸에 배게 되는, 마치 모국어처럼, 자동적으로 습득되는 것이었다. 또 다른 하나는 의례적이고 의식적이며 제식화 된 것이었다. 뾰뜨르 시대에 "청춘교본, 혹은 위대한 황제 폐하 뾰뜨르의 명령에 따라 다양한 작가들이 선별해낸, 생활예절에 관한 칙령"을 만들어 따라 하도록 했던 것처럼, 낯설었던 이 행동 양식을 사람들은 새로운 문법을 배우듯 익혔다. 이러한 일상 행위의 두 가지 유형은, 미개함과 문명으로 인식되었던, 과거부터 전해오는 민족 문화와 뾰뜨르 1세가 도입했던 유럽 문화가 러시아에서 충돌을 일으키면서 생겨난 것이다. 러시아 귀족 계급의 입장은, 만약 국가적 사업에 참가하기를 원했다면, 대단히 비극적인 상황에 처하게 되었다. 왜냐하면 귀족으로서는 새롭고 낯선 것이었던 유럽적인 행동양식을 반드시 익혀야만 했기 때문이었다. Yu. 로뜨만의 관점에서 볼 때, 일상적인(문화적, 문학적으로도) 행위는 사회적 입장에 입각한 기호학적 기표가 되었으며, 자체적인 문법을 갖게 되었다.

   인간은, 이렇게, 선택을 해야 하는 상황에 놓이게 되었다: 인간은

---

93 Yu. 로뜨만. 18세기 러시아 문화에서 일상적 행위의 시학// Yu. 로뜨만. 선집: 3권. 딸린, 1992.

이러저러한 행동양식을 따라서 해 볼 수도 있었고, 자기 식으로 이런 저런 면에서 조금씩 다른 바리안트의 행동양식을 취해볼 수도 있었다. 그리고 마침내 인간은 희극적이거나 비극적이 될 수 있었던 두 개의 바리안트를 결합시킬 수 있는 가능성을 갖게 되었다. 그 시대 인간들이 일상적인(문화적, 문학적으로도) 행위에서 스스로의 역할을 발견하고, 그 배역을 선택하여 고정적으로 맡을 수 있는 상황이 발생할 가능성은 드물었다. 사람들은 어떠한 역할이 맡겨지느냐에 의해 스스로를 표현하거나 주위 세계에 대한 자신의 입장, 수용 혹은 비수용, 멸시 혹은 용인 등등을 표현하였고, 때문에 역할은 기호학적인 의미를 얻게 되었다. 이렇게, 18세기 러시아 문화에서는 몇 가지 배역이 형성되었다: 영웅(뾰뜨르 1세, 뽀쩸낀), 풍자가, 익살꾼과 어릿광대(마리인, 1805, 1812년의 전쟁 영웅), 러시아의 디오게네스(바르꼬프). 두 문화의 충돌과 두 문화가 부가했던 일상적, 문학적 행위의 두 가지 유형이 그 시대의 인간들에게 복잡하고 극적인 선택을 하게 만드는 경우는 드물었지만, 그러나, 다른 한편으로, 인간들에게 자기만의 방식을 택할 수 있는 가능성, 즉 A. 수보로프가 했던 것처럼, 예를 들어, 영웅과 어릿광대라는 두 역할을 결합하는 식의 가능성을 열어 주었다.

20세기에 발생했던 러시아 문학의 새로운 상황은 인간(예술가 또한)이 바로 이러한 선택과 자기 결정, 즉 스스로의 역할을 선택해야한다는 문제에 직면했다는 점이었다. 이는 18세기와 20세기 초라는 커다란 시간적 격차에도 불구하고, 그 사회문화적 상황이 많은 점에서 유사하다는 점과 연관되어 있다. 혁명전 시기에 형성되었던 작가적 의식은 두 세기 사이의 문학적 행위 규범들을 학습할 필요가 없는, 자연스럽고 타고 난 것으로 받아 들였지만, "대중의 일부인 인간"의 규범들은 야만에 가까운 낯선 것으로 생각하였다. 반면 선행 시기의 규범들을 프롤레타리아 작가들은 계급적으로 낯선 것으로 받아들였고, 때로는 고의적으로 이 규범들을 폐기하거나, 때로는 타자의 일상적 행위나 문학-문화적 언어의 문법을 은밀하게 익히려 하기도 하였다. 이는, S. 에세닌의 실크 모자나 V. 마야꼬프스끼의 노란 자켓처럼, 이따금 희극적이고 황당한 소란을 일으키기도 하였다.

달리 말하자면, 이런 문화에 속했든 저런 문화에 속했든, 작가 혹은 문학가들은 자기만의 일상적, 문학적 행위 유형을 규정하면서 하나를 선택해야 했었다는 것이고, 작가는 반드시 기호학적인 의미를 가지는 배역을 선택했었다는 것이다. 사회문화적인 상황이 작가에게 이러한 선택을 강요하였다. 연극의 배역과 흡사하게, Yu. 로뜨만의 사상에 따르면, 인간은 "모종의 이상을 향해 움직이는, 일정한 행동 유형을 선택하였다. 이러한 견해는, 한편으로는, 인간이 주관적으로 자신을 평가하면서 스스로의 행동을 조정하도록 하였고, 다른 한편으로는, 동시대인들의 어떤 개인에 대한 평가를 규정하면서, 개인적 행위를 규정하는 전체적인 프로그램을 구성하였다. 이 프로그램은 앞으로 하게 될 행동의 특성과 그 행동을 주변 사람들이 어떻게 수용하는지를 미리 말해주고 있었다."[94] 차이가 있다면, 만약 18세기의 사람들이 배역으로 무엇보다 자주 뽀에마나 비극의 등장인물들, 특정한 역사적 인물, 국가나 문학적 활동가를 선택했다면, 1920~1930년대에는 문학이나 문학 세태를 반영하는 배역이 그려진 사회적 마스크를 선택했다고 말할 수 있다는 점뿐이었다. 배역 선택에서 작가의 개인적 특성과 창작의 주안점이 나타나는 것은 당연한 일이었다.

귀족의 배역을 선택하였던 사람은 M. 불가꼬프였다. 세련된 옷, 우미한 정장에 대한 과도한 관심, 매일 매일의 생활 속에 완벽하게

---

94 Yu. 로뜨만. 18세기 러시아 문화에서의 일상 행위의 시학. 258~259쪽.

실현된, 오래전부터 염원했던 화려하고 자유로운 생활 방식에 관한 꿈과 같은 모든 것들은 스스로의 문학적 행로와 일상적 행위에 대한 선택을 매우 잘 파악하고 있음을 보여준다.

이와는 정반대의 배역을 자진해서 채택하고 있는 작가는 브세볼로드 비슈네프스끼였다. 그가 선택한 배역인 선원은 해군이 입는 속셔츠나 선원용 외투를 입고 드라마 예행연습에 참가하며, 책상 위에는 "모제르 총"을 올려놓는 사람이었다. 이는 아마도 배우나 감독에게 극작가의 창작의도를 가장 효과적으로 전달하기 위해서였을 것이다. 사실 권총은 공연에서 핵심적인 의미를 가지는 것이 아니었고, 중요한 것은 비슈네프스끼가 채택한 배역이 암시하고 꾸며내고 있는 전설이었다.

이단자의 역할을 어깨에 짊어졌던 작가는 E. 자먀찐이었다. 그는 "새로운 카톨릭"에 의혹을 품고 있는 이단자의 열정을 사회평론이나, 예술 창작을 통해 전달하고 있다.

인생의 자세로서 이단자의 입장과 더불어 은둔생활이 등장했는데, 끄리임의 은둔자 A. 그린이라는 배역은 그의 일상적 행위나, 자기 자신의 낭만적인 세계를 수도 페오도시야에서 멀리 떨어져 있는 집 안에 창조하면서 "만약 제국에서 태어나게 되었다면, 바닷가 한적한 시골에서 사는 게 더 나을 것이다"(I. 브로드스끼)라고 생각하는 의식만을 보여주고 있는 것은 아니다. 은둔생활은 그의 문학적 행위에도 나타난다. 20년대 문학에서 자신의 은신처를 발견할 수 있었던 그린은 성공적으로 가공의 예술 세계를 창조해 내었고, 또한 20년대 사회학주의에 치우쳤던 문학적 상황 속에서 개인적 입장을 표현하는 것으로 받아들여질 수 있었던 낭만주의자가 되었다.

"안절부절 못하는 인간"의 배역을 선택했던 작가는 S. 에세닌이었다. 자신의 인생행로를 개척하지 못하고 "운명"에 맡겨 버렸으며, 농촌 세계와는 연관을 잃어버렸지만 도시 문화와는 개인적으로나 사회적으로 충분히 적응할 수 없었던 에세닌은 비극적인 인물이 되어 버렸고, 그것은 그의 일상적인 행동이나 문학적인 행위를 통해서 강조되었다.

물론, 불과 칼로 새로운 이데올로기와 문학을 주장했던 십자군의 배역을 결코 빼놓을 수 없다. 이 배역이 가장 잘 구현되었던 것은, 프롤레타리아 이데올로기의 "열렬한 옹호자"였던 L. 아베르바흐, S. 로도프와 같은 라쁘 구성원들이나 작가들 중에서는 D. 푸르마노프와 A. 파제예프 같은 인물들에서 찾아볼 수 있다. 이들의 반대편에 섰던 '뻬레발' 출신의 D. 고르보프나 A. 레즈네프는 동일한 역사–문화사적 상황 속에서 돈키호테의 역할을 수행하려고 하였었다.[95]

대략 20년대 중반부터 문학적 배역이 변화하기 시작한다. 이 점은 1925년부터 새로운 정권이 문학관련 정책을 다소 수정했다는 사실과 연관성을 가지고 있다.(1925년 6월 18일자 소련 공산당 중앙위원회 결의문이 시기 구분에서 결정적인 역할을 하였다) 이때부터 마음에 들지 않는 신문과 잡지들이 폐간되어 버리고, 눈에 가시인 예술가들은 해외로 추방되거나 발언권을 잃어버렸는데, 문학이 비단 강압의 대상만이 되었던 것은 아니다. 문학은 당과 국가 건설이나 필요한 것과 있어야 할 것의 보급과 같은 국가적 사업의 대상이 되어 버렸다. "나는 국가계획위원회가 혼신의 힘을 다해 토론을 벌이기를 원한다"라는 V. 마야꼬프스끼의 말은 문자 그대로의 의미일 뿐, 어떠한 비유적인 의미

---

95 문학적 배역을 통해서 문학적 상황을 규정하려는 노력을, 특히, 이 시기 연구자들의 책 명칭 자체가 보여주고 있다: S. 쉐슈꼬프의 『열렬한 옹호자』(1984), G. 벨라야의 『20년대의 동키호테: '뻬레발'과 그 사상의 운명』(1989).

도 갖고 있지 않았다. 다시 말해서 국가적 사업의 대상이 되어버린 문학은 새로운 작가적 배역을 필요로 하였다.

현실을 개조하는 일종의 최고 예술가가 된 사람은 스탈린이었다. 이러한 개조의 목표는 현실이 완벽하게 조화를 이루도록 만드는 것이었다. 그러나 현실 자체가 지극히 모순적이고 다양한 면모를 가지고 있어 조화를 이룰 수 없는 것이기에, 또한 현실이란 복합적인 구성체인 까닭에, 세상은 부조화가 만들어내는 불협화음으로 가득 차 있을 수밖에 없다. 그래서 어떻게든 현실을 아름답게 그려보고자 한다면, 바탕색과 물감만이 모든 모순을 감출 수 있을 것이다.(그러나 결코 모순이 해결될 수는 없는 것이다.) 이렇게 예술의 과제는 현실을 미화하고, 현실의 모순을 감춰볼 수 있는 화려한 외관을 창조하는 것이었다.(따라서, 이를테면, 사회주의 리얼리즘이 "진리"를 내포하고 있지 않다는 점을 근거로 사회주의 리얼리즘의 문학과 예술을 부정하려는 시도들은 매우 나이브한 태도라고 할 수 있다. 왜냐하면 사회주의 리얼리즘 예술의 과제는 삶의 진리를 반영하는 것이 아니라, 마치 진짜 현실을 대체해 버린 것처럼, 그 자체가 진리이자 삶이 되는 것이기 때문이다.)

이러한 상황이 문학에 관련된 국가 정책의 변화를 가져왔다. 만약 글을 쓰는 행위가 사적이고 개별적인 작업이 아니라는 인식이 이미 20년대에 팽배했었다면, 이제 작가들은 공통적으로 자기만의 세계를 주장할 수 없었고, 개별성을 잃어버리게 되었다. 작가는 그저 당과 스탈린의 손에 쥐어진 붓일 뿐이었다. 문학은 현실이 강제적으로 나마 조화를 이루도록 하고, 전체주의적인 예술 작품을 창조해 내는 수단들 중의 하나가 되어 버렸다[96].

---

96 이점에 대해서는 다음을 참조할 것: E. 도브렌꼬. 역사와 과거 사이에서: 작가 스탈린과 소비에트 역사 토론의 문학적 원천들// 사회주의 리얼리즘 법칙. 쌍뜨 뻬쩨르부르그, 2000; M. 바이스꼬쁘. 작가 스탈린: 인문학자의 메모// 같은 책.

작가의 지위와 역할에 관한 이러한 변화는 문학에 영향을 미쳤던 정치적 통제 형식의 변화를 가져왔다. 결의문, 기타의 당 문서, 지상 토론, 소비에트 작가 연맹의 기구들은 작가와 정권 사이에 오가는 개인적이고, 매우 정중하면서도 호감어린 교류로 보충되었다. 바로 30~50년대에, 스탈린의 개인 전화(예를 들어, 스탈린과 B. 빠스쩨르나끄, M. 불가꼬프가 나눈 전화 대화가 기록되어 세간에 알려졌다)와 같은, 당 정책 집행 형식이 나타난다. 개인 신변이나 작품의 운명을 자주 이런 저런 식으로 미리 결정했던 이러한 전화는, 상대방이 정신을 차리거나 충격에서 회복될 틈도 주지 않은 채, 갑작스럽게 전화수신자를 호출해대곤 하였다.

"창조적 인텔리겐챠"를 관리하는 또 다른 형식은, 이전에 러시아의 부호 랴부쉰스끼의 저택이었던, "고리끼의 아파트에서" 당과 정부의 지도자들이 작가들을 접견하는 것이었다. 이러한 만남에는 통상적으로 I. 스탈린, V. 몰로또프, K. 보로쉴로프, L. 까가노비치가 참석하곤 하였다. 작가 측 초청 인사들은 훨씬 더 많은, 수십 명의 사람들이 추천되었다. 이 모임의 초대장은 면밀하게 분배되었고, 초청장을 받는 다는 사실은, 비록 그것이 이후 탄압받게 될 때 사면장이 되지는 않는다고 하여도, 작가의 입지를 증명해주는 것이었다. 무수히 많은 인민위원회의 초소를 통과해서 저녁에 사람들은 모여들었다. 커다란 응접실의 문을 열면, 집사와 급사들이 잘 차려진 만찬을 준비해 놓고 맞이하였다. 스탈린과 그의 수행원들은 좀 더 늦게, 저녁 무렵 쯤에 도착하였다. 스탈린 자신은 포도주만 마셨지만, 테이블 위에는 보드카와 코냑도 준비되어 있었다. 스탈린은 술을 마시지 않는 사람들을 수상하게 여겼으며, 뭔가를 감추고 있다고 의심하였다. 바로 작가들과의 이러한 만남 속에서 문학적 과제나 슬로건, 프로젝트들이

의논되었고 결정들이 내려졌다. 그리고 이러한 만남에서 사회주의 리얼리즘론이 만들어 졌다. 용어 자체 또한 이러한 모임들을 가지는 와중에 스탈린이 만들었을 것이다.

정권이 작가를 다루는 방식이 변화했던 것은, 아마도, 30년대에 형성되었던 문화적 상황이 20년대 문화적 상황과 비교할 때 근원적으로 달라졌기 때문이었을 것이다. 이 두 시기는, 30년대 소비에트 문화 연구자인 V. 빠뻬르늬의 관점에 따르면, 근본적으로 다른 것이다.[97] 이 두 시기는 시작과 끝, 집단적인 것과 개별적인 것, 운동과 정지, 리얼리즘과 진실, 목적지향적인 것과 예술적인 것 등으로 서로 대칭을 이루며 대비된다. 두 개의 문화는, 만약 빠뻬르늬의 용어를 빌린다면, 전 세계적인 규모로 전개되었던 불멸의 역사에 현실의 조화로움을 덧붙이는 것이었고, 이러한 새로운 불멸성의 확고한 버팀목이 되었던 것은 국가기구였다.

당연히, 작가적 배역 체계에서 권위와 우선권도 변화하였다. 이제 필요한 것은 대중적인 인간을 추종하는 것도 아니었고, 프롤레타리아를 따르는 것도 아니었고, 국가와 당 그리고 스탈린에 대한 충성뿐이었다. 공식적인 시인, 서사시인, 극작가, 사회비평가들의 자리에 공석이 생겨나기 시작하였다.

그렇게 새로운 공식적인 작가의 배역이 형성되기 시작하였다. 스탈린이 대표했던 정권은 위대한 서사시인, 새로운 서사시와 새로운 신화의 창조자가 소비에트 문학에 반드시 있어야 한다는 점을 인식하였다. 공식적인 시인도 꼭 필요했다. 소비에트 시대 가장 재능 있는 시인이었던 마야꼬프스끼와 빠스쩨르나끄에게 스탈린은 그러한 역할을 맡기고자 하였다.

---

97 V. 빠뻬르늬. 두 개의 문화. 모스크바. 1996.

V. 마야꼬프스끼가 이러한 역할을 맡게 된 것은 그의 사망 직후에, 소비에트 시기 가장 재능 있는 시인은 마야꼬프스끼였다고, 스탈린이 말을 남기면서부터였다. 죽음을 통해서 그는 십자군이 되려는 열망과 이 열망을 불가능하게 만들었던, 시적인 영원성을 향한 그의 창작 세계의 독특함 사이의 모순을 극복했었던 것처럼 보인다. 그의 파멸은, 아마도, 이러한 모순의 결과였고, 동시에 그 모순을 극복하는 형식이었을 것이다.

B. 빠스쩨르나끄는 이러한 체제선전용 시인이나 새로운 신화의 창조자 역할을 거부할 수 있었다. 이런 의미에서 스탈린과 빠스쩨르나끄의 전화대화는 매우 시사적이다. 스탈린은 자신의 요구에 맞는 이러한 배역을 맡아줄 수 있는, 탁월한 시인이나 전문가, 장인을 찾았다. 빠스쩨르나끄에게선 거절당했던 그는 O. 만젤쉬땀이 거장인가를 물어 보았다. 잠시 생각에 잠겼다가, "거장"이란 말의 의미와 만젤쉬땀이 이러한 "거장"의 역할을 하기에는 대단히 무능력하다는 것을 알아차렸던 빠스쩨르나끄는 부정적으로 대답하였다.

대하서사소설의 작가들의 경우엔 사정이 달랐다. 붉은 레프 톨스토이를 만들어야 한다는 요구는 A. 톨스토이에 의해서 만족되었고, 정권은, A. 졸꼬프스끼의 적확한 언급에 따르자면, 살짝 뒤바뀐 이니셜을 통해서만 원하던 결과를 달성할 수 있었다. 바로 이러한 역할을 고리끼 또한, 아마도, 그의 의지와는 무관한 것이었겠지만, 해야 했었고, 아마도, 그 자신도 문학이 아니라 새로운 문화를 화려하게 포장해버리는 스스로의 역할을 인식하지 못했을 것이다.

그런데 이때에 문학에서 결코 환영받지 못했던 배역이 나타났다. 예를 들자면 백치의 배역이 그러한데, 이 배역은 20년대 초 십자군에서 20년대 말~30년대의 백치에 이르는 길을 걸어왔던 A. 쁠라또노프의 인생사나 창작 활동에서 가장 잘 드러난다. 백치의 본질 또는 기호학적인 백치 행동의 의미는 비정상적이고 희극적이며 그로테스크한 방법으로 진리를 말할 수 있는 가능성, 용인하고 찬성하지만 용인하지 않고 찬성하지 않을 수 있으며, 동의하지만 동의하지 않을 수 있는 가능성을 가졌다는 점에 있다. 문학적인 백치의 배역은 위와 아래가 자리를 바꿀 수 있는 가능성을 주고, 성스러운 것과 비속한 것을 뒤바꿔버리며, 중요한 것을 반대로 시시한 것이 되어 버리게 해준다. 바로 이러한 문학적 배역이 『체벤구르』와 『건축공사기초』, 『백치 같은 공산주의』, 『러시아의 정신』에 구현되었고, 로자 룩셈부르크의 유해를 찾아 떠도는 우스꽝스러운 순례 속에서 고귀한 종교적 파토스를 구현해 내거나, 새로운 삶이 이루어지는 건물을 하늘 높이 건설하려는 지향을 무덤으로 향하는 하강 운동으로 뒤바꿔 놓을 수 있게 해주었다. 문학작품 속에 표현된 이러한 배역을 이용하여 쁠라또노프는 M. 고리끼에게 보내는 참회의 서한을 쓸 수 있었다: "저는 당신에게 제가 계급의 적이 아니며, 제가 얼마나 저 자신의 과오 때문에 괴로워했는지를 말씀드리고 싶습니다. 저는 계급의 적이 될 수 없으며, 결코 적이 되겠다는 생각을 가져 보지 못했습니다. 왜냐하면 노동 계급이야말로 저의 조국이고, 또한 제 자신의 미래가 프롤레타리아와 연관되어 있기 때문입니다."[98]

---

98 A. 쁠라또노프의 M. 고리끼에게 보내는 서한// 문학의 제 문제. 1988. No 9. 177쪽.

제 3 장

사회주의 리얼리즘

사회주의 리얼리즘

1. 리얼리즘의 위기

앞에서 설명한 러시아 현실의 사회문화적 상황은 문학발전과정의 미학적 성격에 순수하게 반영되지 않을 수 없었다. 이런 사회문화적 상황은 특히 모더니즘과 리얼리즘의 공존이라는 극적인 형태로 나타났다.

국유화 정책은 문학과 모든 예술형태에 공통된 미학체계, 다시 말해서 기념비적 문체나 '두 개의 문화'(V. 파페르늬)를 만들겠다는 이룰 수 없는 목표를 세웠다. 문학에서 이런 미학체계에 상응하는 것이 사회주의 리얼리즘이었다. 그와 같은 과제는 문학발전과정의 모든 법칙에 위배되는 것이었다. 왜냐하면 문학운동의 비밀은 다양한 미학체계, 문체적 경향, 다양한 세계 및 인간론 사이에서 형성되는 모순에 있기 때문이다. 그러한 모순이 많을수록 문학은 더 풍부해진다. 다시 말해서 상호작용과 논쟁, 부정, 상호침투와 상호배척의 벡터 속에서 긴장된 예술적 모색과 발견의 장이 형성된다.

그런데 국유화 정책은 문학을 바로 그러한 단일한 사고, 창작의 통일화로 몰고 갔다. 사회주의 리얼리즘은 유일한 미학이 되어야 했고 또 거의 20년 동안 독점 문학에서 그렇게 되었다. 그 밖의 어떠한 예술적 해결책도(법령, 소비에트 비평계, 출판 등에 의해) 공식적으로 거부되었고 내부 망명(즉 은폐된 비밀스런 문학) 혹은 국외 망명으로 추방되었다. 이것은 본질적으로 문학의 전혀 새로운 법칙의 형성을 의미했다. 마르샤크의 민담 『열두 달』에 어느 왕녀가 등장하는데, 그녀는 한 겨울철에 복수초를 구하려고 새로운 자연법칙을 선포하려고 한다. 마치 그 왕녀처럼 국가는 새로운 문학법칙을 공식화하고 도입하였다. 이 법칙에 따라 사회주의 리얼리즘의 미학이 형성되었고, 이 미학에 합치되지 않는 모든 것은 독자들에게 접근할 수 없었다.

그렇지만 사회주의 리얼리즘의 성립은 상부로부터 공식화된 문학발전법칙에뿐 아니라 리얼리즘 미학의 상태를 특징짓는 내적 과정에도 기초하고 있었다. 이처럼 당 정책과 문학발전의 내재적인 법칙이 '운 좋게도' 일치하는 바람에 '사회주의 리얼리즘'이라는 현상이 생겨나게 되었다.

그런데 이 미학체계의 출현과 존재의 합법칙성은 비평계와 문예학에서는 인식되지 않았다. 이는 특히 사회주의 리얼리즘에 대한 1980년대 말의 격렬한 공격에서 나타났다. 1980년대 말은 옛 문학론의 전복이 이미 이뤄졌지만 사태가 심각하게 파악되지는 않았고 그러면서 새로운 문학론이 즉시 성립하기를 염원하던 낭만적 시대였다. 그때 「문학신문」 지면을 시작으로 하여 그 후 여타 간행물에서도 사회주의 리얼리즘에 관한 논쟁이 펼쳐졌다. 그 논쟁의 파토스는 똑같이 이데올로기화된 두 관점의 충돌에 있었다. 어떤 사람들은 사회주의 리얼리즘을 옹호하면서 소비에트 고전에 대한 경솔한 훼손 기도로부터 소비에트 고전의 가치를 옹호하였던 반면, 또 어떤 이들은 그 자치를 전복시키고 새롭게 출간된 것과 예전에 금지되었던 것을 소비에트 고전의 가치에 대비시켰다. 소비에트 고전의 가치를 전복하려는 진영을 대표하는 I. 졸로뚜스끼의 사회주의 리얼리즘 평가방식이 한 예이다. 논쟁이 띠고 있는 이데올로기적 성격이나 논의의 극단성은 모두 당시에는 자연스러운 것이지만, 만일 위에서 예로 든 관점에 선다면 사회주의 리얼리즘은 맘에 들지 않기 때문에 존재하지 않는다는 식이 된다. 그러한 관점은 비평가라면 몰라도 문학사가에게는 도저히 용납될 수 없다.

그렇지만 다시 한 번 강조하고 싶은 것은, 사회주의 리얼리즘은 역사적인 이유로 출현하여 미학적인 형태를 취한 현상이다. 사회주의 리얼리즘은 한편으로는 문학 분야의 제반 상황의 영향 아래, 또 다른 한편으로는 외적인 사회정치적인 조건의 영향을 받으며 형성되었다.

19세기에서 20세기로 넘어가던 세기 전환기 무렵에 리얼리즘 미학이 가져온 결과는 고유한 문학 차원의 상황과 관련시킬 수 있다. 이 무렵에 리얼리즘 미학은 이미 더 이상 지배적인 미학이 아니었으며, 모더니즘적인 미학 경향(우선은 상징주의, 그 후에 아크메이즘, 미래주의, 그리고 산문에서는 인상주의 경향과 표현주의 경향)이 쉴 새 없이 출현하였다. 리얼리즘은 한편에서는 모더니즘의 압박을 받고 또 다른 한편으로는 실증주의적 의식이 위기에 봉착하면서 리얼리즘의 세계관적 문예학적 입지를 뚜렷이 상실해가고 있었다. 특히 실증주의적 의식의 위기와 관련하여 부연 설명하자면, 현실이 예전보다 한결 더 복잡해지고 세계와 인간의 개인 운명이 인과관계의 단순한 총합으로 늘 귀결되는 것은 아니라는 진리가 세기 전환기의 인간에게 드러났던 것이다. 리얼리즘 미학이 당대 문학의 지형도를 떠나갈 수는 없었지만 분명 쇄신이 필요했다. 이 모든 것으로 인해 바로 세기 전환기에 리얼리즘의 위기가 닥쳐왔던 것이다.

리얼리즘적 전형화 원칙의 특정한 한계를 놓고 깊이 생각하던 Yu. 아이헨발드는 리얼리즘 전형화 원칙이 현실과 문학에서 갖는 한계점을 다음과 같이 정의하였다. "언젠가는 영혼을 원인과 결과의 일정한 궤도에 도입할 수 있을까? … 예전과 마찬가지로 지금도, 또 지금과 마찬가지로 예전에도 영혼은 이해할 수 없으며 앞으로도 영원히 이해할 수 없을 것이다. 영혼에 적용할 법칙은 씌어지지 않았으며, 따라서 예술에 적용할 법칙 또한 씌어지지 않았다."[99]

상징주의 잡지들이 많은 지면을 할애해서 다루던 리얼리즘의 위기에 관한 담론은 분명한 근거를 가지고 있었다. 즉 리얼리즘은 세계와 그 속의 인간을 설명할 수 있는 보편적인 미학체계의 역할을 이미 주장할 수 없었던 것이다. 그리고 비록 D. 메레쥬꼬프스끼가 "군중의 압도적인 취향이 아직까지는 리얼리즘적인 것"이라고 우울하게 확인하였지만[100], 19세기는 고전적 리얼리즘의 세기였으나 미래의 20세기는 더 이상 그렇지 않다는 점은 분명했다. 여기에는 뚜렷한 이유가 있었다. 세계의 일반적인 상태와 세계를 보는 인간의 시선이 바뀌어버린 것이다. 그리고 고전적 리얼리즘이 "19세기의 실증과학적 표상과 세기의 일상적 의식의 법칙에 근거해서 만들어진 세계상"[101]에 완벽하게 부응했던 반면, 20세기는 이와 아주 다른 일상 의식과 실증주

---

99 Yu. 아이헨발드. 러시아 작가들의 실루엣. 4판, 모스크바, 1914. VII쪽.
100 D. 메레쥬꼬프스끼. 퇴폐의 원인과 러시아현대문학의 새로운 경향에 관하여. 상트페테르부르크, 1893. 38쪽.
101 L. 긴즈부르그, 현실 탐색 속에서의 문학. 모스크바, 1987, 11쪽.

의적이지 않은 세계상을 가지고 있다. 학문적 세계관뿐 아니라 20세기 인간의 일상 의식 또한 지난 19세기 특유의 세계관 및 일상 의식과 구별된다. 철학과 물리학, 인문과학 영역에서 이뤄진 최신 발견(시간과 공간의 새로운 이론, 아인슈타인의 상대성 이론, 양자역학에서의 '파동입자'의 이원론, 프로이트 학설, K. 융과 G. 융의 원형, 바흐찐의 흐로노토프 등)이 보여준 것은, 세계상이 실증주의적 표상에서보다 훨씬 더 복잡하고, 직선적이지 않으며 일의적이지 않다는 점이다.

19세기 후반의 리얼리즘은 주인공을 다양한 갈래의 좌표체계에 빠뜨렸으며, 긴즈부르그의 적확한 표현에 따르면 19세기 후반의 리얼리즘은 마치 "현실을 조직하고 그 현실의 매개변수들을 하나로 모았던 것 같다. 그것(19세기 후반의 리얼리즘-역자)은 현실에 기초한 역사적·사회적·생물학적으로 결정된 인간의 입론을 스스로 첨가했다." 그 결과로 "인과적 연관이 미학적 주체로 된다. 따라서 리얼리즘 작가들의 산문에서 설명은 부분적으로만 직접적일뿐이며 그 나머지 경우에는 간접적이다. 독자는 예술적 추론의 재료인 듯한 성격과 환경의 묘사를 접할 뿐이다."[102] 이로 인해 긴즈부르그가 내린 결론은, "문학은" 개인의 의식에 작용하는 "인과관계를 확립하는 것을 자체의 과제로 선언하며" "그 어떠한 정신적인 경험, 심지어는 가장 비합리적인 정신적 경험마저도 나름대로의 인과관계 속에서 나타난다"는 것이다.[103] 그 결과, 인간은 매우 다양한 성격의 제반 상황으로 설명되며, 예술가는 그 제반 상황의 어수선한 결합문자를 연구하게 된다. "19세기 후반 문학의 결정화된 인간만이 심리분석과 기술(記述)의 선명함, 사회적 특성, 일상에 대한 관심, 장르적 문체적 위계질서의 거부와

---

102 같은 곳, 32쪽.
103 L. 긴즈부르그, 문학주인공에 관하여. 레닌그라드, 1979, 64쪽, 67쪽.

역사주의 등을 하나로 연결했다."[104]

인간(과 문학주인공)이 인간을 결정짓는 상황의 억압적 권력 아래서 벗어난다는 느낌은 세기전환기의 독특한 징후였다. V. 껠딕슈의 깊은 성찰에 따르면, "주변 존재의 사회적 상황이 한층 더 동요하고 변화무쌍해지며 법칙성·오랜 존속·견고성을 상실하면서, 인간에 대한 과거의 억압적인 권력을 상실하였다. 인간 삶의 적극적인 단초가 사회적 상황의 독재에서 벗어나고 개인과 환경의 관계가 재평가되는 것, 바로 이런 것이 러시아 리얼리즘이 위기의 사회상황으로부터 끄집어낸 주요 결과이다."[105]

고전적 의미에서 예측할 수 없고 미리 결정될 수도 없는 가변성과 사건에 대한 내적 의지적 내면적 반응의 권리가 개인에게 인정되고 있다. '환경이 물어 죽였다'는 고전적 공식의 거부로 인해 문학은 가혹한 리얼리즘적 결정 영역으로부터 벗어나게 되고 개인과 세계를 묘사하는 새로운 방법을 모색해야 한다.

이 방법은 19세기의 전통적인 리얼리즘 미학에서와 같은 논리적으로 파악될 수 있는 인과적 피조건성으로 귀결되지 않는 비합리적인 영역에서 종종 나타난다. 인간의 성격은 세기전환기의 문학에서 비합리적인 단초로 나타났다.

인간의 다채로움은 20세기 문학이 의식한 가장 중요한 수수께끼 중의 하나이다. 이미 레프 톨스토이가 언급한 것처럼, 인간은 "얼룩투성이와 같아서 좋은 점과 나쁜 점이 함께 있는" 존재이다. 고리끼는 톨스토이의 견해에 동조하였다. 고리끼에 의하면 "인간의 자연스런 상태는 알록달록하다. 러시아인들은 특히나 알록달록한데, 이 점에서

---

104 L. 긴즈부르그, 현실의 탐색 속의 문학. 10쪽.
105 V. 껠딕슈, 20세기 초의 러시아 리얼리즘, 모스크바, 1975. 12쪽.

타민족과 본질적으로 구분된다." 인간의 다구성성과 이 '알록달록함'은 고리끼 창작에서 매우 중요한 묘사 대상이 되며 나아가서 비합리적 영역뿐 아니라 신비적인 영역에서도 설명되게 되었다.

톨스토이의 경우에 인간의 모순성 속에 성격의 '유동성', 가변성의 원천이 숨어 있었던 반면, 고리끼는 인간의 모순성 속에서 인간 이해의 또 다른 창조적 가능성을 보았다. 톨스토이 작품에서와 같은 성격의 가변성과 유동성은 사라졌지만 그 대신에 고리끼는 매우 다양하고 상극적인 특성이 동일한 순간에 주인공 내부에 존재한다는 것을 증명하였다. 즉 인간은 어느 한 순간에 하나의 상황이라는 틀 속에서 자신의 어느 한 쪽이나 다른 한쪽으로 돌아설 수 있다는 것이다. 이로 인해 고리끼 연구가인 E. 타게르는 '사회적 균열의 역동성', 즉 작가 스스로가 '어느 한 위치에서 다른 위치로의 초점 도약'을 말하였던 것이다.

인간 개성의 이 복합성은 고리끼의 자전적 삼부작에서 연구되고 있다. 자전적 주인공은 사람들이 각양각색인 점에 놀라고 있다. "거의 각 사람의 내부에는 말과 행동의 모순뿐 아니라 느낌의 모순까지도 뒤죽박죽 뒤섞여 있는 모습을 보았고, 그 모순들의 변덕스런 모습에 나는 무척이나 힘들었다." 카슈린 할아버지는 채찍질로 소년을 깜짝 놀라게 하고 채찍질 후에 겨우 완쾌된 손자에게 용서를 구하러 다가가서 채찍질할 때와는 전혀 다른 밝고 시적인 면을 보여준다. 이런 모순성은 작가나 그의 자전적 주인공에게는 고통스러운 것이지만, 창작 전체를 통해 그는 사람들 내부의 이 모순을 찾고 또 강조하고 폭발 직전까지 몰고 가게 된다.

인간은 다의적이고 영혼의 가장 고귀한 위업과 가장 저열한 행동을 동시에 선뜻 하려고 하는데, 바로 이런 점 때문에 고리끼는 압박감을 느꼈고 인간의 그런 측면을 예술적으로 구현할 매우 다양한 형태를 모색해야만 했다. 자전적 삼부작의 주인공이 집시 춤을 볼 때 이 모순은 시각적으로 구현되기까지 한다. 즉 춤을 추는 사람이 한 명이 아니라 열 명의 제각기 다른 사람인 것 같다.

창작과정에서 고리끼는 때때로 러시아인의 이 모순성을 어찌 설명할지 몰라 망설이곤 했다. 『클림 쌈긴의 생애』의 준비 단계인 1920년대의 단편소설에서 그는 아무리 노력해도 러시아인의 모순성의 원천, 논리적으로 설명되지 않는 비합리적인 원천을 이해하지 못한다.

예를 들면 고리끼의 단편 「카라모라」(1924)에서 주인공은 공존할 수 없는 것을 자신의 삶 속에서 공존시켜보려고 한다. 즉 그는 한편으로는 지하 혁명 조직에 가담하면서 이와 동시에 헌병부대의 정보원으로 근무하려고 하지만, 이 두 가지는 동시에 이루어질 수는 없었다. 그의 인생은 무의미한 변절 행위로 점철되어 있다. 그는 양쪽 편을 위해 일하면서 양쪽 편을 배신한다. "자신의 고백록에서 카라모라는 이렇게 적고 있다. 나의 내부에는 두 사람이 살고 있다. 그 중 한 사람은 다른 사람에게 적응하지 못했다. 그런데 또 세 번째 사람도 있다. 그는 앞의 두 사람을 지켜보고 이들의 알력을 지켜보지만 때론 적대감을 선동하기도 하고 때로는 그 적대감이 어디에서 무엇 때문에 생겨나는지를 솔직히 이해하고 싶어 하기도 한다." 작가와 주인공은 그와 같은 상황을 리얼리즘적으로 설명하는 것뿐 아니라 이해하는 것조차 불가능하다. 고리끼가 제시하는 동기는 전통적인 결정론적 영역에 있지 않다. 그는 이것을 러시아 민족성의 이해 불가능성, 모순성과 혼돈상으로 설명하고 있다.

인간은 고리끼 앞에 인형, 즉 생명체와 비생명체 사이의 경계에 서 있는 무언가로도 나타난다. 「어느 한 소설에 관한 이야기」에서 서술자는 옆모습만 있고 앞모습은 없는 사람을 만난다. 이것은 주인공을 완전히 생각해내지 못한 어떤 작가의 상상력의 산물이며, 그 주인공은 입체적 공간이 아니라 평면이라는 2차원 공간에서만 존재한다.

인간 성격이 합리적으로 설명되지 않기 때문에 고리끼는 비합리적이고 환상적인 단초에 주의를 기울이게 되었고, 그런 비합리적·환상적 단초는 1920년대 중반부터 그의 창작에서 한층 더 많이 나타나기 시작한다.

단편 「철학의 해악에 관하여」에서 고리끼는 세계와 인간 속에 존재하는 비합리적인 면을 이해하기가 고통스러울 정도로 힘들며, 환상과 그로테스크의 요소가 이 비합리성을 표현하는 가장 자연스러운 형태라고 말하고 있다. "나는 글로 적을 수 없을만큼 무시무시한 무언가를 보았다. 바닥이 보이지 않는 커다란 술잔이 옆으로 쓰러져 있고 그 술잔 속에서 귀와 눈, 손가락을 엉거주춤하게 편 손바닥이 빠른 속도로 돌아다니고 있으며, 얼굴이 없는 머리가 급히 굴러다니고 인간의 발이 걸어가는데 각각의 발이 다른 발과 따로 놀고 있다… 색깔이 가지각색인 날개가 날아다니며 덩치 큰 수소의 눈깔 없는 추한 얼굴이 나를 우두커니 쳐다보고 있다."

합리적으로 설명할 수 없는 삶의 단초, 무언가의 신비로운 연관, 그리고 사람들의 운명의 의존 관계 등은 1920년대 고리끼 작품에서 가장 뚜렷한 모티프의 하나가 된다.

그리고 이 상황은 평생의 고리끼처럼 신념에 찬 리얼리즘 작가라 하더라도 어느 한 작가의 창작 일대기의 한 단편이기만 한 것은 아니다. 문제는 정작 문학 본연의 그 자체의 일반 법칙이라는 점이다. 문제의 본질은, 인간이 생물학적으로 속한 자연계 내부에 불변의 법칙이 존재하며 이성적이고 의식적인 변천을 인정하는 데 기초한 시학,

이미 결정된 현실의 질서를 완전히 인식할 수 있는 가능성을 용인하는 시학, "이 결정론으로부터 근본적으로 낙관론적인 결론을 끄집어내는" 시학이 더 이상 신뢰를 받지 못했다는 것이다. 그와 같은 시학은 작품의 서술적·구성적 구조를 미리 결정짓는다. 즉 그것은 "작품의 본질적인 구성요소인 파불라(사건의 인과적 진행)에 대한 해석, 3인칭(종종 전지적) 시점의 주로 객관적인 저자 서술, 화자 존재의 은폐"이다.[106] 이와는 달리 결정론에 대한 불신과 심지어는 결정론에 대한 전면 부정식의 해석에 따라 형성되는 시학에서는 인과관계의 기능으로서의 슈제트의 역할이 최소화되거나 슈제트가 대체로 약화되고 인간의 운명이 '분산'되며 전일적인 세계상이 파괴되거나 세계상이 그로테스크하고 환상적으로 해석되는 일이 벌어진다.

만젤슈땀은 리얼리즘적 시학이 모더니즘적 시학으로 이동하면서 장편소설 장르가 겪는 슈제트-구성적 구조의 변천과 인상주의 작가의 이데올로기가 맺는 연관을 아주 정확하게 보여주었다. 결정론의 위기가 인간 운명에 대한 해석을 변화시키는 결과를 초래하였는데, 과거에는 인간의 운명이 전통적으로 소설 슈제트의 중심에 있었고 소설 슈제트의 근간이었다. 만젤슈땀은 다음과 같이 적고 있다. "우리가 강력한 사회운동과 대대적인 조직행위의 영역으로 진입하자, 역사에서 개인의 행위는 추락하게 되고 그와 더불어 소설의 영향력 또한 추락하게 되는 것은 분명하다. 왜냐하면 소설에서는 역사에서 개인의 공인된 역할이 사회 환경의 압력을 보여주는 압력계와도 같기 때문이다. 소설의 척도는 인간의 전기나 전기 체계이다. 새로운 소설가는 첫 걸음을 떼면서부터 개별 운명이란 존재하지 않는다는 것을 느꼈

---

106 A. 마꼬볘쓰키. 19~20세기 전환기의 폴란드 산문의 발전과정 // 19세기말~20세기초의 러시아와 폴란드의 문학. 모스크바, 1981. 78쪽.

고, 자신에게 필요한 사회적 식물을 모든 뿌리·동반자·속성 등과 함께 땅에서 뽑아버리려고 했다." 성격의 사회역사적 결정화에 대한 새로운 시대와 새로운 문학의 불신으로 인해 시인의 관점에서는 전통적인 소설 형식과는 원칙적으로 대립되는 새로운 소설 형식이 생기게 된다.

"이처럼 소설은 전기적 연관에 의해 지배되고 전기적 척도에 의해 측정되는 현상 체계를 우리에게 제안하는데, 소설 속에 유성계의 원심력이 살아 있는 만큼, 또 중앙에서 주변부로 향하는 구심력이 원심력에 대해 최종적으로 우세하지 않은 만큼, 오직 그 만큼만 소설은 구성적으로 버티게 된다. 소설의 그 이후의 운명은 개인적 존재의 형태인 전기의 해체 역사가 될 것이며 심지어는 해체를 넘어서 전기의 파국적인 죽음이 될 것이다."[107] 만젤슈땀은 인간 운명의 리얼리즘적 동기화의 넓은 스펙트럼이 20세기 인간의 세계지각과 문학으로부터 퇴출되거나 적어도 19세기 문학에서 휘두르던 보편성을 상실한 이후에 조성된 진공상태를 정확하게 느끼고 있다. "오늘날 유럽인들은 자신의 전기로부터 내던져진 것이 마치 당구공이 당구대 포켓에서부터 내던져진 것 같다. 당구대 위에서 당구동의 충돌인 당구공의 활동 법칙을 지배하는 하나의 원칙은 낙하 각도가 반사 각도와 같다는 것이다."[108] 개별적인 전기, 그것에 예속되고 인과적 연관에 기초한 슈제트, 보편적 결정론 등과 같은 리얼리즘적 소설 시학의 기초는 이제 확실성을 상실해버린 것으로 이해되고 있다. 이러한 리얼리즘적 소설 시학의 기초를 대신하여 등장하는 것이 인간 운명의 파열성, 여러모로 우연적이고 무질서한 당구공의 움직임과 흡사한 인간 운명의 모든

---

107 O. 만젤슈땀. 운문에 관하여. 레닌그라드, 1928. 54~55쪽.
108 같은 곳, 56쪽.

격변의 우연성, 논리 정연한 슈제트를 대체한 장면과 에피소드의 파편성 등이다.

전체적인 결정론이 불안정하며 현실을 인과의 협소한 틀에 밀어 넣을 수 없다는 점은 매우 많은 사람들, 심지어는 알렉세이 톨스토이와 같은 신념에 찬 확고부동한 리얼리즘 작가까지도 느끼고 있었다. 알렉세이 톨스토이의 깊은 생각에 따르면, "예술, 즉 문학작품은 찰나적인 것이다. 예술작품의 목표는 어떤 결과의 원인을 찾는 게 아니라 우주의 생동하는 조각을 가장 완결된 형태로 제시하는 것이기 때문에 예술작품에서 논리가 차지할 자리는 없다."[109] 알렉세이 톨스토이의 예술 실천에서 고전적·실증주의적 세계상에 전통적으로 나타나는 리얼리즘 특유의 결정론이 나타났던 것에 반해, 위의 인용문이 보여주고 있는 것은 A. 톨스토이가 리얼리즘적 접근법의 유일성을 전혀 믿지 않았다는 것이다.

세기 전환기에 위기를 겪고서도 리얼리즘은 문학에서 자취를 감추지는 않았다. 오히려 그와 반대로, 리얼리즘은 위기를 벗어나면서 쇄신되었고 새로운 예술적 특징을 획득하게 되어 예전에 못지않게 중요한 역할을 하게 되었다. 그와 같은 상황은 너무나도 당연해 보인다. 왜냐하면 "인류는 19세기의 리얼리즘을 통과했고 내다버릴 수 없는 교훈을 얻었기 때문이다. 그 흔적은 20세기의 창작, 때로는 가장 기묘한 창작에서도 찾아볼 수 있다. 어떤 문학 체계에서는 이런 특징이 결정적이고 구조적인 의미를 띤다.[110]

그러나 이것은 우리가 19세기에 보던 것과 비교하면 이미 새로운

---

109 A. 톨스토이. 문학성적표 // 예술과 자신에 관한 작가들. 모스크바—레닌그라드, 1924, 10쪽.
110 L. 긴즈부르그, 문학주인공에 관해, 80~81쪽.

리얼리즘 미학이었다. 리얼리즘적 전형화 원칙, 개인론, 예술시간론 등이 변모했으며 예술과 현실의 관계 문제는 다른 식으로 해결되기 시작했다. 새로운 리얼리즘적 미학은 우선 20세기 초에 고리끼의 창작에서, 그 후 1920년대에는 수많은 예술가들, 즉 레오니드 레오노프, A. 톨스토이, K. 페진, M. 숄로호프 등에서 나타났다.

리얼리즘 미학의 그와 같은 변화는 20세기 인간의 세계지각과 새로운 철학적·미학적·존재적·일상적 현실에 적응하려는 리얼리즘의 시도와 관련되어 있었다. 그리고 새로운 리얼리즘 미학 혹은 새로운 리얼리즘(필자는 이와 같은 부르고자 함)은 이 과제를 처리했고 우리 동시대인의 생각에 완전히 부합하게 되었다. 1930년대에 새로운 리얼리즘은 예술적인 최고의 경지에 이르게 된다. 레오니드 레오노프의 철학소설 『대양으로 향한 길』과 『스꾸따레프스끼』, 고리끼의 대하소설 『끌림 쌈긴의 생애』와 숄로호프의 『고요한 돈 강』, 페진의 장편소설 『유럽의 약탈』과 『요양소 아르끄뚜르』 등이 그 예이다.

그러나 1920년대는 새로운 리얼리즘과 나란히 리얼리즘으로 거슬러 올라가지만 새로운 리얼리즘과는 다른 미학이 형성되고 있었다. 그 미학의 발생은 Yu. 리베진스끼, N. 오스뜨로프스끼, V. 일리옌꼬, A. 아로세프, F. 글라드꼬프 등의 이름과 관련되어 있다. 1920년대에 이 미학은 압도적이지 않았지만, 새로운 리얼리즘의 그늘 아래에서 활발히 발전하고 있었다. 그러나 바로 이 미학은 개인과 사회에 대한 반인도적인 폭력의 파토스와 혁명 이상(理想)의 이름으로 자기 주변의 세계 전체를 파괴하려는 의욕을 내포하고 있었다.

뿐만 아니라 이 미학은 문학발전의 그 이전 시기로부터 기원상 물려받은 리얼리즘과의 연관을 사실상 상실하고 있었다. 가혹한 이데올로기적 참여도로 인해 리얼리즘 특유의 연구 기능은 특별히 도해적 기능에 자리를 양보하게 되었고, 문학의 사명은 현실의 연구가 아니라 사회세계와 자연세계의 어떤 이상적인 모델을 창조하는 것으로 여겨졌다. 리얼리즘적 전형화 원칙이 변형되었다. 이것은 이미 리얼리즘적 환경과의 상호작용 속에서 전형적 성격의 연구가 아니라 규범적인 상황 속의 규범적인 (즉, 어떤 사회적 이상의 입장에서 볼 때 마땅히 존재해야 하는) 성격의 연구였다. '새로운 리얼리즘'과 원칙적으로 구별되는 이 미학체계를 '규범주의'라고 부를 수 있다.

그러나 이런 두 가지 경향이 사회의식, 미학적, 문학비평적인 면에서 구별되지 않으며 그와 반대로 맨 처음엔 프롤레타리아적 문학으로, 그 뒤엔 소비에트 문학으로 해석되고 있다는 점에서 상황은 역설적이다. 1934년에 이와 같은 양자의 구별은 '사회주의 리얼리즘'이라는 공통된 용어로 인해 더욱 고착되게 된다. 그때부터 여러 모로 대립적인 두 개의 서로 다른 미학체계, 즉 규범적 미학체계와 리얼리즘적[111] 미학체계는 일종의 사상적 미학적 통일체로서 이해되고 있다. 사실상 이 두 미학체계 사이의 관계에는 어두운 면이 없지 않다.

1930년대에는 이 두 미학체계의 공존을 말할 수 있겠지만 그 이후 시기에는 새로운 리얼리즘은 규범주의에 의해 추방당했고, 1940~1950년대의 문학은 창작의 중요성 면에서 1920~1930년대의 예술적 발견과 대략적으로라도 비교될만한 창작물을 전혀 보여주지 못하게 된다. 그 시기는 문단의 표면을 지배한 것이 비(非)리얼리즘적인 규범적 미학체계였다.

오늘날에는 규범주의의 현상을 이데올로기적 관점이 아니라 고유의 미학적 관점에서 기술해보려는 매우 흥미로운 시도가 이루어졌다. 무엇보다도 이런 시도는 외국 연구자들에 의해 이루어졌다. 예를 들

---

111 여기서 말하는 '리얼리즘'이란 '새로운 리얼리즘'을 뜻함.—역자

어 보리스 그로이스[112]는 사회주의 리얼리즘을 러시아 아방가르드의 연장선으로 고찰하려는 경향을 보여준다. 귄터[113]는 K. 클라크[114]와 마찬가지로 1930~1950년대 사회주의 리얼리즘 미학의 전면적 출현을 소비에트적 사고방식의 현상(시간·공간·대가족·소가족의 지각)으로 고찰하고 있다. 1920~1950년대의 문학사적 현상으로서의 사회주의 리얼리즘 연구의 매우 흥미로운 전망을 열면서 동시에 그것을 총괄하고 있는 기초 저술은 『사회주의 리얼리즘의 전범』이다.[115] 그러나 특징적인 것은, 그 책의 저자들이 예술작품의 자료를 분석하기보다는 당의 인쇄물과 정치적 인쇄물, 저널, 문학비평, 시사정치평론, 철학 등의 저술을 연구하는 데 기초해서 자신들의 입론을 쌓고 있다는 사실이다. 이러한 사실이 간접적으로 확인시켜주는 것은, 사회주의 리얼리즘의 문학이 모두 규범적인 것은 아니며 오히려 대예술가들은 고유의 리얼리즘 미학에 속해 있었다는 우리의 생각이다.

성격에 동기를 부여하는 요인으로서의 지구적인 역사적 과정, 즉

---

112 B. 그로이스. 유토피아와 기만. 모스크바, 1993([스탈린 양식] 장 참조); 러시아 아방가르드의 정신으로부터 사회주의 리얼리즘의 탄생// 문학의 제문제. 1992, 제1분책, 42~61쪽.

113 X. 귄터. 철의 하모니 (전체적 예술작품으로서의 국가) // 문학의 제문제, 1999, 제1분책, 27~41쪽; X. 귄터. 스탈린의 매(1930년대의 신화분석) // 문학의 제문제, 1991, 11~12월, 122~141쪽.

114 K. 클라크, 대가족에 관한 스탈린의 신화 // 사회주의 리얼리즘의 전범. 상트페테르부르그, 2000, 785~796쪽.

115 사회주의 리얼리즘의 전범. 논문집/ 귄터와 도브렌코의 공동 편집. 상트페테르부르그, 2000. 이 책은 매우 흥미롭지만 포스트 모더니즘 시대에만 출판될 수 있었다. 사회주의 리얼리즘에 관한 간행물은 Volkawagen-Stiftung 기금의 자금 지원을 받고 있으며, 『마르크스 레닌주의 미학』은 카타리나 클라크에 의해 씌여졌고, 「역사적 현상으로서의 'Ho вояз'」와 「구두로 된 성화로서의 긍정적 주인공」과 같은 논문들 이외에도 다수의 논문이 실려 있는데, 그 논문들의 제목에서 지난 시대가 패러디되고 있다. 즉 <사상성- 계급성 - 당파성>.

거대 환경으로서의 전통적인 리얼리즘적 환경에 대한 파악은 새로운 미학적 의식의 표시였다. 인간은 때로는 본인의 의지에 반하여 20세기 리얼리즘에 의해 역사적 사건의 끝없는 운동 속으로 끌어들여졌다.

새로운 전형화 원칙은 인간에게서 로빈슨이 될 권리, 즉 사회의 내부와 외부에 동시에 있을 수 있는 권리를 빼앗아버린 고리끼의 창작에서 나타났다. 고리끼의 서사문학에서 역사적 시간은 성격에 작용하는 매우 중요한 요인이 되었고, 그의 주인공 중 어느 누구도 역사적 시간과의 긍정적 혹은 파멸적인 상호작용을 벗어날 수 없었다. 뿐만 아니라 M. 숄로호프, L. 레오노프, K. 페진, A. 톨스토이 등의 이름과 관련해서 성립된 새로운 리얼리즘에서 성격과 상황의 상호작용의 유형 자체가 변하고 있었다. 영향은 쌍방향인 것 같이 되고 있었다. 즉 이제는 성격이 환경의 영향을 받을 뿐 아니라 개인이 환경에 작용할 가능성과 심지어는 그 필요성도 확인되고 있었다. 새로운 개성론이 형성되었다. 인간은 자기 관찰을 하기보다는 개인적 술책의 영역이 아니라 사회적 활동 무대에서 자기 자신을 실현하며 창조하는 존재라는 것이다.

여기에는 20세기 예술가의 주인공 불신이 드러났다. 그의 개인적인 자기실현의 자유는 사실상 아무런 제약이 없었다. 개인은 나름대로의 지구적 차원과의 상응 속에서 현실 개조의 권리가 자신에게 있음을 느끼면서 개인은 세계와 일대일로 대면하게 되었다. 주인공과 예술가 앞에서는 세계의 멋진 재창조라는 원대한 희망과 전망이 펼쳐졌다. 그렇지만 이 희망은 늘 실현될 수 있는 것은 아니었다. 어쩌면 먼 훗날의 러시아 문학사가들은 1920~1930년대를 그후 20세기 후반에 이미 실망해야만 했던 이뤄지지 못한 희망의 시대라고 일컬을 것이다. 이 문학은 세계 개조에 대한 개인의 권리를 주장함으로써 선량한 목적을 위해서라면 이 세계에 대해 폭력을 사용할 수 있는 개인의 권리를 또한 주장하였다.

2. 규범주의: 개인과 세계의 관계

당연한 말이지만, 이 경향의 예술가들에게는 인간 자체의 힘과 진리 이외에는 지고의 힘과 지고의 진리가 존재할 것이라는 생각이 들지 않았다. 이 문학은 휴머니즘적 인간중심주의에 뿌리박고 있기 때문에 존재론적 문제들을 본체만체했고 근본적으로 마르크스주의적으로 종교의 틀을 벗어나 있었다.

이로 인해 세계의 개조와 세계의 토대의 자연스러운 형태에 대한 폭력을 주장하게 되었다. 혁명적 폭력은 혁명가들에게는 부당하고 가혹한 옛 세계의 폐허 위에 선과 정의에 기초한 새로운 이상 세계를 건설한다는 목적에 의해 정당화되었다. 사회주의 리얼리즘은 고전적 전통과 근본적으로 대립되는 새로운 미학체계를 제시하였다.

사회주의 리얼리즘의 출현은 일정한 사회문화적 현상에 의해 야기되었다. 사회주의 리얼리즘은 민족현실의 모든 영역을 건드린 반(反)체계를 미학적 수준에서 구현하고 있었던 것이다. 사회주의 리얼리즘은 망상적인 문화, 즉 문학에서뿐 아니라 기타 예술, 즉 기념비적 회화, 고층빌딩의 건축과 음악에서 1920년대 형성되어 1950년대 중반에 확립된 공식 문화의 한 형태이었다.

가장 뚜렷하게 반체계적인 이데올로기는 유토피아적 세계 이해에 뿌리를 둔 혁명론에서 드러났다. 멋지지만 모호하며 시간상 멀리 떨

어져 있는 미래를 위해서 자신의 현실을 파괴할 권리를 주장하는 유
토피아적 세계론은 이삼류 문학에서뿐 아니라 소비에트 문학사에서
으뜸가는 역할을 자처하는 소설에서도 나타났다. 그 가운데 하나가
A. 파제예프의 『궤멸』이다.

깊이 생각해보면, 그의 모든 주인공 즉 레빈손이나 바클라노프와
같이 명백히 긍정적인 주인공이든 작가를 멸시하는 메치크 같은 부정
적인 주인공이든 똑같이 현실에 전혀 부합하지 않는 사상에 의해서
부대·전투·혁명으로 인도되었다는 것을 알 수 있다. 메치크의 낭만
적인 최대강령주의, 개별인생에서나 사회현실에서 예외적인 것의 부
단한 모색, 현실을 뛰어넘는 비상, 이런 것으로 인해 그는 현실세계
를 부정하게 되고 일상현실에 무관심하게 되며 일상현실을 평가하고
아름다움을 볼 능력이 없어지게 된다. 이를테면 메치크는 사진 속의
멋진 미녀를 위해 바랴의 사랑을 거부하며, 단순한 빨치산들의 세계
를 거부하고 결국엔 낭만주의자의 거만한 고독에 빠지게 된다. 본질
적으로 작가는 이에 대한 배신행위로써 그를 벌한다(그렇지만 단순한 빨
치산들에 대한 그의 사회적 거리감에 따른 배신행위에 대해 그를 벌한다). 그러
나 레빈손, 두보프, 바클라노프, 스타쉰스키 등은 한결 더 파괴적이고
추상적인 사상에 의해 인도되고 있다. 이때 이들의 사상과 현실의 결
합은 논리적으로 완전히 허무맹랑하든가 혹은 삶에 대한 폭력이나 삶
에 대한 가혹한 태도로 변모한다.

주인공들은 자신들로서는 전혀 유토피아적인 것이라고 못 느끼는
혁명 이상에 심취해 있다. 그러나 만일 혁명이 근로대중의 이름으로
또 이들을 위해 이루어지는 것이라면, 왜 레빈손 부대의 도착이 딱
한 마리뿐인 돼지를 몰수당한 고려인 농부와 그의 가족에게 굶어죽는
것을 약속하는가? 그 이유는 최고의 사회적 필요성(즉 부대원들을 먹여

살리고 자신들의 길을 계속 가야 하는 일)이 '구체적인 휴머니즘'보다 더 중요하기 때문이다. 즉, 부대원들의 목숨이 어느 한 고려인(혹은 심지어는 그의 가족 전체)의 목숨보다 더 소중하다는 뜻이다. 혁명 부대가 혁명을 통해 이익을 주겠다면서 오히려 죽음을 가져다주는 유토피아적 비논리를 보고 있자니, 라스꼴리니꼬프를 따라서 "바로 여기 대단한 산술이 있군!"이라고 고함이라도 지르고 싶을 뿐이다.

레빈손의 명령대로 빨치산 대원들은 부상당한 빨치산 플로로프를 살해한다. 그의 죽음은 어쩔 도리가 없다. 그의 부상은 치명적이고 그를 데려가는 것은 불가능하며 그를 데려가자니 부대의 움직임이 더 디어질 테고 그로 인해 모두가 죽을 수 있다. 그를 남겨두면 그가 일본군에 잡혀서 독약보다 더 무시무시한 죽음을 당하게 된다. 탈출구가 있는가? 그 탈출구를 레빈손이 찾았다. 도스토예프스키가 『죄와 벌』에서 한 명의 죽음이 몇 명의 죽음보다 적은 가치를 갖는다는 것을 부정하면서 거부했던 논리적 혹은 비논리적 이론체계, 바로 이런 논리적·사이비 논리적 이론체계에 유토피아적 의식이 늘 기대기 때문이다.

소설의 말미에서 레빈손은 "살아남아서 자신의 의무를 다해야 해"라고 생각하며 또 실제로 그는 살아남는다. 그것은 무엇을 위해선가? 부대가 궤멸을 당하고서야 그의 시야에 들어온 자신과 동떨어진 사람들, 일터에서 일하며 곡식을 탈곡하는 사람들을 "묵묵히 뒤따르며 18명의 옛 부대원들처럼 가까운 자기편 사람들"로, 기적적으로 살아남은 몇 안 되는 빨치산 부대원들과 동일한 사상에 충실하며 규율 잡히고 열심인 사람들로 만들기 위해서이다. 곡식과 휴식을 약속해주는 대지에서 일하는, 아직은 거리감이 있는 이 사람들을 모아서 레빈손은 또 하나의 부대를 만들고 그 부대를 내전의 길, 새로운 궤멸의 길로 끌고 간다.

소비에트 문학의 초기 작품인 Yu. 리베진스끼의 중편『한 주』에도 그와 같은 입론이 표명되어 있다. 이 작품의 주인공인 볼셰비키 스텔마호프는 다음과 같이 혼잣말을 내뱉는다. "혁명 속에서 예전에 나는 사랑하기보다는 증오했지. 내가 볼셰비키 선동에 가담했다는 이유로 몰매를 맞은 후에야, 10월의 모스크바에서 내가 크렘린에 돌격해서 사관생도들을 총으로 쏘아죽인 후에야, 그리고 내가 아직 당에 속해 있지 않고 정치적으로 무지할 때에, 바로 그 피곤의 순간에 내 앞에 먼 곳의 휴식이 마치 기독교인의 천국처럼 떠오르게 되었지. 그 휴식은 비록 멀찍이 떨어져 있지만 변함없이 약속된 것이며, 만일 내가 아니라도 미래의 사람들, 내 자식들과 손자들에게 다가올 거야. 이것이 공산주의겠지. 그게 어떤 모습일지는 나도 모르지."[116]

이 작품의 주인공은 아주 훌륭하지만 신화적인 미래를 위해 모든 노력을 쏟는다. 이런 생각은 적에 대한 동정심이나 잔인함에 대한 혐오감, 살인의 두려움 등과 같은 자연스러운 인간의 감정을 뛰어넘을 수 있게 해준다. "그러나 피로로 머리가 아프거나 일이 잘 안되거나 누군가를 죽여야 할 때, 마치 누군가가 붉은 수건을 내게 흔들며 인사하듯 내 머리에는 나의 따스한 말, 곧 공산주의가 떠오른다."(71).

주인공과 작가가 고양되고 낭만적인 것으로 생각하는 이 놀라운 고백의 배후에는 가장 무시무시하고 가혹한 형태의 유토피아적 세계지각이 버티고 있다. 바로 이러한 세계지각이 황당무계한 사회주의 리얼리즘적 이론 구성물의 이데올로기적 토대가 되었다.

사회주의 리얼리즘의 토대는 현실을 희생 제물로 바칠 수 있는 단

---

116 Yu. 리베진스끼. 한 주. 모스크바, 1935, 71쪽. 앞으로의 인용은 텍스트에서 괄호 속에 쪽수를 기재함.

초, 그 본질상 부정적인 단초로 고찰하는 세계지각이다. 인간 혹은 인간공동체는 현실을 절대적으로 자기가치적인 단초로 보지 않고 어떤 목적을 달성하기 위한 수단으로 본다. 이런 점에서 그런 인간 및 인간 공동체는 물질세계를 창조주의 연장과 실현으로 보지 않고 악마적인 단초로 보며 물질세계를 신적·영적·이상적 단초와 대립시켜버리는 부정적인 종교적 입론과 유사하다. 그러나 그런 부류의 종교론에서 세계의 미(美)가 악마의 유혹처럼 영혼구원의 이름으로 희생될 수 있는 반면, 지금 다루고 있는 사회주의 리얼리즘의 경우에는 이것은 사회주의 리얼리즘에서 지배적인 매우 미래주의적인 세계지각으로부터 생겨난다. 이런 세계지각의 기초가 되는 것은 생명을 부정하는 두 가지 사상인데, 그 첫째로는 현실이 근본적으로 개조될 필요가 있는 침체되고 보수적이며 적대적인 단초로서 이해된다는 것이고, 둘째로는 모순이 없고 현재에 대한 모든 폭력을 정당시하며 이상적인 미래가 최고의 가치이다.

미학적 수준에서 반체계적인 이데올로기는 어떻게 형성되었는가?

새로운 개성론이 형성되고 있었다. 인간이 역사발전과정에 가담하며 인간이 '거대 환경'과 직접 접촉하는 것을 주장함으로써 (이는 새로운 창작방법에서 새로운 리얼리즘적 전형화 원칙의 뿌리가 된 성격과 상황의 새로운 유형의 상호관계임) 주인공은 무가치해지게 되며, 주인공은 자기 가치를 상실하게 되고 역사적 전진운동에 도움을 주는 만큼만 의미 있는 존재가 된다.

인간 삶과 개인성에 대한 그러한 평가 절하는 종말론적 역사관에 의해 조건 지어졌다. 종말론적 역사관의 의미는 멀리 떨어진 미래에 국한된 '황금시대'를 향한 운동에 있다. 그러나 이 운동 자체는 문화든 인간이든 모든 희생을 정당화한다.

주인공은 미래의 절대적 가치와 자기 개인의 극히 상대적인 가치를 의식하며 자기 자신을 의식적으로 기꺼이 희생할 준비가 되어 있다. 그러한 반인륜적인 입장의 극단적인 형태는 A. 따라소프-로디오노프의 중편 『초콜릿』에 구현되어 있다. 이 중편은 체카[117] 요원인 주딘이 체카 제복에 그 어떤 오점도 남기지 않고 자기 목숨을 희생하기로 결정하는 것을 이야기하고 있다. 뇌물수수행위의 죄목을 쓴 주딘은 총살을 선고받는다. 주딘이 무죄인 것을 확신하면서도 사형을 선고한 그의 동지들도, 또 주딘 스스로도 이 결정이 유일하게 옳다고 생각한다. 속물적인 소문이 날만한 아주 작은 구실이라도 제공하기보다는 목숨을 희생하는 것이 더 좋다는 것이다. M. 알렉세예프(『볼셰비키들』), Yu. 리베진스끼(『한 주』 속의 로베이꼬 형상), A. 아꿀로프(『이바노프의 수기』), A. 아로세프(『고된 노동』) 등에 잘 나타나는 것처럼 개인의 가치를 제거하는 것은 역사적 시간의 종말론과 결부되어 있다. '황금시대'는 볼셰비키들과 위에서 열거한 작품 주인공들의 눈에는 보이는 것이며, 그것을 위해서 이들은 다른 사람들과 갈등에 빠지게 되고 다른 사람들을 속물로 해석하면서 스스로 사회적 고독에 빠지며 자신을 희생한다.

'오늘'과 '어제'를 무가치하게 만들어버리는 '황금시대'라는 모순없는 시대와 조화로운 '내일'을 지향하는 것이 사회주의 리얼리즘의 기초가 되며 작품의 구조, 갈등, 등장인물 체계 등을 규정하였다. 모서리에 창문이 달린 방안에 사는 호프만의 주인공 앞에 조화와는 거리가 먼 속물들의 추한 세계가 조화와는 무관한 상인들의 세계 즉 시장으로 나타나듯이, 리베진스끼의 중편소설 『내일』에서 현재는 상업과 상호교환의 세계라는 추한 열쇠 속에서 제시되어 있다.

---

117 반혁명 사보타지 및 투기단속 비상위원회. 훗날 KGB의 전신임.—역자

"나는 사도바야 거리를 걷고 있다. 사방이 시장뿐이다.

피곤에 찌든 늙은 얼굴, 얼굴 위의 굵고 가는 주름이 마치 길거리의 오물과도 같다. 평생토록 비즈목걸이, 차바퀴, 라이터 위로 눈을 올려 다본 적이 없다.

사방이 시장뿐이다. 시장은 오늘의 곰팡이로 옛 망루를 늪으로 만 들어버렸다.

이리저리 주위를 뛰어다니면서 사람들 사이로 오래전부터의 염려 를 나르던 수많은 사람들 속에서 내 귀에 이런 말이 들린다.

— 이 고기는 한 근에 얼마요? 16루블이요?

노파는 가장자리가 잘려진 잠든 생명을 줄 수 있는 그저께의 고기 와 밀랍 기름을 어루만지고 있다.

그리고 계속해서 걸어가고 있다. 조심스레 웅덩이를 피하고 이것저 것의 가격을 물어보고 그녀의 얼굴은 마치 바람맞은 더러운 웅덩이처 럼 떨고 있고, 가게 안으로부터 욕심 가득한 눈동자가 다음과 같이 말 하는 듯하다.

'사가, 어서 사가… 너 좀 한번 속여보자!'

— 어제 도살한 거니까 걱정 마시오!

거친 손에 구겨진 돈이 손에서 손으로 옮겨지고, 추한 몰골의 노파.

그리고 이미 그곳, 즉 내일에서부터 나는 자신과 자녀가 배부르고 신발이라도 제대로 신고 있기를 바라는 이들의 고민이 눈에 선하다."

위 인용부분에 대해 현대문학 연구자는 이렇게 해설하고 있다. "속물들의 뱃속의 욕망과 볼셰비키들의 영웅적 행위의 비교는 볼셰비 키들의 메시아적 역할을 강조하는 데 봉사한다. 작가는 이들이 오늘 '너와 자기 자신, 계급의 뚜렷하고 행복한 목표'를 비웃는 사람들에게 행복을 가져다주어야 한다고 굳게 믿고 있다."[118] 여기에 몇 마디 덧

---

118 E. 스꼬로스뻴로바, 1920년대 전반기 러시아 소비에트 산문에서의 사상-문체적 경향, 모스크바, 1979, 103~104쪽.

붙이자면, 이 메시아주의는 이 소설이 기초로 하고 있는 그 시대의 갈등에 의해 초래되었다. '오늘의 곰팡이', '웅덩이, 바람을 맞은 웅덩이와 같은 얼굴', 기만, 더러운 돈 등을 특징으로 하는 반(反)미학적 현재에 대비되는 것은 미래이며, 이 미래의 입장에서 현재의 강제적 개조가 제안되고 있다.

이 소설의 예술적 시간은 세 시간범주, 즉 과거·현재·미래의 뚜렷한 대조에 기초하여 세워져 있다. 과거는 연속성을 갖고 있지 않으며 원운동을 하는 것 같아서 받아들여질 수 없다. 전진운동은 결여되어 있고 따라서 시간은 무가치하게 여겨지며 무의미한 끝없는 반복으로 여겨진다. 리베진스끼의 『한 주』에서 그와 같은 시간관은 끝없는 시간적 종속성에 예속된 듯한 인간이 숙명적으로 처하게 되는 무의미한 순환운동으로 제시된다.

"낡고 군데군데 기운 바지를 입고 수선한 구두를 신고서 흐리멍덩한 눈동자를 한 대머리의 남자들이 일터로 걸어가고 무언가를 매매하고 어두침침한 작은 헛간에서 한사람씩 수공 일을 하고 있다. 일요일마다 여자들은 머리칼을 단단히 빗고 연보라색과 노란색 그리고 푸른색 원피스를 입고서 아이들을 교회로 데려가고 저녁에는 함께 모여 차를 마신다. 남자들은 잔뜩 술에 취해 이마를 식탁에 부딪친다."(9). 생활이 반복되고 있음을 강조하는 점을 어렵지 않게 느낄 수 있다. 일요일은 늘 그 전의 일요일과 닮은꼴이며, 과거에 있던 모든 것이 무수히 반복될 것이다. 시간은 악순환으로 파악되고 있다. 그와 같은 시간관은 반체계의 특징이다. 현실이 위치한 시간의 부정을 통해 현실은 부정되고 있다.

끝없는 반복에 뿌리를 둔 순환적 시간관에서는 역사가 아직 시작되지도 않은 것 같은데, 이런 시간관은 사회주의 리얼리즘적 미학을 환상적 문학의 발현으로 고찰할 수 있는 비중 있는 근거를 제시해준다. 사회주의 리얼리즘적 미학의 현실 부정적 세계지각이 기초로 삼고 있는 것은, 과거는 전사(前史)로서만 평가받고 현재는 공산주의의 '황금시대'라는 궁극적인 역사발전목표인 미래로의 도약을 뜻하는 진정한 역사의 시작으로서 평가받는다는 것이다. 그와 같은 예술적 시간관은 예컨대 고리끼의 소설 『어머니』에 특징적으로 나타난다. 발전과 전진운동의 부재는 과거를 특징짓는 유일한 것이다. 이것은 작품의 서두에 나오는 정지된 시간의 형상을 강조해준다. 고리끼는 노동자 부락을 기술하면서 일정한 리듬·반복·불가피성과 불가역성이 주어져 있음을 강조한다. 해가 바뀌어도 변함없이 매일같이 공장의 사이렌 소리는 사람들을 불러 모으고, 매일 저녁마다 공장은 돌과 같은 심장으로부터 사람들을 내던져버리고, 저녁마다 사람들은 술집에서 시간을 보내고, 일요일도 매번 똑같다. 이 변함없는 반복은 시간 속의 전진운동이 아니라 시간의 순환을 내포하고 있고, 이 시간의 순환은 발전이 아니라 제자리걸음을 상징한다. 내일 있을 일은 모두 어제 이미 있었고, 미래는 새로 만들어지는 것이 아니라 재현될 뿐이다. 시간이 원운동 속에 갇혀 있고 인간이 자기 내부에 갇혀 있다는 점을 고리끼는 실현되지 못한 삶으로 해석하였다. "하루는 흔적도 없이 인생에서 사라졌고, 인간은 자신의 죽음을 향해 또 한걸음을 내딛었다."

시간의 천편일률성은 소설 속에서 과거를 특징짓고 있는데, 과거는 한해 한해에 의해 측정되는 게 아니라 천편일률적으로 지내버린 사람들의 인생, 모든 세대의 인생에 의해 측정되고 있다. "삶은 늘 그랬다. 삶은 해마다 평탄하고 느릿느릿하며 흐릿하고 고요한 흐름으로 어디론가 흘러갔고, 삶은 하루하루 똑같은 일을 생각하고 행동하는 오래되고 굳어버린 습관에 의해 완전히 사로잡혀 있었다." 이것은 마치 멎어버린 듯한 시간이며 내적인 연속성과 운동을 상실해버린 시간이어서, 삶은 늘 그런 식이었고 그 삶 속에서 시간의 길이를 잴 시간상의 표시를 찾는 게 불가능하다.

소설의 서두는 위와 같다. 슈제트가 그 이후 전개됨에 따라 출발 상황은 파괴되고 또 다른 존재의 가능성 및 필요성에 대한 근거가 제시되는데, 그런 또 다른 존재를 구현하는 인물이 의식적이고 문자를 깨친 혁명가인 빠벨 블라소프의 형상이다. 이 순간부터 진정한 역사, 시간의 진정한 흐름이 시작된다. 시간은 목표를 향해 갈 때만 가치를 갖는다. 성 아우구스티누스[119]의 논문 「신국론」에 대한 아베린쎄프의 해설을 떠올리지 않을 수 없다. 성 아우구스티누스의 논문에서는 고대역사편찬 특유의 순환적 시간관과 벡터[120]적·기독교적·종말론적 시간관이 충돌하고 있다. "악마는 인간을 원을 따라 움직이게 한다. 신에 의해 조정되는 '신성한 역사'는 직선을 따라 움직인다. 그렇게 움직이는 까닭은 목표가 있기 때문이다."[121]

벡터적 시간론과 순환적 시간론은 상호 배타적이며 맨 처음부터 상호 대립적이고, 인류역사상 여러 차례 충돌하였다. 예를 들어 초기 중세 때 고대 특유의 순환적 시간관은 현대적 의식 특유의 새로운 벡터적 시간관과 충돌하였다. 고대의 시간범주관에 대해 사색하면서 A. 로세프는 다음과 같이 적었다. "인간과 인간의 역사는 항상 운동 속에

---

119 아우구스티누스(Augustinus, Aurelius, 354~430): 초대 그리스도교 교회가 낳은 위대한 철학자·사상가·성인(聖人). ―역자

120 벡터(vector): 크기뿐만 아니라 방향을 가지는 양. 여기에서 벡터적 시간관은 특정한 목표를 향한 방향을 갖는 시간관을 뜻함. ―역자

121 S.아베린쎄프. 초기 중세시대의 세계관에서 우주의 질서와 역사의 질서(일반적인 언급) // 고대와 비잔틴. 모스크바, 1975, 271쪽.

있다고 해석되었지만, 이 운동은 최초의 출발지점으로 늘 되돌아왔다. 이처럼 인류의 삶 전체는 마치 제자리걸음을 하는 것 같다."[122] S. 아베린쩨프는 벡터적 시간관과 순환적 시간관의 충돌을 이야기하면서 아우구스티누스의 논문 「신국론」에서 특징적인 대목을 인용하고 있다. "예를 들어보자. 이 시간의 순환 속에서 플라톤이 아테네의 아카데미라는 학교에서 제자들 앞에서 이야기를 했는데, 시간의 무수한 순환 속에서 매우 길지만 확고하게 측정된 시간이 경과한 뒤에 똑같은 플라톤과 똑같은 도시, 똑같은 학교, 똑같은 제자들이 무수히 반복될 것이라고 해보자. 우리가 그런 것을 믿는다는 건 말이 안 된다. 불신자들은 원을 따라 돌며 헤맨다. 그것은 이들이 생각하듯 이들의 삶이 원을 따라 되돌아오기 때문이 아니라 배회의 길, 즉 그릇된 학설이 그렇기 때문이다."[123]

중세철학자 아우구스티누스의 발언에서는 미래가 과거로 회귀한다는 시간적 순환론을 불합리하고 역설적일 정도로 극한까지 몰고 갔다. 즉 동일한 플라톤과 동일한 도시, 동일한 학교의 반복은 현대인과 아우구스티누스 모두의 관점에서 보면 이해가 되지 않는다. 영원한 회귀라는 학설은 새로운 시대로서는 받아들일 수 없다. 시간의 순환은 무의미하고 끝없는 배회를 암시할 뿐이다.

뿐만 아니라 바흐찐의 생각에 따르면, 객관적으로 볼 때 "순환성은 시간의 힘과 이데올로기적 생산성을 제한하는 부정적인 특징이다. 순환성과 순환적 반복의 흔적은 이 시대의 모든 사건들 속에 깔려 있다. 그 시대의 전진운동방향성은 순환으로 제약되어 있다. 따라서 여

---

122 A. 로세프 『티메이의 대화에 관한 비판적 언급 // 플라톤, 선집, 총 3권, 모스크바, 1971, 제3권, 660쪽.
123 S.아베린쩨프, 초기 중세시대의 세계관에서 우주의 질서와 역사의 질서(일반적 언급) // 고대와 비잔틴. 271쪽.

기서는 성장 또한 성립될 수 없다."[124]

　위 문장은 예술적 시간의 두 유형에 대한 지각의 문화역사적 근원을 모색하고 현대적 의식에 있어 그것의 부정적 혹은 긍정적 뉘앙스의 원인을 찾으려는 시도 때문에 인용된 것이다. 루나차르스키는 '황금시대'의 미학원칙에 근거라도 부여하려는 듯이 이렇게 적고 있다. "집을 집고 있는데, 그 집이 완성되면 웅장한 궁전이 될 것이라고 상상해보시오. 그런데 그 집이 아직 완성되지 않았고 당신은 그 집을 현재의 모습으로 그리면서 〈자, 이게 당신의 사회주의요. 그런데 지붕이 없네요.〉라고 말한다고 해봅시다. 물론 당신은 리얼리스트이며 진리를 말하는 것일 거요. 그렇지만 이 진리는 사실상 진리가 아니라는 걸 금방 알 수 있을 겁니다. 사회주의적 진리를 말할 수 있는 사람은 어떤 집이 지금 지어지고 있으며 어떻게 짓고 있는지를 이해하는 자, 그 집에 지붕이 얹히리라는 것을 이해하는 자뿐입니다. 발전을 이해하지 못하는 자는 진리를 절대 보지 못합니다. 왜냐하면 진리란 그 자체의 모습을 닮지 않고 또 제자리에 그냥 눌러있지 않기 때문이며, 진리란 빠르게 날아가고 진리란 발전이며 갈등이고 투쟁이며 내일이기 때문이고, 따라서 진리를 바로 그런 식으로 봐야합니다. 그런데 진리를 그렇게 보지 않는 사람은 부르주아적 리얼리스트이며 따라서 염세주의자이고 불평분자이며 종종 협잡꾼이고 날조자이며 의식적이건 무의식적이건 늘 반혁명분자이고 사회의 적입니다."[125]

　위에 적은 인용문에서는 반체계의 이데올로기, 즉 거짓을 창조적

124　미하일 바흐찐. 문학과 미학의 제문제. 모스크바, 1975, 359쪽.

125　루나차르스키. 사회주의 리얼리즘 // 루나차르스키, 새로운 세계의 문학. 모스크바, 1982, 272쪽. 끼르뽀찐의 증언에 의하면, 예술적 진리에 대한 그런 해석은 스탈린의 것이며 루나차르스키에 의해 논문 「사회주의 리얼리즘」에서 이용되었을 뿐이라고 한다. (『문학의 제문제』, 1989, № 2, 144쪽).

세계인식의 법칙으로 끌어올릴 수 있는 '부정적 세계지각'을 갖고 있는 사람들의 전일성'의 이데올로기의 공격성이 엿보인다. 그런 근원과 원인의 모색 가능성을 지적하면서 바흐찐은 도스토예프스키의 소설 시학과 고대고설의 흐로노토프를 비교하려고 한다. "(고대적 전통을 포함한) 문화적·문학적 전통은 개별 인간의 개인적인 주관적 기억이나 어떤 집단적 '심리'속이 아니라 (언어적·담론적 형태를 포함한) 문화 자체의 객관적 형태 속에서 보존되고 살아 있다. 그리고 이런 의미에서 문화적·문학적 전통은 간(間)주관적이고 간(間)개인적이다(따라서 사회적이기도 하다). 여기에서부터 문화적·문학적 전통은 창조자의 주관적인 개인적 기억을 거의 완전히 피하면서 문학작품 속으로 도착하게 된다."[126]

이처럼 문화적·문학적 전통은 창조자의 개인적 기억을 지나쳐서 사회주의 리얼리즘 문학에도 들어오게 되었는데, 사회주의 리얼리즘의 역사적 시간에 대한 예술론은 동시대성의 계기를 진정한 역사의 시작으로만 예정 지을 뿐 모든 과거를 무의미하고 끝없는 순환적 반복 속에 갇힌 제자리걸음이나 전사(前史)로서 고찰한다.

미래의 미화, 미래와 현재의 과격한 비교, '황금시대'에 관한 신화의 창조 등은 새로운 방법의 정의 문제를 토론하던 1930년대에 이미 사회주의 리얼리즘의 이론가들에게 의식되고 있던 사회주의 리얼리즘의 이데올로기화된 언어이다. 이런 생각은 루나차르스키에 의해 논문 「사회주의 리얼리즘」에서 선언되었다. 루나차르스키의 관점에 따르면, 미래야말로 유일하게 묘사할만한 가치가 있는 대상이다.[127] 루나차르

---

126 같은 곳, 397쪽.

127 이런 사상은 소비에트 문학에 너무도 확고하게 뿌리를 내린 나머지, 역사적 주제에 대한 관심 자체만으로도 의혹을 샀으며, 사회주의 리얼리즘의 미학 원칙에 위배되는 것으로 고찰되었다. 이를 입증해주는 것이 특히 잡지 『문학비평가』에서 1930년대에 벌어진

스키는 이렇게 말하고 있다. "마치 '황금시대'의 미학 원칙의 근거를 제시하기 위해 비유적으로 설명하자면, 건물을 짓고 있는데 그 집이 다 지어지면 웅장한 궁전이 될 것이라고 상상해보시오. 그런데 그 건물이 아직 완성되지 않은 상태랍니다. 이때 당신이 그 건물을 미완성 상태로 그리면서 '자, 이게 여러분이 말하는 사회주의요. 그런데 지붕이 없구려.'라고 말하겠지요. 물론 당신은 리얼리스트일 것이고 또 진실을 말하는 건지도 모릅니다. 그렇지만 이 진리가 사실상 진리가 아니라는 것은 금새 알 수 있습니다. 사회주의적 진리를 말하는 사람은 어떤 건물이 현재 지어지며 또 어떻게 지어지는지를 이해하는 사람, 그 건물에 지붕이 얹혀지리라는 것을 이해하는 사람뿐입니다. 발전을 이해하지 못하는 사람은 결코 진리를 알지 못할 것입니다. 왜냐하면 진리는 자기 스스로를 닮지 않고 또 제자리에 머물러 있지도 않으며 진리는 갈등이고 투쟁이며 내일이므로 진리를 바로 그런 식으로 봐야 하기 때문입니다. 진리를 그런 식으로 보지 않는 사람은 부르주아적 리얼리스트이고 따라서 염세주의자이며 불평분자이고 종종 사기꾼이며 날조자이고 결국엔 자발적인 혹은 본의 아닌 반혁명분자이고 적입니다."[128]

위 인용문에는 반체계(주어진 데이터와 정반대 기능을 수행하는 체계.-역자) 이데올로기, 즉 '부정적인 세계지각을 가진 사람들의 체계적인 전일성'이 품고 있는 공격성이 잘 나타나 있다. 그런데 이 '부정적인 세계지각'은 거짓을 세계의 창조적 인식의 법칙으로 격상시키고 그것에

역사소설론에 관한 논쟁 자료이다.

128 A. 루나차르스키. 사회주의 리얼리즘. // A. 루나차르스키. 신세계의 문학. 모스크바, 1982, 272쪽. V.끼르뽀찐의 증언에 따르면, 예술적 진리에 대한 그런 해석은 스탈린이 만든 것이며 루나차르스끼가 이를 논문 「사회주의 리얼리즘」에서 이용했을 뿐이라고 한다. (문학의 제문제, 1989, №2. 144쪽.

미학적 설명을 덧붙일 수 있다. 구밀료프의 생각에 따르면, 거짓은 모든 반체계를 동일한 범주로 만들어주는 특징을 미리 결정해버린다. 그것은 "진리와 거짓이 대립하지 않고 오히려 서로 균등해지는 것으로 표현되는 현실부정이다. 〈…〉 객체가 없을 때 (미래는 아직 존재하지 않으므로. ─저자), 거짓은 진리와 같아지며 목적에 따라 진리와 거짓을 사용할 수 있다."[129]

반체계의 이 특징은 사회주의 리얼리즘 미학의 이론적 명제를 조건 짓는다. 예술의 기능이 주장된다. 즉, 현실적 갈등과 모순의 연구가 아니라 이상적 미래의 모델, '웅장한 궁전'의 창조가 중시된다. 문학의 인식 기능은 사실상 소멸된다.

그렇게 해서 규범적 예술의 요소가 당당히 선언된다. 방법의 강령 속에 깔린 이 요소는 새로운 예술의 일종의 '암세포'였다. "반체계는 유기체 속의 박테리아나 적충류 집단과 흡사하다. 간상균은 인간이나 동물의 내부기관에 넓게 퍼지면서 인간이나 동물을 죽음으로 몰고가며, 인간의 차가운 시신 속에서 죽는다."[130] 바로 이런 요소가 새로운 리얼리즘을 1920~1950년대 규범적이고 비(非)리얼리즘적인 미학으로 변질시켰다. 현실 대신에 기획을, 존재하는 것 대신에 존재해야할 것을 보라는 지침으로 인해 리얼리즘적 전형화 원칙이 쇠퇴하게 되었다. 즉 예술가는 전형적 상황 속의 전형적 성격을 연구하는 대신에 규범적 상황 속에서 조잡한 사회적 가면(적, 친구, 공산주의자, 속물, 중농, 부농, '전문가집단', 사회의 적 등)으로 변질되는 규범적 성격을 연구하게 되었다.

예술적 진리의 개념이 변형되었다. 작가는 "〈진리를 말해라〉는 공

---

129 L. 구밀료프 인종영역: 인간의 역사와 자연의 역사. 351쪽.
130 같은 곳. 341쪽.

산주의자의 요구에 답하여 〈이것은 진리이기도 하다〉고 말한다. 거기에는 반혁명적인 증오가 없을 수 있으며 또 슬픈 진리를 말함으로써 유용한 일을 할 수도 있겠지만, 그 예술적 진리에는 발전 속의 현실에 대한 분석은 결여되어 있으며, 따라서 그러한 〈진리〉는 사회주의 리얼리즘과 아무런 관계도 없다. 사회주의 리얼리즘의 관점에 따르면 이것은 진리가 아니라 비현실이며 거짓이자 삶을 죽음과 바꿔치기하는 짓이다."[131]

루나차르스끼는 창작방법의 전체 프로그램을 세우고 있는 것이다. 예술가에게 영향력을 끼치는 수단으로서 폭력이 선언되었다. 공산주의자는 작가에게 무언가를 당연히 요구할 수 있다는 것이다. 거짓은 예술적 이해의 대상이 되었고, 무엇이 진리이고 무엇이 거짓인지를 규정할 권리는 창조적 개성의 자기실현 영역이 아니라 어떤 추상적인 '공산주의자'에 의해 빼앗겨버렸으며, 진리를 내일로 통찰할 수 없는 자는 '종종 사기꾼이며 날조자이고 결국엔 자발적인 혹은 본의 아닌 반혁명분자이고 적'이라는 것이다. 예술의 목적은 현재와 과거를 짓밟아버리는 미래를 모델화하는 것이다.

이처럼 예술의 목적은 특히 실용적인 쪽으로 해석되고 있다. 즉 예술은 현실을 재건하기 위한 현실의 신화화의 수단이자 '새로운 인간의 교육' 수단으로 해석되고 있는데, 이는 그 후인 1934년에 "근로자들을 사회주의 정신으로 교육하고 사상적으로 개조하는 매우 중요한 과제"로 선포하게 된다.[132]

사회주의 리얼리즘의 미학에서 특별한 지위를 차지하는 것은 예술가의 창작자유에 관한 문제이다. "사회주의 리얼리즘은 예술창작에 창

---

131 A. 루나차르스끼. 사회주의 리얼리즘. 282쪽.
132 소련작가동맹 규약. 모스크바. 1934, 5쪽.

조적 자발성의 발현과 다양한 형식과 문체와 장르 선택의 각별한 가능성을 보장한다"라고 소련작가동맹 규약에 언급되어 있다. 특이한 점은, 예술가의 자유가 내용이 아닌 오직 형식의 영역으로만 국한되어 있다는 것이다. 내용적 영역은 제약되어 있다.

1930년대 말에 사회주의 리얼리즘은 리얼리즘적 전형화 원칙과의 관련을 잃게 되었다(에렌부르크의 『두 번째 날』, 레오노프의 『스쿠타레프스키』, 샤기냔의 『중앙 수력발전소』). 사회주의 리얼리즘 장르 체계에서 중요한 생산 소설은 엄격한 등장인물 체계를 형성하고 있다(뚜렷한 프롤레타리아 계급 감각을 갖고 있으며 전문적 지식뿐 아니라 정치적인 지식도 갖고 있는 젊은이, 사회적 가치의 부족으로 인해 계급의 적 진영으로 넘어가고 마는 동요하는 인텔리, 부르주아, '전문가', 계급의 적 등).

등장인물이 미리 정해져 있는 점과 그 운명은 숙명적으로 등장인물을 사전에 지정된 계급적 양극화의 범위로 넣어버리며, 의지, 희망, 운명 등을 집단화하며, 길의 선택의 독자성을 앗아버리는데, 이 점은 '뻬레발'의 비평가들에 의해 지적되었다. 뻬레발의 비평가들은 계급투쟁의 유치한 도식이 인간 보편적인 모든 관계를 말살해버리고 가치를 앗아가 버렸다는 점에서 불만스러워했다. 또한 주인공이 더 이상 주인공이 아니라 단순히 계급적인 실체로 되며 인간 개성의 특징을 잃어버린다는 점에 대해 뻬레발 비평가들은 불만이었다. 뻬레발의 주요 비평가 중에서 A. 레쥬네프는 글라드꼬프의 장편 『시멘트』에 나타나는 등장인물 체계를 분석하면서, 각각의 주인공에게는 뚜렷이 표현된 '사회적 등가물', 즉 인텔리여성, '전문가', 소란꾼 등이 존재한다고 지적하였다. 레쥬네프는 다음과 같이 적었다. "우리 앞에 있는 것은 전문가가 아니라 전문가의 이데아, 공산주의여성이나 인텔리여성의 이데아, '내부'의 논쟁가, '내부'의 어머니가 있다. 여기에서는 개인적인 것이 사라지고 일반적인 것만 남아 있다. 다샤는 열정적이고 독립적이며 직선적이고 단호하지만, 그것은 사람들의 모든 범주, 혁명의 강철부대에 고유하게 나타나는 종적인 특징이다."[133] 레쥬네프는 강조하기를, 『시멘트』의 등장인물에게는 개인적 특성이 표현성, 즉 안드레이 공작의 아내에게 있는 '반점', '들창코' 같은 게 없다는 것이다. 레쥬네프는 등장인물의 도식적인 해석을 초래하는 예술관습성의 역할을 문체의 특성으로써 설명했다. 곧 그것은 고급문체인데 비극의 주인공들에게는 반점이 없다는 것이다.

사회주의 리얼리즘 문학은 고급문체를 한층 지향하였고, 고급문체는 시간이 흘러가면서 사회적 체제의 서사적 견고성을 표현하는 권위적 문체의 특징을 획득하게 되었다. 『시멘트』의 시대에는 권위적인 문체가 막 형성되고 있었다.

레쥬네프는 계속해서 이렇게 적고 있다. "고급문체는 '특징적인' 디테일을 알지 못한다. 글라드꼬프의 등장인물들은 이상화되어 있는데, 이것은 그 등장인물들이 실제보다 더 '이상적'이고 훌륭하게 제시되었다는 의미가 아니라 등장인물들의 이상적인 본질, 이데아만이 제시되었다는 의미에서이다."[134] 레쥬네프의 생각에 의하면, 바지인(Bad'in)의 성격이 그렇고 (여기에 덧붙이자면, 바지인의 성격 속에는 '살아 있는 인간'이라는 라쁘의 견해가 나타났으며, 이 점에 의해 바지인 형상의 원시주의가 여러모로 나타나게 됨), 글레브와 다샤의 상호관계의 노선도 그렇다. 다샤와 글레브가 몇 년간 별거한 뒤 처음 만난 장면을 검토해보자. 이 만남에서 글레브는 자신의 아내를 껴안고 키스하고 싶어 하지만, 그 무렵에 해방된 여성인 다샤는 이렇게 말한다.

---

133 A. 레쥬네프. 문학의 평일. 모스크바, 1929. 200쪽.
134 같은 곳. 201쪽.

"글레브 동지, 무슨 짓이요? 괜히 소란 피우지 말고 조용히 있어요." 이 장면을 놓고 레쥬네프는 리얼리즘의 시각에서 보면 이런 장면은 있을 수 없다고 힘주어 말했다. "〈턱과 둥근 코에 반점이 나 있는〉 다샤라면 〈반점도 없으며 그런 반점을 생각할 수도 없는 다샤〉와는 다른 방식으로 남편을 만났으리라는 것이며, 이 반점은 메데이아(여자마법사—역자)나 안티고네에게 반점을 생각할 수 없는 것과 마찬가지이다."[135] 주인공은 개별성의 특징을 상실해버리고 자신의 사회적 역할의 기능으로, 순수한 계급적 실체로 변해버린다. 갈등과 갈등해소방식은 선행과 공업화의 승리, 시멘트 공장과 용광로 복구에 유리한 쪽으로 미리 정해져 있다(글라드꼬프의『시멘트』, N. 랴슈꼬의『용광로』, P. 야로보이의『건설현장』, A. 필리쁘프의『공작기계 옆에서』 등).

예술의 역할과 창조적 개성의 자유의 한계에 대한 그와 같은 생각은 오늘날의 관점에서 보면 아무 근거도 없고 상황에 따른 것이었지만 1920년대에는 그런 식으로 늘 평가되지는 않는다. 오히려 그와 정반대로 그와 같은 생각은 레프(LEF:좌익예술전선)의 이론가인 츄쟈끄와 아르바또프 등에 의해 만들어진 사회적 주문이론에 의해 이론적인 기반을 갖추고 널리 퍼졌는데, 위의 레프 이론가들에 의하면, 재봉사가 주문을 받아 외투를 만들듯이 예술가는 이데올로기적 정치적 입론을 예술적 형태로 구현해내는 사회적 주문을 받는다는 것이다.

---

135 같은 곳. 206쪽.

3. 중립적 문체

모든 시대가 자기 나름의 문학적 양식을 갖는 것은 아니라는 바흐찐의 유명한 사상은 1920~1930년대 문학상황에 의해 확인된다. 사실상 1920년대는 시대를 가장 적절히 반영하고 표현할 수 있는 문체적 구조를 부단히 모색하던 시기였고, 1930년대는 이런 문체를 만들고 습득한 뒤 그 문체가 경직화되고 도그마화하고 정치적인 규범화에 이르는 시대였다. 이것이 '중립적' 혹은 '권위적' 문체이다. 1920년대에 이 문체는 문체적 지배소 가운데 하나일 뿐이었으며 아직은 권위적인 문체가 아니라 다만 '고전적인' 언어였다.

고리끼·페진·레르몬또프·알렉세이 똘스또이 등의 창작에 나타난 이 문체적 경향은 사회주의 리얼리즘 문학의 근본적인 것이 되었다. 중립적 문체가 장식주의와 스까즈라는 두개의 문체적 지배소를 포함한 '새로운 언어'와 구별되는 점은 서술의 독백적 유형의 지향이라는 점이었다. 서술의 독백적 유형에서는 화자의 언어는 묘사의 대상이 아니고 명료한 사회적 지향점도 갖지 않으며 사회적인 표식도 붙어있지 않았다. 표준어의 규범을 엄격히 따르는 서술자 언어의 중립성은 서술자 성격의 묘사가 예술가의 창작과제에 포함되지 않았다는 점과 관련되어 있었는데, 그 서술자는 이를테면 고리끼의 『아르따모노프가의 사업』이나 파제예프의 『궤멸』 속에서처럼 독립적인 형상으로서 대개 느껴지지 않았으며, 만일 작가적 자아의 권리로서 서술 속에 들어간다 하더라도 언어적 수단이 아닌 슈제트적 수단으로서 창조되었다. '중립적 문체'는 스까즈처럼 '타자'의 말을 묘사하는 것이나 장식주의처럼 의미적 메타포 공간의 확장을 지향하지 않는다는 의미에서 '새로운 언어'에 대해서 논쟁적이다.

1920년대 전체에 걸쳐 이들 경향은 똑같이 생산적이었고, 상호작용을 하면서 강력한 다음향적 구조를 만들고 있었다. 그러나 1930년대 전반기부터 상황은 점차 바뀌기 시작하였고 대개 과거에 라쁘 회원이던 비평가들의 노력 덕분에 '새로운 언어'는 의혹을 받게 되면서 형식주의(장식주의)나 자연주의(스까즈적인 문체적 경향)로 선언되게 된다.

새로운 리얼리즘이 규범적인 미학체계로 점차 변질됨에 따라, 중립적인 문체는 권위 있는 문체가 되면서 나아가 권위적인 문체로 변모하게 된다. 이런 과정은 문체적인 수준에만 그치지 않았다. 오히려 그와 반대로, 이 과정은 1930년대 문학에 나타나던 일반적인 경향, 즉 사회주의 리얼리즘의 교조화, 경직화, 살아있는 미학체계에서 규범적인 미학체계로의 변화 등과 같은 경향을 반영하고 있었다. 그 후인 1940년대에 최종적으로 확고해진 권위적 문체는 1930∼1950년대 사회주의 리얼리즘이라고 불리는 이 규범적이고 비리얼리즘적인 미학의 불변적인 특징이다.

이처럼 1930년대 전체에 걸쳐 문학에서는 본질적인 과정이 이뤄지게 된다. 즉 '새로운 언어'는 형식주의나 자연주의의 발현으로 의심받게 되고 중립적인 문체는 대안의 상실과 관련하여 매우 본질적인 변화를 겪게 된다. 이 시기의 문학에서 이뤄진 언어변천과정의 연구자들은 마르크스의 발언을 인용하곤 한다. "언어는 일단 고립되면 곧바로 구절이 된다." 그리고는 이렇게 덧붙인다. "언어는 사회현실로부터, 역사적 순간으로부터, 사회적 개인적 특징으로부터, 창조자로부터, 수신자로부터, 문체의 수신자인 인간으로부터 고립된다." "고립은 관례적이고 인위적인 문체의 주된 특질이다."[136]

---

136 G. 벨라야. '중립적' 문체의 극복과정으로서의 새로운 문체적 형태의 생성 // 소비에트 문학의 문체의 다양성. 유형학의 제반문제. 모스크바, 1978. 468쪽.

그 뒤인 1940년대 후반에 형성된 그런 문체의 주요 특징으로는 첫째로 "지배적인 화자의 세계지각이 등장인물들을 완전히 압도하고 등장인물들을 자신의 사유·세계관의 궤도로 끌어들이는" 독백성을 들 수 있다. 중립적 권위적 문체의 두 번째 특징으로는 등장인물의 자율적인 존재와 등장인물의 문체적 영역의 자립성을 거부하며 러시아 문학에서 문체의 쇄신 및 발전에서 매우 강력한 원천인 구어와의 자연스런 접촉을 파괴한다는 것이다. 그 결과로서 "등장인물들의 이성과 감정의 생생한 유희를 반영하는 생생한 언어유희를 대신하여 어구의 논리적 정연함, 어구의 중립적이며 형식문법적 정연함이 자리 잡는다."[137] 달리 말해서 중립적 문체는 그 독백적 성격으로 인해 '타자의 말'의 침투를 전혀 허용하지 않으며, 따라서 구어에 대한 지향도 배제되어 버렸다. 중립적 문체의 이런 특징은 M. 부벤노프, S. 바바예프스끼, V. 아쟈예프, V. 뽀뽀프 등의 창작에뿐 아니라 K. 시모노프, I. 에렌부르그, 고리끼 등의 창작에도 나타났다.

중립적 문체가 1930년대 문학에 널리 확산되고 그 이후에 거의 무제한의 지배권을 갖게 된 것은 당시 사회의 주요 경향이 미학적 수준에서 발현되었던 것으로 설명된다. 새로운 소비에트 이데올로기는 엄격하고도 합리주의적으로 규범화된 사회주의 리얼리즘 미학을 형성하고 있었고, 이 미학에서 벗어나는 것은 이미 생각할 수조차 없게 되었다. 따라서 중립적 문체는 문학에서 유일하게 가능한 문체로서 확립되었을 뿐 아니라 권위적인 문체로 변모하게 되었다.

바흐찐의 글에 따르면, "권위적인 담론은 우리에게 승인과 동화를 요구하며, 권위적 담론이 우리에게 내면적으로 설득력이 있는지 여부와는 무관하게 우리에게 강요된다. 권위적 담론은 권위 있음과 연결

---

137 같은 곳. 469쪽.

되어 우리 앞에 나타난다."[138] 1940~1950년대의 문학, 사회주의 리얼리즘 문학, 국유화된 유형의 문학은 '그 문학이 우리에게 내면적으로 설득력이 있는지 여부와는 무관하게' '권위가 있지' 않을 수 없었다. V. 아쟈예프나 V. 뽀뽀프, 알렉세이 똘스또이 혹은 파제예프의 입을 빌려 국가는 고압적으로 말하고 있었던 것이다. 이 지점에서는 타자의 언어의 유희나 메타포적 시언어의 법칙에 따른 산문 텍스트의 의미적 공간의 확장 등은 이미 물 건너간 뒤였다. 여기에서 오직 가능한 것은 완전한 명료성, 즉 권위적 문체로 변해버린 중립적 문체가 제공할 수 있는 명료성뿐이었다. 중립적 문체의 권위적 문체로의 변환은 독자가 일상적으로 빠져버리는 현실과 그 독자에게 예술가가 호소하는 언어 사이의 간격을 더 벌어지게 했다. 이 간격은 권위적 문체의 존재법칙에 따른 것이다. 바흐찐의 생각에 따르면 "담론과 권위의 관련성은 우리가 인정하건 인정하지 않건 상관없이 담론의 특별한 분리상태, 고립상태를 만들어낸다. 담론은 자신에 대해 거리를 요구한다. 권위적인 담론이 우리에게 요구하는 것은 무조건적인 인정이지 자기 고유 담론과의 동화나 자유로운 습득이 아니다. 따라서 권위적인 담론은 고유의 담론의 경계에 대한 유희나 그것을 에워싼 맥락에 대한 유희, 그 어떤 점차적이고 불안정한 이행이나 자유롭고 창조적인 문체화적 변형을 허락하지 않는다. 권위적 담론은 분리되지 않는 치밀한 하나의 덩어리로서 우리 의식 속으로 들어오며, 권위적 담론은 완전히 승인하던지 혹은 전면 거부해야 한다. 권위적 담론은 권위, 즉 정치권력·기관·인물 등과 불가분 유착되었고, 권위와 나란히 서 있고 또 권위와 함께 몰락한다."[139]

---

138 M. 바흐찐. 문학과 미학의 제문제. 155쪽.
139 같은 곳. 155~156쪽.

권위적 문체의 이런 특징은 대안과의 상호작용의 불가능이라는 특징을 낳게 되었다. "권위적 담론은 묘사되지 않는다. 그것은 오직 전달될 뿐이다. 권위적 담론의 타성, 의미적 완결성, 경직화, 외적으로 형식에 얽매인 고립성, 자유롭게 양식화하는 발전의 불허(不許) 등 이 모든 것은 권위적 담론의 예술적 묘사의 가능성을 배제한다." 바로 이런 상황에 의해서 사회주의 리얼리즘 문학에는 다음향적 또는 대화적 소설의 장르가 사실상 없다는 사실이 설명된다. 작품의 예술구조는 논쟁을 향하지 않으며 작품의 맥락에서는 "유희도 없고 모순된 감정도 없으며 작품은 흥분되고 시끌벅적한 대화적 현실에 의해 에워싸 있지 않으며 작품의 주위에서는 맥락은 죽어버리고 담론이 바싹 말라간다."[140]

바로 이런 특징 때문에 권위적 문체는 대안적인 문체적 경향을 소비에트 문학에서 몰아내버렸고 1940~1950년대 전체의 기간 중에 지배적이 되었다.

4. 새로운 리얼리즘(숄로호프, 고리끼, 빠스쩨르나끄)

사회주의 리얼리즘에 대한 대안은 새로운 리얼리즘이었다. 사회주의 리얼리즘과 새로운 리얼리즘이 공통된 발생 전제조건(세기 전환기의 리얼리즘의 위기와 전통적인 리얼리즘적 원칙의 변화)을 갖고 있었음에도 불구하고 새로운 리얼리즘은 덜 규범적이었기 때문에 반휴머니즘적 입론이 아니라 20세기의 역사적 현실의 연구와 그 현실에 빠진 개인의

---

140 같은 곳. 156쪽.

세계지각을 사회의식에 제안할 수 있었다. 그와 같은 문제범위는 개인과 역사의 관계를 연구하는 데 가장 적합한 장르적 내용을 담고 있는 장편소설을 리얼리즘 장르체계의 선두로 올려놓았다. 1930년대의 장편소설적 의식의 분출은 1860년대와만 견줄 수 있다. 뿐만 아니라 이 미학의 내부에서는 원칙적으로 서로 대립되는 창작방법들이 생성되고 있었는데, 그 작가들은 리얼리즘이라는 공통된 예술원칙에 기대고 있었다.

내전 테마를 다룬 대부분의 소비에트 작가들은 규범주의가 제안하고 있는 혁명적 도식에 대해서 반대하는 입장이었고, 이 가운데에는 『고요한 돈강』의 숄로호프도 포함되어 있다. 이 소설은 규범주의에 반대되는 리얼리즘 미학을 가장 뚜렷하게 구현한 것이다. 이 작품의 갈등을 깊이 생각해본다면, 그 갈등은 이념과 생동하는 삶의 충돌에 의해 형성되는 도스또예프스끼적 장편소설들의 문제 범위를 떠올리게 한다. 일상적인 일과(농사, 까자크 군대소집, 판자집 수리, 풀베기, 야간 어로 등)를 수반하는 숄로호프 주인공들의 실제 삶에 대한 서술로 시작되는 이 소설의 첫부분에서 그리고리 멜로호프와 악시니야 사이에 열정이 일순간 타오르는데, 등장인물들의 이런 실제 삶은 역사적인 대격변의 거친 개입으로 인해서 파괴되게 된다. 숄로호프의 사랑을 받는 주인공인 그리고리 멜레호프와 뻬뜨로 멜레호프 형제, 꼬셰보이, 스쩨빤 아스따호프 등은 의미도 모르는 전투에 휩쓸리게 된다. 그러나 이들이 알고 있던 세계는 더 풍부하다. 왜냐하면 이들은 계급투쟁이나 현실에 대한 합리적 계산의 여러 형태의 딱딱한 도식 속으로 세계를 쑤셔 넣으려고 하지 않기 때문이다. 숄로호프는 세계를 계급투쟁의 전쟁터로 보는 쓔또끄만이나 분츄끄와 같은 등장인물들에 의해 존재의 자연스런 형태가 왜곡되는 것으로서 내전을 이해했고, 그와 같은 왜곡의 모든 비극적인 결과가 가장 소박한 사람들의 어깨를 짓누르고 있었다. 이들은 그런 전쟁의 첫 희생자들이기도 했다.

4권으로 된 이 대하소설 전체를 관통하는 슈제뜨는 그리고리 멜레호프의 개인 운명과 악시니야에 대한 그의 사랑 이야기이다. 이것은 비극적인 사랑의 이야기이며 탈색되고 잿더미가 된 삶의 이야기이다. 사랑은 어째서 이뤄지지 않았으며 삶은 어째서 잿더미가 되어버렸는가? 리얼리즘 작가로서의 숄로호프는 이 물음에 대한 대답을 자신의 의지에 역행하면서 등장인물들이 휩쓸리게 된 역사적 상황 속에서 찾고 있다.

그리고리와 악시니야의 관계, 스쩨빤과의 적대감, 그리고리와 나딸리야의 결혼 등 개인적 관계의 급변들은 이 소설의 역사적 슈제뜨에 대한 일종의 사전(事前) 설명이다. 이 작품의 발단이라고 할 수 있는 것은 그리고리가 기마병으로서 칼로 공격을 하던 중 저지른 첫 살육이다. 이 순간부터 끝없는 죽음의 행렬은 소설을 관통한다. 섬세하고 선량하던 그리고리가 오스트리아 병사의 두개골을 칼로 쪼개어버린 후, 자기 자신과 화해하기 힘든 대립에 빠지게 되고 무시무시한 환영에서 벗어나지 못하게 되며 자신의 내부에서 기준점을 찾지 못하게 된다. 그러나 정작 무서운 것은 그게 아니다. 그는 사람을 죽인 후에 끝없는 죽음의 연쇄반응을 시작하는 듯하며 이 죽음을 그 스스로 마구 저지르고 그 스스로가 숱한 죽음을 목격하게 된다. 오스트리아 병사를 죽이면서 시작된 죽음의 오랜 무도(舞蹈)는 그리고리에게 가장 소중한 악시니야의 죽음으로 종결된다. 바로 그것이 숄로호프 주인공들이 살아가야 했던 터무니없는 세계와 전쟁의 논리이다. 즉 그리고리가 스스로를 괴롭히며 빼어든 칼에 대한 응답은 악시니야를 맞춘 서툴게 쏜 탄환이었다. 악시니야를 땅에 묻고서 그리고리 멜레호프가 바라본 눈부시게 빛나는 태양의 검은 원반과 검은 하늘은 슈또끄만과 분츄끄와 같은 부류의 사람들에 의해 발생한 '만인에 대한 만인의 투쟁'에 대해 민중이 치러야 하는 무서운 광경의 기호이다.

　새로운 리얼리즘에 고유한 리얼리즘적 전형화 원칙은 새로운 리얼리즘의 '이데올로기적 중심'의 하나인 인간과 시대 사이의 관계를 연구하게끔 했다. 그 관계에 대한 해석은 극과 극일 수 있었다.

　러시아 문학에는 타협할 수 없이 서로 대립관계에 있는 두 작품이 있다. 이 두 작품은 30년의 차이가 있으며 러시아 운명에 대한 원칙적으로 서로 다른 해석을 제시하고 있다. 그 두 작품은 1930년대에 나온 고리끼의 대하소설 『끌림 쌈긴의 생애』와 1930년대 초에 완성되어 고리끼의 작품에 대해 논쟁의 태도를 갖고 있는 빠스쩨르나끄의 『의사 지바고』이다. 서로 고립되어 지각될 경우에 이 두 작품은 그 내용의 여러 측면을 상실하게 된다. 이 두 작품 사이에는 한 세기에 걸친 독특한 논쟁과 대화적 관계가 형성되어 있다. 이 두 작품의 중심에는 개인과 역사의 갈등이 놓여 있다.

　고리끼는 개인과 역사적 시간의 상호관계의 두 유형, 즉 개인과 역사의 접촉, 그리고 역사로부터 개인의 소외라는 두 유형을 설정하고 있다. 고리끼의 창작에 제시되어 있는 이 상반되는 두 유형은 서로 간에 마치 거대한 이데올로기적 긴장의 장을 형성하고 있는 듯하다. 한편으로는 실증적이고 창조적인 의식의 시각으로 삶을 해석하고 있는 것이 눈에 띤다(자전적 삼부작 속의 알료샤 뻬슈꼬프, 단편연작인 『루시 전역에 걸쳐』에서의 서술자). 또 다른 한편으로는 그것은 마치 현실을 파괴하는 듯한 부정적인 의식이다(『마뜨베이 꼬제먀긴의 생애』와 『끌림 쌈긴의 생애』). 특히 부정적인 의식의 유형에서 주인공은 시대와 소외되어 있는 반면, 실증적 창조적 의식의 유형에서 주인공은 소외를 극복한다.

작가는 자신의 작품에서 두 개의 거대한 상극점을 만들었고, 이 두 개의 상극점 사이에 고리끼의 인간개성론이 형성되어 있다.

『끌림 쌈긴의 생애』에는 역사적 시간과 그 시간의 유해한 영향을 끊어버리려는 부정적 의식이라는 두 개의 묘사 대상이 존재한다. 이처럼 소설에서는 역사적 시간과 주인공의 시간 사이의 깊은 미학적 대립이 만들어지고 있다.

사실상 우리 앞에는 몇 개의 획기적인 사건, 두 차례의 혁명, 호딘까 들녘, 러시아 자본주의의 발전, 피의 일요일 사건 등이 포함된 40년이라는 러시아 역사가 펼쳐져 있다. 시대의 연대기적 묘사, 시대 흐름의 비분절성, 회고의 부재 등은 시간이 시간의 진행을 더디게 하고 시간의 흐름 바깥에 머물기 원하는 인간의 의지에 예속되어 있지 않음을 최대한 완전하게 전달하는 수단이다. 역사적 시간의 객관적 성격과 역사적 시간에 대한 끌림 쌈긴의 주관적 지각 사이의 모든 모순은 이 소설의 갈등, 즉 주인공과 그의 시대 사이의 갈등을 규정한다.

고리끼의 예술세계에서 개인적 시간과 역사적 시간 간의 상호작용은 전체적으로 변함없이 등장한다. S.보챠로프의 말에 따르면, 고리끼의 이 소설의 주인공은 "환경의 영향보다 더 광범위하게 역사적 과정 전반의 작용을 받는다. 역사와의 이 '랑데부' 속에서 인간은 무엇보다도 계급의 구성부분으로서가 아니라 개인으로서, 그것도 주된 역사적 합법칙성과 직접 접촉하는 개인으로서 등장한다. 역사는 더 이상 환경의 틀에 갇혀 있도록 놔두지 않으며, 이는 인간의 주관적 책임을 약화시키는 듯하며 인간을 이 틀에서 끌어내어 인간을 개인적 관계 속에 서게끔 한다."[141]

---

141 S. 보챠로프. 러시아 고전문학에서의 성격의 심리적 규명과 고리끼의 창작 // 사회주의 리얼리즘과 고전 유산(성격의 문제). 모스크바, 1960. 156쪽.

인간과 시대의 상호관계의 전통적인 비례가 고리끼의 이 소설에서는 역전되어 있다. 이제는 어떤 사람이라도, 심지어는 쌈긴과 같은 사람조차도 환경이라는 협소한 틀 속에서는 답답해하며, 원하든 원치 않던 간에 자신의 시대와 나란히 나아가게 된다. 따라서 주인공의 의식 속에서 해결될 수 없는 내적 갈등이 생기게 된다. 즉, 주인공은 한편으로는 직접적인 접촉을 피하려고 하지만 또 다른 한편으로는 그럴 수 없다고 느낀다. 여태껏 불가사의했던 힘이 주인공을 자신의 궤도로 끌어들인다. "사건들은 마치 유빙기의 얼음덩어리처럼 서로 첩첩이 쌓이면서, 설명을 요구할 뿐 아니라 쌈긴으로 하여금 그 사건들의 진행에 실제로 참여하도록 했다." 실제적 참여는 그를 본인의 희망과는 달리 자신과 접촉하게 만드는 이 힘의 현실적이고도 무한한 권력을 강조해준다. 때때로 이 힘은 쌈긴을 지배하는 운명처럼 무언가 불합리한 것으로 등장하고 있다. "이 저주스러운 환상적인 현실이 그에게 달라붙어서 그가 자기 자신을 찾는 것을 평생 방해하였고 또 그 현실에 대해 생각하게끔 강요하였지만 그 현실의 폭력에서 자유로운 인간으로서 현실에 우뚝 서게끔 하지는 못했다." 쌈긴으로서는 자신을 덮친 내적 드라마의 원인을 이해하고 매우 정확히 성격 규정하기란 어렵지 않다. "그는 이렇게 생각했다 — 현실이 사람을 몰개성화하고 사람에게 폭력을 가한다고 주장하는 사람들에게 진리가 있다. 내가 현실과 맺고 있는 연관 속에는 허용할 수 없는 … 무엇인가가 있다. 그 연관은 상호작용을 전제로 하고 있지만 내가 어찌할 수 있겠는가… 보다 정확히 말하자면, 주위 환경의 유해하고 구속하는 영향에 맞선 자기 방어의 목적 이외에, 달리 내가 주위환경에 영향을 끼치는 것을 과연 원하고 있기나 한 건가?"

쌈긴과는 정반대로, 자전적 삼부작의 주인공인 알료샤 뻬슈꼬프는 시간을 향해 열린 자세이고 시간을 자기 내부로 흡수한다. 그는 쌈긴과 마찬가지로 작품의 한 복판에 있으며, 현실은 그의 주관적인 심리 경험의 자산으로 제시되어 있다. 왜냐하면 그는 내부가 열린 유일한 주인공이기 때문이다. 쌈긴과 뻬슈호프가 소설 구조에서 중심적인 자리를 차지하고 있다는 점은 이 두 인물이 작가에게 동등한 가치를 갖는다는 게 아니라 이 인물들에 대해 작가가 제시하는 요구사항이 동등하다는 것을 말해준다. 여기서 본질은, 고리끼가 모든 인물들에게 예외없이 시대와의 접촉을 완전히 맡겨버렸으며 주인공에게서 "껍질 속의 병아리처럼 자신에 대한 빈약한 생각 속에 머물며 살" 수 있는 가능성을 박탈해버렸다는 것이다. 여기에는 인간에 대한 신뢰가 담겨 있지만 세상에서 벌어지는 모든 일에 대한 역사적 책임의 커다란 짐 또한 담겨 있다. 왜냐하면 이 세상에서 벌어지는 모든 일과 개인이 상호 연관되어 있다고 주장하기 때문이다.

역사적 시간과 소외된 인간과 소외되지 않은 인간은 고리끼가 창조한 두 개의 극점이다. 한편에는 20세기 러시아 역사의 교차로에서 길을 잃어버리고 자신이 살고 있는 시대를 이해하거나 수용할 수 없는 반(反)영웅인 끌림 쌈긴, 마뜨베이 꼬졔먀긴, 퇴폐화되는 아르따모프 가문의 세대가 있다. 또 다른 한편에는 활발한 내적 성장과 자기 시대와의 적극적인 상호작용을 할 수 있는 주인공인 빠벨 블라소프와 뻴라게야 닐로브나 블라소바(『어머니』), 자전적 삼부작의 주인공 알료샤 뻬슈꼬프가 있다. 이 두 개의 극점 사이에 고리끼 문학에서 제안된 개성론의 도덕 윤리적, 철학적 내용이 집중되고 있다. 많은 점에서 이 두 개의 극점은 고리끼 이후 시대의 문학예술 의식의 매우 많은 현상이 포함된 공간을 만들어내는 듯하다. 고리끼는 새로운 리얼리즘의 예술적 공간의 극도로 넓은 좌표를 제시했다. 이 두 개의 극점 사이에서, 그러나 종종 고리끼와의 매우 긴장된 논쟁 속에서 새로운 리얼리즘의 발전이 지속되었다.

고리끼가 인간에게 제기한 새로운 요구의 규모를 이해하기 위해서는 다음과 같은 간단한 질문을 던져볼 필요가 있다. 쌈긴은 어떤 점에서 그토록 나쁜가? 고리끼는 무엇 때문에 반(反)영웅을 만들어냈는가? 쌈긴은 명예의 규범을 뛰어넘지 못하며 긴장된 정신적 삶을 영위하며, 외면적 삶보다는 내면적인 삶이 더 절박하고 의미있다. 그는 전통적인 견해와 러시아 인텔리의 가치정향을 구현하며 일상을 경멸하고 서적에 많은 돈을 소비하는 사람이다. 어째서 그는 자신의 내적인 독립과 자율성을 가장 가치있게 여기면서도 작가의 반감과 심지어 멸시를 받았을까?

새로운 리얼리즘은 인간의 개별 운명을 역사적 시대의 맥락 속에 넣고 이 연관의 항구성을 주장함으로써 전통적인 가치 체계를 바꾸어 버렸다. 이제는 푸슈킨이 고수하던 내면적 삶과 비밀스런 자유에 대한 개인의 권리가 아니라 사회현실이 가치 있는 것으로 여겨지게 되었고, 개인의 가치는 개인이 사회현실에 참여하는가에 직접 달려있게 되었다.

고리끼는 성격과 역사의 상호연관을 숙명적인 것으로 생각하였고, 그런 숙명적인 상호연관 속에서 주도적인 역사법칙과 접촉할 수 있는 인간을 고양시키는 단초를 보았다. 그런 접촉을 개인이 할 수 없고 또 그럴 의향이 없다면, 고리끼는 이를 부정적인 단초로 받아들였고 그런 주인공에게는 동정이나 존경을 받을 값어치가 없다고 생각했다.

주인공의 성격과 그의 운명이 역사적 시간에 의해 엄격히 조건지어진다는 것은 고리끼에게는 인간의 의지로는 극복할 수 없는 거의 신비적인 의존관계로서 종종 나타난다. 주인공은 그 의존관계를 의식할 수도 없고 극복할 수도 없다. 주인공은 마치 역사의 포로인 듯하며, 사회적 법칙에 예속되어 있고 사회적 법칙에 짓눌려 산다. 합리적으로 설명할 수 없는 삶의 단초, 어떤 신비한 연관과 인간운명의 역사에 대한 의존성 등은 고리끼의 서사문학에서는 가장 두드러진 모티프의 하나로 된다. 소설 『아르따모노프 가문의 사업』에서 러시아 산업가 일가의 운명에 대한 비합리적인 동기화는 구체적 역사적 성격의 동기화와 맞물려서 마치 서로를 보충해주는 것 같다.

이 소설의 슈제트는 1860년대초부터 1917년까지의 시기를 포괄한다. 작품의 중심에는 러시아 산업가 가문인 아르따모노프 가문의 3대(代)의 운명이 놓여 있다. '사업'의 설립자는 과거에 농노였던 일리야 아르따모노프인데, 남다른 열정과 목표지향적인 그는 사업을 자기 자식들에게 넘겨주고, 그의 자식들은 무기력하게 사업을 꾸려가며 마침내 3대에 이르게 되며 사업에 대한 의욕은 완전히 고갈되어 버린다. 러시아 자본주의의 고양을 관찰할 수 있었던 고리끼는 '의지'의 상황(1860년대의 개혁조치)에서 민중 삶의 가장 깊은 뿌리로 거슬러 올라가는 에너지를 실현할 수 있었던 사람들의 운명에 관심을 가졌고, 가문의 그 이후 세대가 이상하게도 퇴화되는 현상을 포착했지만 이를 설명할 수는 없었다. 이 소설에서 고리끼는 퇴화 법칙이 거의 신비할 정도로 확고하고도 극히 무자비하게 작용하는 한 가정의 역사를 보여주려고 했다. 아르따모노프 가문의 원형으로는 러시아 상인계층과 산업가인 브릴리안또프 가문, 시로뜨낀 가문, 쥬라블료프 가문, 메슈꼬프 가문, 뽈랴꼬프 가문, 모로조프 가문 등을 들 수 있다. 유명한 제조공장의 세 번째 소유주이며 자기의 이름을 따서 회사의 이름을 정했으며 가문을 일으켜세운 S. 모로조프의 끔찍한 운명은 고리끼의 관심을 끌었다. 고리끼는 S. 모로조프에게서 러시아인 특유의 모순과 분열을 보았다. 모로조프는 제조공장 노동자들의 봉기를 무자비하게 진압하였으면서도 무료 학교와 병원을 지어주었다. 그는 혁명을 두려워하면서도 혁명가들에게 자금을 대주었다. 엄청난 내적인 힘조차도 그가 숙명을 수습하는 데 도움이 되지 못했다. 그는 결국 처절한 내면적 위기를 겪다가 세상을 저버리게 된다. 그는 연필로 가슴에 심장을 그린 뒤 그 심장에 2발의 총을 발사했다.

이 운명은 고리끼를 크게 사로잡았다. 고리끼는 이렇게 적었다. "바로 이 싸바 모로조프의 아버지는 짚신을 신고 등장했다. 1862~1863년에 이들은 혈기왕성하여 이곳에 와서 사업을 시작했으며 공장을 짓고 운송업을 발전시키기 시작했다. 볼가강에서의 운송업이 매우 빠른 속도로 만들어진 나머지, 뛰어난 일 솜씨를 보이던 미국인들조차 놀랄 정도였다. 그런데 그 운송업을 누가 만들었는가? 그것은 시로뜨낀 가문과 쥬라블료프 가문의 사람들이다. 이들은 모두 사나이들이었다."

그리고 이제는 그런 사람이 와서 일하기 시작하면서 이 일에 온갖 피땀을 흘렸지만 그에겐 무언가가 부족했다. 그 이후의 단계는 그의 아들이 이미 타성에 젖어 일하면서 그의 아버지 세대가 일할 때 갖고 있던 파토스와 노동의 운문, 열정 등을 더 이상 갖지 않게 된 것이다. 세 번째 세대에 오게 되면서 사람들은 퇴화하기 시작한다.

아마도 이런 일이 생기되는 까닭은, 할아버지 세대가 이 사업에 전력을 다했지만 아들 세대에 오게 되면 그런 열정이 이미 충분하지 못했고 손자 세대에 오게 되면 일할 힘조차 부족해졌기 때문이다.

이런 비합리적이고 신비한 설명을 고리끼는 사태의 구체적이고 역사적인 상황론으로 보충하고 있다. 그것은 곧 일리야 아르따모노프 1세대에서부터 그의 손자인 일리야와 야꼬프에 이르기까지의 55년간에 러시아 자본주의의 창조적 잠재력이 소진되었다는 것이다. 그러나 사회적 성격의 이 문제의식 배후에서 고리끼가 또한 주목한 것은 인간 보편적 차원의 문제이다.

인간이 사업의 주인이고 창조자인데, 사업과 노동 속에서 인간의 창조적 잠재력이 드러난다. 1세대인 일리야 아르따모노프의 운명이 이를 확연히 보여준다.

일리야의 억제하기 힘든 열정은 나름대로의 결과물, 즉 공장의 제 1동을 만들어냈다. 그는 일을 두려워하지 않으며 사업에 노동력을 제공해주는 일꾼들과의 연관을 상실하지 않았다. 노동자들을 위해 베푼 큰 잔치에 그 자신도 가장 적극적으로 참여하는데, 이 잔치에는 재앙을 예고하는 것은 전혀 없다. 이 잔치를 위해 특별히 맞춘 큰 식탁에 사람들이 둘러앉아 사업주의 강력한 의지로 하나로 뭉쳐져 있는데, 오래된 방직공인 보리스 모로조프는 아르따모노프를 향해 이렇게 말한다. "일리야 바실리예프, 자네는 진짜 사나이네. 자네는 오래 살걸세. 자네는 주인이고 사업을 사랑하며 이 사업도 자네를 사랑하지. 자네는 사람들을 모욕하지 않아서 좋아. 자네는 우리의 오랜 친구지. 자, 한번 신명나게 해보게. 자네는 복도 많아. 애인이 아니라 당당한 아내가 있어서 어리광도 부리니 말일세. 있는 힘껏 사업을 해보시게. 부디 건강하게나. 자네 꼭 건강해야 하네."

그러나 그의 시대는 길지 않았다. 1세대 아르따모노프의 지칠 줄 모르는 열정으로 세워진 사업은 통제를 벗어나 독자적으로 존재하기 시작하였고, 노동자들뿐 아니라 주인까지도 굴복시켰다. 사업은 말 그대로 아르따모노프를 죽이게 된다. 잔치가 끝난 뒤 주인을 선두로 한 약 50명의 노동자들은 시끄러운 무리를 지어 오까강(江)으로 향했는데, 이 강변 쪽으로 공장의 제2동에 설치하려고 주문한 증기보일러를 실은 짐배가 다가오고 있었다. 노동자들은 "머리가 없는 수소를 닮은 붉고 뭉툭한 보일러"를 강변으로 순조롭게 내렸다. 노동자들이 모래 위에 깔아놓은 판자 위로 보일러를 옮기고 있을 때, 아르따모노프의 곱사등이 아들인 니끼따에게는 마치 "보일러의 둥글고 무딘 주둥이가 사람들의 흥겨운 힘 앞에 놀라서 입을 크게 벌리고 있는" 것처럼 여겨졌다. 고리끼는 의인법을 사용하면서 반(反)미학적인 세부사항을 압축적으로 묘사하였고, 신선한 수소의 몸통을 닮은 붉고 육중한 괴물 속에 구현된 파괴적인 힘을 보여주었다. "공장까지의 거리가 150미터도 남지 않았는데, 보일러가 갑자기 기우뚱하더니 앞쪽 굴림대에서 미끄러져 떨어지면서 무딘 앞부분이 모래에 박혔다. 니끼따의 눈에는 보일러의 둥근 주둥이가 아버지의 다리에 희뿌연 먼지를 내뿜는 것이 보였다." 노동자들이 그것을 들어 올리려하자 "보일러는 마지못해 살짝 움직이더니 다시금 육중하게 내려앉았고, 노동자들 틈에서 처음 보는 걸음걸이로 아버지가 나오는 모습이 보였는데, 그의 얼굴 또한 생전 처음 보는 표정을 짓고 있었다. 그는 걸어가더니 한 손을 수염 밑으로 찔러 넣고는 마치 맹인처럼 다른 손으로는 공기를 더듬었다." "아마 혈관이 터졌나봐"라고 그는 니끼따에게 말한다. 힘이 다한 1세대 아르따모노프는 죽고 만다.

외적으로 동기화되지 않은 것 같은 이 우연한 죽음은 이 소설의 가장 중요한 동기화의 하나인 아르따모노프 가문의 운명의 어떤 비합리적이고 거의 신비적이기까지한 논리에 의해 이뤄졌다. 이 소설에서 괴물과 같아 보이는 증기 보일러는 주인의 권력에서 벗어나 주인의 계산을 무력화시켜버리는 사업의 상징으로 변한다. 그것은 말 그대로 주인을 짓밟고 그 후손들의 힘을 쥐어짜버렸다. 사업은 이미 오래 전에 통제를 벗어났고 사람들에 대해 신비한 권력을 갖게 되었으며 또 사람들을 짓밟았다.

아르따모노프가 증기 보일러 아래에서 죽은 무서운 사건을 통해서 주인공은 뒤늦게나마 깨닫게 된다. "주여, 제 실수입니다." 그의 이 말은 죽음을 앞두고 내뱉은 마지막 한마디였다. 주인공은 무엇을 자신의 실수라고 보는가? 아마도 마지막 순간의 의식을 통해 자신이 사업의 주인이 아니며 사업 자체가 더 이상 복종하지 않게 되었고 오히려 사업이 사람들과 자기 가문을 복종시키고 주인인 일리야 바실리예프 아르따모노프를 짓밟는다는 것을 이해하게 되었을 것이다.

이처럼 이 소설에서 주된 묘사 대상은 러시아 산업가, 가문의 3세대의 역사이다. 이는 이 소설의 장르적 특성을 미리 결정한다. 한편에는 가족 연대기가 펼쳐져 있다. 또 다른 한편에는 아르따모노프 가문의 역사가 사회역사적 차원의 상황(1860년대 초의 개혁 조치에 따른 러시아 자본주의의 발전)에 의해 동기화되어 있다. 따라서 가족 연대기의 장르 속으로 장르적 내용의 사회역사적 사회정치적 측면이 침투한다.

이 소설에서 고리끼는 개별적 슈제트와 전기적 슈제트, 민족사적 슈제트 등을 혼합해서 그로서는 전통적인 방식을 좇았다. 역사적 사건은 개인의 의식이라는 프리즘을 통해 제시되었고 뾰뜨르 아르따모노프와 아들 일리야의 개별 경험의 자산으로서 제시되고 있다.

이 가문의 중간 세대를 대표하며 소설 전체에 등장하는 뾰뜨르 아르따모노프의 성격을 드러내는 예술적 수단 가운데 하나는 분신 기법이다. 이 기법은 대체로 고리끼에게 특징적으로 나타난다. 분신 기법은 작가가 주장하는 러시아 성격의 다채로움을 드러내는 데 도움을 준다.

고리끼는 도스또예프스끼가 완성의 경지에 올려놓은 기법에 주목하여 이를 다른 목적으로 사용하고 있다. 고리끼에게 중요한 것은 인간과 사업 사이의 비극적 불화를 드러내고 인간이 사업으로부터 소외된 현상을 보여주는 것인데, 사업은 마치 고유의 의지를 획득하여 통제 불가능해지며 인간을 붙잡고 파멸시켜버린다. 사업은 인간이 만들어낸 환영이며 인간을 파멸시키고 불구로 만들어버리는 환영이다. 소설 속의 심리 기법은 인간과 사업의 이 불화를 드러내는 데 쓰이고 있다.

뾻뜨르 아르따모노프의 내적 모순성, 그의 자기 자신과의 갈등 등은 니제고로드 시장과 관련된 장면 및 에피소드에서 절정에 이른다. 그는 다음과 같은 것을 보게 된다. "그와 닮았으며 피로에 지친 얼굴과 놀라 부릅뜬 눈을 하고 불쌍하게도 너덜너덜해보이는 사람이 그와 나란히 슬그머니 움직이다가 붉은 손으로 젖은 수염과 털난 가슴을 쓸고 있다. 그는 이것이 거울에 비친 자신의 모습이라는 것을 몇초 동안은 믿지 못했다." 주인공의 분신성과 그의 자신과의 불화는 분신, 즉 거울에 비친 자기 자신에 대한 적대감으로 변한다. "아르따모노프는 자신의 평탄한 삶을 방해하던 사람이 자기 눈앞에 서 있는 것이 보였다. 그는 말없이 앉아서 왼손 손가락으로 수염을 만지며 뺨을 손바닥에 기대어 있었다. 그는 뾻뜨르 아르따모노프를 너무도 슬프게 바라보고 있어서, 마치 그와 헤어지는 작별의 순간을 맞은 것 같았고 그와 동시에 그를 가련하게 여기고 무언가를 질책하는 것 같았다. 그는 바라보며 울고 있었고, 그의 불그스레한 눈꺼풀에 독살스런 눈물이 흐르고 있었다."

고리끼에게 분신 기법은 인간의 '다채로움'을 구현하는 한 형태이다. 그러나 작가는 뾻뜨르 아르따모노프 성격의 '극점'을 어디에서 찾는가? 그것은 무엇보다도 그가 자신의 의지대로 사는 게 아니라 아르따모노프 가문의 사업에 삶을 예속시킨다는 점에서 찾았다. 사업이 주인 뾰뜨르에게 복종하는 게 아니라 뾰뜨르가 자기 사업의 노예가 되고 사업이 그를 "붙잡고 놓아주지 않는다."

뾰뜨르 자신은 자신의 극적인 삶의 내면적 원인을 결코 이해할 수 없다. 민첩하고 사업가 기질이 있는 그의 형제 알렉세이나 그의 아들 알렉세이 미론 또한 이를 이해할 수 없을 것이다. 이 가문에 대한 사업의 신비로운 권력은 1세대인 일리야 아르따모노프가 죽는 순간에야 조금 분명해진다. 그러나 이 소설에는 아르따모노프 가문의 3대 전체의 삶을 목격하고 또 이들 운명의 많은 것을 이해할 수 있었던 인물이 있다. 그는 마치 늙지도 않고 시간이 흘러가도 변하지 않는 듯이 작품 전체를 관류한다. 그 인물은 아르따모노프 가문의 문지기인 찌혼 뱔로프이다.

그는 말수가 적고 꾀가 많으며 겉으로는 지저분하고 말투도 공손하지 않지만, 아르따모노프 가문의 생활을 조용히 목격했기 때문에 그들에 관해서 모르는 것이 거의 없다. 다름 아닌 찌혼 뱔로프는 아르따모노프 가문에 대한 사업의 신비스런 권력을 이해할 수 있었다. 그는 뾰뜨르에게는 모욕적으로 들릴 말을 한다. "사업이란 말이죠, 마치 술 저장창고 속의 곰팡이처럼 제 힘으로 커간답니다." 이런 말을 통해서 찌혼은 이 가문의 모든 사람들이 이 곰팡이에 예속되어 있음을 암시했다.

새로운 리얼리즘이 주인공을 거대환경, 지구적 규모의 역사적 상황에 종속되어 있다고 본 반면, 고리끼는 이 연관을 리얼리즘적 전형화 원칙의 기초로 삼고 이 연관을 개인에겐 비극적인 것이라고 생각했다. 이처럼 새로운 리얼리즘의 미학 원칙은 20세기에 제기된 매우 중요한 철학적 문제, 즉 인간과 역사, 역사의 영향으로부터 인간의 자유, 이 자유의 가능성 그 자체 등과 관련되어 있다.

이런 문제를 고리끼는 자신의 마지막 작품인 4권의 대하소설『끌림 쌈긴의 생애』에서 정식화하였다. 이 작품의 주인공은 비범하고 사유하는 인물로서, 세계와 자기 자신에 대한 회의로 괴로워하는 레르몬또프적 주인공을 계보로 갖고 있으며 순수히 뻬쵸린적인 무관심을 갖고 유치한 사상과 존재의 유혹을 거부하는데, 이 주인공은 자기만의 분신성과 자신을 찾을 수 없음에 괴로워한다. 그의 의식을 분열시키는 것은 현실의 제모순이며, 그는 그런 모순을 놓고 어쩔줄 모른다. 따라서『끌림 쌈긴의 생애』에서 분신의 모티프는 암울하고 비극적인 색채를 띠고 있으며 소설이 진행될수록 점차 심해진다.

"그의 분신들이 무수히 늘어나더니 그를 에워싸고 그를 쫓아다녔다."

"우리 모두는 머리가 두 개이다. 조또바, 자네, 그리고 나."

"내 인생은 독백이다. 그런데 나는 대화로 생각한다. 늘 누군가에게 무언가를 보여주고 있다. 마치 나의 내부에 낯설고 적대적인 누군가가 살고 있으면서 나의 모든 생각을 추적하는 것만 같고 그래서 나는 그 누군가가 두렵다."

"끌림 쌈긴은 혼자 남아 있었고, 이 사람 또한 누군가 비현실적인 사람인데, 몹시 불쾌하고 그에 관해 생각하는 사람과는 완전히 낯선 것 같다."

이 모티프는 이 작품의 제3분책에서 절정에 이르게 되며 쌈긴의 무서운 꿈에서 종결된 의미를 획득한다. "쌈긴은 오래된 자작나무들이 두 열로 나 있는 가운데의 인적 없는 길에 서 있는 자신을 보았다. 그의 곁에는 또 한명의 끌림 쌈긴이 걷고 있었다. 청명한 날이었고 태양은 등을 뜨겁게 달구었지만, 끌림도 그의 분신도 나무도 그림자를 갖고 있지 않았으며, 이것은 몹시 끔찍했다. 분신은 아무 말이 없었고 어깨로 쌈긴을 구멍과 길 웅덩이로 밀쳤고 또 나무로 밀쳐내면서 걸음을 방해해서, 끌림 또한 그를 밀쳐냈다. 그러자 그는 끌림 발아래 쓰러지더니 끌림의 발을 끌어안고 사납게 소리 지르기 시작했다. 그 또한 쓰러지는 것을 느끼면서 쌈긴은 길벗을 붙잡고 그를 일으켰는데, 그가 마치 그림자처럼 아무 무게가 없는 것을 느꼈다. 쌈긴은 그를 높이 쳐들어 멀리 땅에 매쳤고, 그러자 그는 조각으로 부서졌고, 곧 쌈긴의 주변에는 그를 닮은 수십 명의 인물들이 생겨났고 이들의 수는 점점 불어나고 모두 뜨거워서, 쌈긴은 이 말 없는 무리 속에서 숨이 막혔다. 이들은 그를 에워싸고 그림자 없는 공간에서 그를 쫓아다녔다. 희뿌연 하늘은 빽빽한 진청색의 구름으로 땅에 기대고 있었고, 구름 한 가운데에 또 다른 태양이 떠다니고 있었는데, 그 태양은 빛도 없이 거대하고 납작한 모습이며 화로의 입구를 닮은 모습이었고 이 태양 위에 거무스름한 공이 튀어 오르고 있었다." 가장 무서운 순간에 끌림 이바노비치 쌈긴은 자신의 무서운 꿈이 마치 현실인 것처럼 느껴졌다. 그는 몇 사람의 쌈긴으로 분열되었고, 이 다수의 쌈긴은 늘 서로 적대적이고 다투고 있다. 왜냐하면 이 다수의 쌈긴은 모두 그림자도 질량도 없는데, 마치 당시 쌈긴에게 떠오른 동양의 격언에 등장하는 신선과 같았다. 그는 "두 갈래의 길이 교차하는 지점에서 태양 아래 앉아서 서럽게 울고 있었는데, 지나가던 사람이 왜 눈물을 흘리는지 물어보았다. 그러나 그는 자기의 그림자가 없어졌는데, 자기 그림자만이 자신의 갈 길을 안다고 대꾸했다." 쌈긴의 의식을 분열시키는 극점 가운데 어느 것도 우위를 점할 수 없다. 왜냐하면 끌림 이바노비치는 선택을 할 수 없고 현실의 어떤 측면에 설지 자신을 정할 수 없기 때문이다. 그의 보기 드문 기억은 모든 것을 포괄하지만, 주인공을 선택을 할 수 없기 때문에 그것은 그의 비극을 강화시킬 뿐이다. 즉 현실의 한층 더 많은 측면이 쌈긴에게 접근할 수 있고 더 많은 분신이 그의 내면에 자리 잡으며 더 많은 대립이 그의 의식을 분열시킨다. 주인공은 현실의 노예가 되고 현실에 의해 찢겨졌으며 현실은 그의 의지와는 반대로 그를 가득 채워버린다. 현실의 폭력으로부터 자유로운 인간으로 현실에 우뚝 서려는 꿈은 개인으로서는 실현될 수 없다는 것이 고리끼의 생각이다.

이처럼 고리끼의 이 작품에는 그의 문제의식의 근본적인 한 측면이 들어가 있다. 그 문제의식이란, 1900~1930년의 사회적 역사적 상황에 빠져버린 인간에게 자유는 무엇이며 자유는 무엇으로 제한되는가, 오직 국가에 의해서만 제한받는가, 사회여론에 의해서인가, 사회 환경의 직접적인 폭력에 의해서인가, 체호프적인 차원의 인간, 즉 물질적으로 보장된 삶을 살며 오직 자기 자신의 뜻에 따라 사는 인간은 자유로울 수 있는가 등의 물음이다. 체호프의 작품에서는 그와 같은 인간들이 세 자매처럼 아무런 현실적 제약이 없음에도 모스크바에 갈 수 없으며, 로빠힌이 벚꽃동산의 주인이 되든 혹은 제리가노프가 되든 혹은 옛 주인이 여전히 주인으로 남을 지와는 무관하게 이미 벌목하기로 정해진 벚꽃동산의 운명에 개입하지 못하는 점으로 인해 괴로워한다. 끊어진 현의 소리나 새가 짹짹거리는 시끄러운 소리와 주전자의 물끓는 소리 등으로써 체호프가 표현한 삶의 어떤 신비로운 단초를 고리끼 또한 연구하고 있었다. 인간을 속박하고 인간을 자신의 뜻대로 살지 못하게 하는 것은 무엇인가?

따라서 인간의 자유 혹은 부자유의 문제는 고리끼 전체 창작의 중심 테마가 된다. 외부세계의 온갖 속박으로부터 개인의 완전한 자유라는, 낭만적으로 해석된 자유의 찬양가로서 초기 단편에 등장했던 이 테마는 이미 그때에도 인간에게 그런 자유가 가치 있는지에 대한 의혹을 담고 있었다. 고리끼의 마지막 작품인 『끌림 쌈긴의 생애』는 20세기 러시아 역사의 비극적인 조건에서 개인의 자유를 얻는 것이 불가능하다는 슬픈 결론을 담고 있다.

러시아 리얼리즘 소설은 그와 같은 예술론의 대립항을 제시했는가? 그렇다. 현대인의 의식에 강력한 영향을 주며 예술적으로도 중요한 대립항은 이미 20세기 후반에 등장했다. 그것은 빠스쩨르나끄의 소설 『의사 지바고』이다.

『의사 지바고』는 20세기 중반에 쓰였고, 따라서 빠스쩨르나끄는 고리끼에 비해 더 많은 역사적 경험을 갖고 있었다. 반면 고리끼는 빠스쩨르나끄가 『의사 지바고』의 집필을 끝냈을 때보다 사반세기 이전에 사망했다. 따라서 빠스쩨르나끄는 고리끼와의 논쟁에서 고리끼는 사용할 수 없던 논거를 사용할 수 있었다. 『의사 지바고』는 고리끼의 서사문학에 대한 대립항으로써, 혁명뿐 아니라 인간 개인에 대한 역사의 폭력까지도 수용하지 않은 러시아 작가에 의해 쓰였다. 인간과 역사의 확고한 상호작용에 대한 고리끼의 주장을 빠스쩨르나끄는 주인공과 인간 전체에 대한 폭력으로 보았고 이를 받아들이지 않았다. 『의사 지바고』는 사람이건 국가건 혁명이건 역사건 누가 획책하던지와는 무관하게 인간의 자주권을 주장하고 있다.

1860년대부터 러시아 문학은 사회적 봉사의 파토스로 일관되어 있다. '자연파', '실제비평', 네끄라소프의 「동시대인」지(誌), 체르니셰프스끼의 소설과 삐사예프의 비평문 등은 개인의 으뜸가는 의무로서 사회적 봉사 정신을 주장하였다. 새로운 리얼리즘은 이 정신을 받아들여 이를 리얼리즘 전형화 원칙의 기초로 삼아, 조야한 형태로는 Yu.리베진스끼의 1920년대 작품, 좀더 예술적으로 복잡해진 형태로는 N. 오스뜨로프스끼의 『강철은 어떻게 단련되었는가』와 같은 영웅

소설, 혹은 1930년대의 생산소설(V. 까따예프의『시대여, 전진!』, M. 샤기냔의『중앙수력발전소』) 등에 나타났다. 이러한 사회적 봉사의 파토스는 고리끼의 대하소설에서 완성된 예술적 형태로 표현되었다. 빠스쩨르나끄의 장편소설이 러시아 문학에서 독특한 점은 이 작품이 러시아 본토에서 만들어진 20세기 러시아 리얼리즘 문학에서 거의 유일하게 사회적 봉사정신에 반대했다는 점이다.

사회적 봉사의 거부 정신은 빠스쩨르나끄의 이 장편소설에 선언되어 있다. 그는 인간이 자기 자신으로 남을 수 있는 권리를 주장하면서 적위군과 백위군 사이의 선택을 거부했다. 왜냐하면 적위군이나 백위군이나 절대적인 진리를 갖고 있지 않기 때문이다.

빠스쩨르나끄는 그냥 한 개별인간으로 존재할 수 있는 권리를 주장하고 있다.

그의 주인공은 민중의 복리를 위해 자신을 희생하기를 원치 않는다. 그리고 빠스쩨르나끄는 주인공의 그런 생각을 지지하고 있다. 작가가 주인공의 생각을 지지하는 이유는, 민중에게 그런 희생이 과연 필요한지지 모르기 때문이며 내전이 너무도 참혹하며 내전이 역사적으로 아무런 전망도 갖지 못한다는 점을 인식하기 때문이다. 피비린내 나는 역사의 폭력으로부터 스스로를 구할 유일한 방법은 자신의 개인세계와 개인적 존재를 지키고 적위군이든 백위군이든 타인의 의지로부터 독립할 권리를 지켜내는 것이다.

유리 안드레예비치 지바고는 고리끼의 주인공에게 벌어진 것 같은 거대한 역사적 맥락이 아니라 보다 좁은 맥락에서 자신을 실현한다. 그리고 그 좁은 맥락은 작가나 주인공에게는 가장 중요하고 꼭 필요한 것으로 여겨진다. 그것은 인간에게 가장 필요한 온기를 제공해줘서 그 온기로 얼음장 같은 칼바람에 싸늘하게 식어버린 역사의 교차로에 선 인간을 따뜻하게 해주는 가까운 사람들과 인간적 환경, 집, 가정 등의 맥락이다. 그 온기는 고리끼의 주인공에게서는 전혀 찾아볼 수 없다.

인간을 끌어들인 20세기 역사는 빠스쩨르나끄에게는 파괴적인 단초로 파악되고 있다. 따라서 이 소설의 슈제트는 무시무시한 시대로부터 몸을 숨기려는, 자신과 가족을 위한 작은 피난처를 찾아 그 속에서 역사의 폭력을 피하고 일상생활의 행복을 얻으려는 주인공의 끝없는 헛된 시도로 이뤄져 있다.

빠스쩨르나끄의 이 소설에는 주인공에게 매우 흥미로운 일상의 세부사항이 풍부하다. 눈으로 덮히고 사람들의 세계와 단절된 집(이곳에서도 적위군과 백위군, 빨치산과 비(非)빨치산 간의 전쟁이 유리 지바고를 덮침)에서의 주인공의 삶은 겨울을 대비해서 숨겨놓은 감자를 발견하고 기뻐하며 책상에 앉아 글쓰기의 즐거움을 맛보고 양배추와 숲속 열매의 맛과 창밖 겨울풍경의 매력을 음미할 수 있게 해준다. 이런 것의 배후에는 물질적인 것이나 삶을 보다 넓게 보는 능력의 부재 등이 아니라 단조로운 일상생활의 운문과 개별성을 볼 줄 아는 능력이 드러나는데, 이런 개별성을 볼 줄 아는 능력은 거대한 문제에 사로잡혀 정작 자기 주변은 보지 못하는 러시아인들에게는 매우 드문 것이다. 의사 지바고는 무엇보다도 시인이며, 그의 시선이 머무는 것은 모두 아름답게 비쳐진다. 그는 일상생활의 행복, 일상생활의 감각적 현실성의 매력, 일상생활과 연인이나 가까운 사람들과의 조화의 매력 등과 같은 행복을 즐긴다.

거대한 역사적 사건을 배경으로 수많은 개별 운명이 교차하는 이 소설에서 빠스쩨르나끄는 슈제트의 흐름을 예속시킬 수 있는 구성적 기법을 찾아야 했다. 이 과제는 유리 지바고에 의해 해결된다. 지바고 역시 예술가인 것이다. "서로 근처에 있으면서 속도는 제각기 다르게 움직이며 곁에서 전개되는 존재에 대해서, 또 인생에서 누군가의 운명이 다른 사람을 앞지를 때에 대해서, 그리고 누가 누구보다 더 오래 사는지 등에 대해서 그는 잠시 생각했다. 세상의 경기장에서 상대성 원칙과 비슷한 무언가가 그에게 떠올랐다." 이 '세상의 경기장'에서 여성의 형상은 각별한 역할을 한다. 한 여성에 대한 여러 등장인물의 태도는 이들을 소설의 형상체계 속에서 대조하게끔 한다. 지바고의 삶의 입장은 소설의 또 다른 인물인 안찌뽀프-스뜨렐니꼬프의 세계지각과 대립된다. 이 두 사람은 애정의 삼각관계 속에 포함되어 있으며 두 사람은 라라를 열렬히 사랑하는데, 라라의 운명 또한 소설 전체에 걸쳐 전개된다. 빠스쩨르나끄에게 라라는 영원한 여성적 비밀의 구현이며 불가사의한 여성미의 구현이다. 그녀에 대한 사랑은 유리 지바고에게는 운명적으로 부여받은 커다란 행복이다. 그녀와의 친밀한 관계야말로 그에게는 소박한 행복의 최고의 미를 열어주었고, 이 행복은 온갖 역사적 재앙에 맞설 수 있었다.

안찌뽀프-스뜨렐니꼬프의 운명은 이와는 다르다. 이미 소유하고 있는 것에 대한 러시아인들 특유의 불만이 그에게 나타난다. 그에겐 자신을 사랑하는 사람들, 즉 친구와 아내 및 딸과 자신을 묶어놓는 속박을 가차 없이 끊어버리고 모든 것을 내던져버리려는 욕망이 있다. 자신이 가지고 있는 것, 즉 그들의 사랑에 보답하기 위해 그는 전선으로 떠나며 그후 내전을 거치더니 사람이 완전히 달라져서 적위군의 군사위원인 스뜨렐니꼬프가 되고, 사람들은 그를 '라스뜨렐니꼬프'[142]라고 부른다. 자신의 주변에 죽음을 뿌리고 다니며 곁에 있는

---

142 이 별명은 러시아어의 rasstrel(총살)에서 온 것으로, 그의 평소 행동의 단호함과 가혹함을 말해준다. —역자

모든 것에 총탄과 폭탄을 뿜는 장갑열차를 타고서 모든 것이 불타버리고 추위로 꽁꽁 얼어붙은 러시아를 돌아다니면서, 그는 자신의 아내와 딸을 까맣게 잊어버리고 자신의 사랑과 온기를 잊어버린다. 라라는 전 남편에게 일어나고 있는 일을 설명하기 위해 놀라운 말을 찾는다. "… 그 사람은 삶에 늘 있는 것, 다른 사람들은 화내지 않는 것을 보고도 몹시 화를 냈죠. 그 사람은 사태의 진행과정과 역사에 불만을 품게 되었죠. 그 사람은 역사와 반목하게 된 거죠. 그 사람은 지금까지도 역사를 자기 나름대로 평가하고 있답니다."

이 소설이 진행되는 동안 이들 주인공은 여러 차례 만난다. 한번은 지바고가 죽을 위기에 처하게 되는데, 이들 사이에 잠시 움튼 우연한 인간적 동정심 때문에 그는 총살을 면하게 된다. 이는 마치 톨스토이의 장편소설 『전쟁과 평화』에서 군대원수 다부와 삐예로 사이에 잠깐 나타난 인간적 감정 때문에 베주호프 백작이 목숨을 건지는 장면과 비슷하다. 한때 선량하고 마음씨 착한 모스크바의 한 소년인 빠샤 안찌뽀프였고 또 아리따운 라라를 열렬히 사랑했던 스뜨렐니꼬프는 끔직한 자살을 감행하기 직전에 삶의 마지막 며칠을 눈으로 뒤덮인 외딴 은신처에서 지바고와 함께 지내게 된다. 그는 자기 주변에 직접 사방에 뿌린 죽음으로 황폐해져버렸고 한때 가지고 있던 모든 것, 즉 사랑하는 아내와 딸을 모두 잃어버린 채, 그는 자신에게 가장 익숙한 수단인 총알로써 삶을 끝맺는다. 이 자살을 거의 눈앞에서 보다시피 한 지바고는 이런 광경을 목격한다. "현관 계단에서 몇 걸음 떨어진 곳에 머리를 눈더미에 파묻은 채 자살한 빠벨 빠를로비치가 길을 가로질러 비스듬히 쓰러져 있다. 그의 왼쪽 관자놀이 아래에서 눈이 붉은 덩어리를 이루고 있었고 고인 피에 눈이 젖어 있었다. 솟구친 핏방울이 눈과 엉켜져서 붉은 공처럼 보였는데, 그것은 마치 얼어붙은 마가목 열매와 비슷했다."

스뜨렐니꼬프의 비극적인 운명의 끝맺음은 개인과 역사의 갈등이고, 빠스쩨르나끄의 생각으로는 이 갈등이 해결될 수 있는 유일한 방법은 인간 내부의 개인적 단초의 파멸이다. 이미 군사위원인 스뜨렐니꼬프가 된 안찌뽀프에 관해 이야기하는 대목에서 라라는 중요한 세부사항을 지적하고 있다. "그 사람은 거의 하나도 변하지 않았어요. 붉고 정결하며 단호한 그의 얼굴, 제가 이 세상에서 본 얼굴 중에서 가장 정결한 얼굴이죠. 그 사람에게 바뀐 것이 딱 한 가지가 있었는데, 저는 그게 불안했어요. 무엇인가 추상적인 것이 그 사람에게 들어가서 그 사람만의 색깔을 없애버렸던 거예요. 생생한 인간의 얼굴이 사상의 표현, 원칙, 구체화 등으로 바뀐 겁니다. 그건 그 사람이 몸 바쳐 봉사했던 힘, 즉 고양되었지만 죽어버린 무자비한 힘의 결과죠. 그런 힘을 그 사람도 한때는 용서하지 않았었는데." 혁명이나 내전 등과 같은 어떤 힘의 작용 때문에 자신의 개성과 개별성을 잃어버리고 민중에 대한 의무감에 끌려가면서 사람은 자기 길을 잃어버리고 모든 것을 잃게 된다. 인간이 개별적 견해의 권리에 대한 믿음을 잃어버렸을 때 역사적 참사가 발생했다. "그때 러시아 땅에 불의가 닥쳐왔다. 자기 고유의 견해에 대한 신념을 잃어버린 것이 미래의 악의 뿌리와 불행이었다. 사람들이 도덕적 감각의 암시를 따르던 시대는 지나가버리고 이제는 똑같은 목소리로 노래 불러야 하며 모두에게 강요된 낯선 생각으로 살아야 한다고 다들 생각했다. 처음에는 군주제의 문구가, 그 다음엔 혁명적 문구가 지배하게 되었다." 인간 내부의 개성을 균등하게 하는 문구는 인간 본연의 것을 앗아가 버리고 인간을 낯선 의지의 집행자가 되게 한다.

라라와 유리 지바고는 역사의 파괴적인 습격 앞에서 운 좋게도 자신의 정체성을 지켜낼 수 있었던 주인공이다. 비록 친구도 없고 자신을 이해해줄 여성도 없이 외로움 속에서라도 끌림 쌈긴 또한 그럴 수 있었다. 그렇지만 그는 인간에게 완전한 투항을 요구하며 내면적 삶의 권리를 노골적으로 무시하는 시대의 거친 파도 앞에 항복하지 않고 홀로 남아 있으려고 했다. 이 두 소설의 주인공 사이의 차이는 역사적 거리뿐 아니라 작가의 평가에 의해서도 결정되었다. 고리끼가 독자성에 대한 자연스런 갈망 때문에 쌈긴을 경멸하는 데 반해, 빠스쩨르나끄는 그런 갈망을 시련기에 인간 자신과 가족, 연민 등과 나아가서 러시아를 구하는 데 기반이 될 개인적 자의식의 기초로 생각하고 있다.

고리끼와 빠스쩨르나끄 사이에 이뤄진 논쟁은 러시아의 민족적 자의식의 기초와 관련되어 있다. 이 논쟁을 해결하는 몇 가지 방법은 혁명론과 같은 20세기 러시아 리얼리즘의 중요한 이데올로기적 영역을 규정하였다.

사실, 빠스쩨르나끄의 주인공은 어째서 혁명을 수용하지 않으며, 1917년 10월에 볼셰비키들에 의해 이뤄진 탁월한 '외과 수술'에 대한 최초의 환희가 환멸뿐 아니라 사회적 '수술'에 대한 단호한 거부감으로 바뀌고 있는가? 왜냐하면 혁명 속에서 작가와 그 주인공은 현실에 대한 범죄적 폭력, 지바고가 숭배하던 존재의 근원에 대한 폭력을 발견하였기 때문이다. 따라서 소설 『의사 지바고』는 고리끼의 대하소설에 대한 대립항일 뿐 아니라 개인과 역사적 시간 사이의 상호연관이라는 문제, 20세기 리얼리즘적 예술의식의 기본이 된 문제에 대한 새롭고 원칙적으로 다른 해결책인 셈이다.

제 4 장

분리의 극복

분리의 극복

1. 몇 가지 결론

이 책에서 대체로 사유의 대상은 1920∼1930년대라는 20년의 기간이었다. 물론 우리는 좀 더 앞선 시기(세기 초)와 그 이후인 1940∼ 1950년대까지도 어쩔 수 없이 주목하였다. 1940∼1950년대에는 한편으로는 문학 및 여타 인문사상의 제반 형태에 대한 정치적 압력이 절정에 달했지만 또 다른 한편으로는 소련의 당 및 국가 정책이 사실상 소진되어 1930년대에 만들어진 예전의 역사문화적 패러다임의 틀속에 완전히 머물러 있었다. 다름 아닌 세기의 전환기에 문학발전 과정의 심저에서 사회주의 리얼리즘 규범에 대한 미학적 철학적 저항의 이데올로기가 형성되고 있었다. 그러한 저항의 한 예로서 빠스쩨르나 끄의 소설 『의사 지바고』를 들 수 있다.

그 후에는 어떤 일이 있었나? 우리가 기술하려고 한 문학발전과

정의 수준에서 구현된 사회문화적 제반경향은 어떻게 발전하였는가? 대중의 역사적 운명은 어떻게 형성되었는가? 사회주의 리얼리즘의 키메라적 문화구성의 미학적 존재는 어떻게 지속되었는가(그리고 과연 지속되었는가)? 리얼리즘 고유의 미학과 모더니즘 고유의 미학의 운명은 어떻게 되었는가? 이 모든 것은 구체적인 문학창작에 어떻게 반영되었는가?

스스로를 지배자이자 1920년대 러시아 민족사 현실의 주인이라고 느꼈던 대중의 위치(그런 대중적인 인간의 존재는 불가꼬프의 『개의 심장』에 반영되었으며, 벤제르의 속임수에 쉽게 넘어가는 온갖 죄악은 『12개의 의자』에 제시되어 있고, 유치한 철학은 M. 조센꼬의 1920년대 단편소설과 중편소설에서 파헤쳐져 있고 일상생활의 비극성은 A. 쁠라또노프의 장편소설 『공사기초용 웅덩이』와 『체벤구르』에서 드러났음)는 1930년대 중반 무렵에 바뀌게 된다. 대중이 역사와 문화에 대해 마치 가지고 있기라도 한 가상의 권력은 당시 당에 집중되었고 그 후엔 당의 지도자인 스탈린의 수중에 집중되었다. 스탈린의 소비에트 시대의 중요한 '예술가'가 되고 '2개의 문화'의 범위 안에서 창조되는 '기념비적 문체'의 유일한 저자가 된다. 그러나 이따금 대중에게는 권력에의 참여와 공동창조의 환상을 다시 볼 가능성이 제시되곤 했다. 그것은 주로 작가들에 대한 정치적 공격의 캠페인에서였고, 그런 캠페인이 벌어지면 대중은 신문지상에 규탄의 글을 올릴 수 있었다. 그러한 발언의 고전적인 예가 당시 완전히 고립무원의 지경에 있던 소비에트 '해빙' 잡지의 자유주의 노선을 겨누어 1969년에 신문 「사회주의 산업」에 발표된 '잡지 「신세계」의 편집장 뜨바르도프스끼 동지에게 보내는 공개서한'이었다. 노벨상을 수상한 빠스쩨르나끄의 소설 『의사 지바고』를 규탄하는 캠페인이 벌어지자 대중이 사용했던 '읽어보지는 않았지만 그래도 규탄한다'는 표현은 현대 러시아어에 유입되어 하나의 관용어가 되었다. 대중은 간결하게 말할 수 있었다. 대중이 그처럼 사용한 경구의 마지막 예는 고르바초프의 개혁 시대 초기에 사용된 '원칙에 양보할 수 없다'는 말이다. 그렇지만 그 이후 시대의 사회문화적 상황에서 대중의 역할은 1920년대의 역할과 비교하면 아무 것도 아니다.

사회주의 리얼리즘의 운명은 이와 다르게 정해졌다. 1930년대 중반부터 1950년대 중반까지의 20년 동안 사회주의 리얼리즘의 규범, '2개 문화', 기념비적 문체가 형성되었고, 그것은 문학뿐 아니라 영화, 음악, 건축 등에서도 실현되었다. 이데올로기적 관점에서 이를 고찰하는 것으로는 충분치 않다. 왜냐하면 사회주의 리얼리즘을 실현시킨 이데올로기는 이미 역사에 속해 있으며 그 이데올로기를 과거의 모습으로 재현하는 것이 거의 불가능하기 때문이다. 사회주의 리얼리즘의 괴사 상태는 1950년대 중반에 시작되어 1980년대에 완료되었다. 따라서 미학적 관점에서 사회주의 리얼리즘을 검토하는 것이 오늘날 절실하며, 사회주의 리얼리즘 규범의 연구자들(주로는 외국의 연구자들과 서구의 대학교에서 일하는 러시아 연구자들)은 이런 일을 하고 있다. 필자의 생각으로는 장엄하며 음울하면서도 낙관주의적이고 섬세하면서도 단순한 이 현상은 러시아 본토에서의 연구자를 기다리고 있다.

그런 현상은 엄청난 무게로 다른 모든 것을 눌러버렸다. 20세기 후반에서야 과거에 있었던 일을 떠올리면서 예술적 철학적 의식이 소생하기 시작했다. 과거에 있었던 것은 바로 민주주의 사상(1960년대의 「신세계」)과 러시아 민족주의 사상(1970~80년대의 「우리의 동시대인」)이다. 이 두 경향은 비록 그 시대 문학으로서는 비극적인 반대에도 불구하고 공통된 목표를 추구하고 있었다. 즉 그것은 스탈린 사후의 새로운 여건에서 러시아 문화와 러시아 의식의 잊혀지고 상실한 측면을 부활시키는 것이었다. 「신세계」와 「우리의 동시대인」의 두 잡지로 표출된 두 경향은 리얼리즘적 입장에 서 있었다. 이 두 경향의 활동과 연관되어 있는 것은 20세기 후반에 러시아 문학에 등장한 농촌산문·전쟁산문·도시산문·수용소산문 등과 같은 현상의 출현과 그에 대한 미학적 철학적 해석이었다. 이 두 경향을 각기 따르던 인텔리들 사이에 존재했던 정치이념적·미학적·개인적 불일치는 오늘날의 역사적 전망에서 보면 하찮은 것이다. 그보다는 두 경향의 유사점이 더 두드러져 보인다. 즉 이 두 경향은 러시아 문학 및 러시아 의식을 부활시키는 데 지대한 역할을 했던 것이다.

스탈린 사후의 문학은 자연히 리얼리즘적 흐름을 따라 형성되었다. 예를 들면 솔제니친, Yu. 뜨리포노프, V. 라스뿌찐, V. 아스따피예프, Yu. 본다례프, S. 잘릐긴 등이 그렇다. 그렇지만 사회적으로 중요한 문제에 집중된 리얼리즘 문학은 사회적 측면이 아니라 존재의 다른 측면, 다시 말해서 잠재의식적이거나 무의식이거나 비합리적이고 신비적으로 예정된 측면 등에 의해 생겨나는 인간 삶의 측면을 포착할 수는 없었다. 그와 같은 측면은 20세기 후반의 경험이라는 관점에서 나름대로 구현되어야 했다. 사실 그런 경험은 신비적이고 비합리적인 것이 우리의 삶을 관통하고 있고 과학이 그런 신비적 비합리적인 것의 존재 사실을 긍정할 수도 부정할 수도 없다는 것을 보여주었다. 합리적으로 이해 가능한 제반과정에 주목하던 리얼리즘적 견해를 대체하고 20세기 후반에 인간 존재의 합리적 이해가능성을 거부하는 새로운 견해가 등장하였다. 그것은 20세기 말의 러시아 문학이 모더니즘 미학 쪽으로 내디딘 걸음이었다. 그러한 세계 전유의 시작을 알린 것은 1980년대, 40대 문인들의 산문, 존재의 비합리적인 원리를 주장하는 V. 마까닌의 창작(『하늘은 어디에서 언덕과 만났는가?』)과

아나똘리 김의 신(新)신화주의적 소설(『다람쥐』, 『아버지 숲』) 등이었다.

지난 2세기동안 만들어진 모든 미학적 이데올로기적 규범을 파괴하고(V. 소로낀), 과거 시대의 폐허에서 방향을 잃어버린 인간의 의식이라는 프리즘을 통해 현대를 해석하는(V. 뻴레빈) 포스트모더니즘이 20세기를 마감했다. 리얼리즘 미학은 추방되게 되었다.

필자의 생각으로는 이 또한 우연이 아니다. 지난 200년의 러시아 문학에 전통적이던 〈독자-작가〉 체계에서의 관계가 최근의 사반세기에 걸쳐서 그리고 최근 10년간에 한층 더 명백하게 파괴되었다. 러시아 현대문학의 윤곽이 급격히 변화하고 있다. 문학의 위상이 바뀌면서 러시아 문화는 더 이상 문학 중심이 아니다.

문학을 사회의식의 가장 중요한 영역으로 보는 데 익숙해 있는 러시아의 현 세대 사람들 앞에서 그와 같은 상황은 극적인 것으로 비쳐질 수 있다. 1990년대에 문학에 진입한 신인 작가는 리얼리스트, 고로 역사발전 과정에서 인간의 역할을 심각하게 고민하는 사상가나 인간 존재의 의미를 놓고 사색하는 철학자나 민족의 과거에서 정신적 지주와 현 상황의 원천을 모색하는 역사가나 사회학자가 될 수 없을 뿐 아니라 그렇게 되기를 원하지도 않는다. 만일 그런 모든 테마가 여전히 남아 있다면, 그것은 V. 뻴레빈의 소설 『곤충들의 생활』이나 『차빠예프와 공허』 등에서처럼 과도하게 비하되고 코믹하며 조롱된 형태로 나타난다. 인생의 교사로서의 작가의 역할을 공공연히 의심받게 되었다. 사실, 작가는 다른 직종과 어떤 점에서 구별되며 작가는 왜 교사 역할을 해야 하는가의 의문이 생기게 되었다. 그렇기 때문에 문학을 삶의 교과서로 보고 작가를 '인간 영혼의 엔지니어'로 보는 전통적인 독자는 작금의 상황을 문화적 진공상태로 생각한다.

그와 같은 상황의 규모를 한눈에 보자면, 뿌슈낀의 시대 때부터

19세기와 20세기에 걸쳐 러시아 문화가 문학 중심이었다는 점을 떠올려보면 된다. 종교나 철학이나 과학이 아니라 다름 아닌 문학이 민족적 의식유형과 사고방식을 형성하였다.

그 결과로 문학은 신성시되었고 성스러운 민족 자산이 되었다. '뿌슈낀은 우리가 가진 전부이다'는 말이나 '우리에게 뿌슈낀은 가장 깊은 심원이다'라는 말은 민족 문화에서의 문학의 위치와 사회에서의 작가의 위치를 규정하였다.

그러나 문학을 신성시하는 것이 과연 자연스러운 것이었을까? 러시아 인텔리의 의식 속에 문학에 대한 숭배가 존재하는가? 어쩌면 그렇지 않을 수 있다. 우리가 원하건 원치 않건 간에, 19세기와 20세기의 러시아 문학은 문학에 전혀 어울리지 않는 기능을 떠맡았다. 문학은 사회정치 사상의 한 형태가 되었고, 이는 교회의 검열이나 소비에트의 검열에 의해 추방된 부자유스런 언론의 상황에서는 불가피했다. 자유로운 언론의 연단을 빼앗긴 민중이 문학을 그런 연단으로 사용한다는 게르쎈의 생각을 떠올려보자. 문학은 사회의식의 모든 영역, 즉 철학·정치·경제·사회학 등의 영역을 표현하는 형식이 되었다. 작가는 사회의식과 민족적 사고방식을 형성하는 매우 중요한 인물이었다. 작가는 동포들의 가슴을 개화시키고 사회의 단점을 꾸짖으며 진리를 향한 길을 제시하고 민중의 '지팡이'가 될 권리를 떠안았다. 이것이 뜻하는 바는, 문학이 종교의 형태가 되었고 작가는 설교자가 되었다는 것이다. 문학이 종교를 대신하였던 것이다.

19세기에 형성된 그와 같은 상황은 교회마저 박해받던 20세기에 문학으로서는 특히 비극이었다. 문학은 나름대로의 성직자와 이단자들을 거느린 교회처럼 되었고, 고전작가들의 텍스트는 신성시되었으며 작가들의 말은 설교자들의 말처럼 받아들여질 수 있었다. 문학은 사회와 그 문화가 느끼고 있던 정신적 공허감과 종교적 진공상태를 채우려는 것처럼 되었다. 그러나 문제는 예술가의 말은 사제의 말이 아니라는 점이다. 교회가 사회에 대신해 줄 것이 없고 성직자의 말이 인간에게 대신해줄 것은 없다. 문학은 힘에 겨운 짐을 어깨에 짊어짐으로써 세기말에 이르자 녹초가 되었다. 인생의 교사로서의 작가라는 모습은 포스트모더니스트인 이단자에 의해 추방되었다. 이로 인해 예전에 문학이 보충해줬던 최후의 믿음과 문화적 진공상태가 소멸되었다는 비극적인 느낌이 생겨나게 되었다. 예전에는 '저주스러운 문제'에 대한 답을 문학에서 찾았으며 문학은 사회의식을 형성하였고 역사적 흐름에서의 운동방향을 제시하고 전망을 세워주었으며 영웅적 행위와 정신적 추락의 표본을 제시해주었었다. 다름 아닌 19세기의 문학에서 민족적으로 중요한 형상, 민족현실의 독특한 원형이 형성되었었다. '오블로모프와 오블로모프적 현상', '뚜르게네프적 여성', 오네긴과 뻬쵸린 같은 '잉여인간' 등이 그 예이다. 20세기에 접어들어서도 상황은 거의 바뀌지 않았다. 1980~1990년대에 문학으로부터 우리 삶 속으로 파고들어온 광범위한 형상-상징을 떠올려보면, 이를 충분히 알 수 있다. Ch. 아이뜨마또프의 『만꾸르뜨』, V. 두진쎄프의 『흰 옷』, V. 라스뿌찐의 『화재』, V. 쩬드랴꼬프의 『신기루의 획책』과 『지불』, A. 솔제니친의 『암병동』, 『붉은 수레바퀴』, 『수용소군도』 등이 그 예이다. 이들 형상-상징은 시대의 독특한 '코드'를 이루면서 1990년대 전반(前半)의 사회의식의 범주가 되었다. 그리고 10년도 채 지나기 전에 갑작스럽게 문학은 더 이상 종교가 아니게 되고 작가의 말도 더 이상 성직자의 말이 아니게 되었다.

이것이 앞으로 오래 진행될까? 그렇다고는 생각되지 않는다. 20세기의 역사적 문화적 경험은 리얼리즘적으로 그러나 새롭게 해석되어야 한다. 그런 새로운 입장은 솔제니친의 창작에서 나름대로 구현된 리얼리즘의 한 유형으로서 제시되었다.

2. 한 세기의 총괄로서의 솔제니친의 창작

현대문학에서 솔제니친은 미래의 문학발전과정에 이제 막 영향을 끼치기 시작하는 유일한 거물급 작가이다. 그는 아직 우리들에게 이해받지도 해석되지도 않았으며, 그의 경험은 현대문학발전과정에서 계승되지 않았다. 이 영향이 엄청날 것이라는 점은 의심의 나위가 없다. 우선 첫 번째로, 그의 창작은 20세기 러시아 현실의 매우 중대한 역사적 사건을 반영했으며, 그의 창작에는 그런 역사적 사건에 대한 매우 다양한 — 사회역사적, 정치적, 사회문화적, 민족심리적 — 시각에서의 깊은 설명이 담겨 있다. 다가온 세기의 러시아인들이 작품들을 통해 민족사를 연구할 것이라고 할 수 있다. 둘째로, (이것이 가장 중요한 점인데) 솔제니친이 지난 세기의 러시아 운명을 신의 섭리의 발현으로 파악하고 있으며, 러시아의 운명을 신비적 관점에서 보는 시각 또한 그에겐 가깝다. 그의 단편소설들과 대하소설 『붉은 수레바퀴』에 들어가 있는 존재론적 상징체계는 신의 의지의 발현으로 해석되고 있다. 게다가 작가는 정밀하게 기록에 의지하고 있으며, 아주 미세한 세부사항에 이르기까지 정밀하게 재현된 현실 자체는 깊은 상징적 의미를 띠고 있고 형이상학적으로 해석되고 있다.[143] 이것은 그

---

143 솔제니친의 단편소설들과 대하소설 『붉은 수레바퀴』의 존재론적 문제의식의 몇 가지 측면은 P. 스뻬바꼬프스끼의 저술 『솔제니친의 현상: 새로운 시각』(모스크바, 1999)에서 분석되어 있다.

의 작품들이 담고 있는 매우 중요한 의미적 측면이며, 이는 세계에 대한 리얼리즘적 시각과 모더니즘적 시각의 종합을 향하는 길을 그에게 열어주고 있다.

솔제니친은 흐루시초프의 '해빙기'에 문학 활동을 시작했다. 레르몬토프의 시의 한 구절을 빌려 표현하자면, 그 시기는 작가의 목소리가 "민중들의 빈곤과 승리의 날에 / 성루 위의 민회의 종소리처럼 울려 퍼지던" 러시아 문화발달의 마지막 단계였다. 사람들은 A. 보즈네센스끼, E. 예프뚜셴꼬, R. 로쥬제스뜨벤스끼 등의 젊은 시인들의 목소리를 듣고자 마야꼬프스끼 기념비 앞에 구름처럼 몰려들었는데, 이런 모습은 오늘날엔 상상하기조차 힘들다. 반면 그 당시 장편소설『러시아 숲』의 등장인물인 비흐로프와 그라씨안스끼 등의 이름은 말 그대로 이름뿐이었다. 작가가 사회의식에 미치는 영향은 마치 19세기 네끄라소프가 편집해서 내던『동시대인』의 시대 때처럼 막강했다. 그러한 상황은 〈독자-작가〉의 체계에서 매우 특이한 관계로 특징지어진다. 즉 문학발전과정의 이 두 가지 중요한 인물 사이에서 사상과 분위기의 활발한 상호교류가 이루어진다. 그러한 계기는 문학과 사회로서는 가장 생산적이라고 할 수 있다. 새로운 소설이나 연작시의 출현이 독자의 서한이나 잡지평론이라는 형태의 순간적인 응답을 낳을 때, 사상적 정서적 에너지의 교환은 문학을 엄격히 미학적인 현상의 틀에서 벗어나게 하며 문학을 사회정치 사상의 영역으로 변환시킨다. 1950~1960년대의 전환기에 순전히 예술적인 과제의 해결은 그와 다른 목표에 종속되어 있었다. 사회주의 리얼리즘 규범의 파괴가 시작된 것은, 사회와 문학 앞에 역사적 시대의 흐름 속에서 자기방향설정의 문제가 제기되고 예술가가 그 문제 해결에 착수한 가장 중요한 인물이 되면서부터였다. 문학은 현실을 미화하는 수단이 되길 멈

추었고 문학 고유의 세계인식기능을 다시 획득하게 되었다.

솔제니친은 작가의 말을 통해서 그 당시 사회에 직접적인 영향을 주려고 한 작가였고 지금까지도 그렇다. 필자의 생각으로는, 솔제니친이 문학이라는 활동무대를 동시대인과 후손들에게 호소하기 위한 사회적 연단으로서 선택한 것 같다. 문학적 재능은 예술가이면서도 정치적인 문제에 대해 발언할 수 있는 가능성을 열어주었고, 정치와 예술 사이에서 균형을 잡고 또 양자를 결합시키고 있는 듯하다. 솔제니친은 1974년에 소련을 떠난 후 서방에 정착한 초기 시절에 관해서 한참 뒤에 다음과 같이 적었다. "물론 정치적 열정은 나에겐 타고난 것이다. 그리고 어쨌거나 정치는 나에게, 즉 문학의 배후에, 문학 이후에, 문학보다 낮은 곳에 있다. 만일 사회적으로 활동적인 사람들이 우리의 불행한 조국에서 그토록 많이 죽지 않았더라면, 그리고 물리학자이자 수학자가 사회학을 다루고 시인이 정치적 발언을 하지 않아도 된다면, 나는 문학의 영역에 머물러 있었을 것이다."[144] 이 무렵인 1960년대 초에 그는 짧은 해방기에 작가에게 주어진 기회를 살릴 수 있었기에, 그는 스스로의 입장을 표명하고 유명해졌으며 자신의 입장에서 절대 물러서지 않았다. 뿐만 아니라 그는 흐루시초프 시대의 해빙기에 주어진 얼마 되지 않는 언론의 자유마저도 점차 위축되고 있던 브레주네프 시대에 설교자로서의 작가의 역할을 더욱 강화시키고 더욱 중요하게 만들 수 있었다.

1950년대 말~60년대에 문학에 형성된 〈독자-작가〉 체계에서의 관계로 인해서 솔제니친은 광범한 독자에게 직접 호소할 수 있었고, 사회의식을 형성할 수 있었다. 이 시기에 독자대중은 솔제니친이 수

---

144 A. 솔제니친. 알곡이 두 맷돌 사이에 끼었다. 추방의 개요(1974~1978) // 신세계, 1998, №.9, 53~54쪽.

용소의 실상뿐 아니라 민족현실의 비극적이고 금지되었으며 예술적인 면이나 사회정치적인 면에서 주목받지 못하던 진실을 반영할 수 있는 사람이라고 보았다. 작가의 길로 들어선 초기부터 솔제니친은 다른 사람들보다 더 넓게 보았고 『수용소 군도』뿐 아니라 러시아 혁명에 관한 역사철학적 소설의 구상을 의식 속에서 숙성시키고 있었다. 이 역사철학적 소설의 구상은 수십년 뒤 『붉은 수레바퀴』로 구체화되었다. 그렇지만 그의 시각은 '스탈린 개인숭배'나 소비에트 체제에 대한 비판으로는 충분히 담아낼 수 없다. 그는 이보다도 더 넓게 바라보고 있었다. 그는 20세기를 러시아 운명의 변혁기로 보고 흥미를 가졌다. 따라서 그의 창작에서 가장 우선시된 것은 문학의 설교적 기능이 아니라 인식 기능이었다.

창작 지배소로서의 혼합주의는 그의 작품들의 예술성의 특징을 규정짓고 있다. 고전적 장편소설(작가는 별로 좋아하지 않았던 장르 규정임)이나 중편소설은 과도한 의미적 무게를 감당하지 못했고, 따라서 『암병동』 이후에 솔제니친은 새로운 거대한 장르 형태를 창조하게 되는데, 그 장르 형태에서는 기록적 자료가 뚜렷이 지배적이 되고, 그런 작품이 『붉은 수레바퀴』이다. 거기에선 서술 구조 속에 작가의 사회정치 평론이 포함되고 정치적·역사철학적 문제에 대한 작가의 입장이 직접적으로 표현되고 있는데, 이는 지난 2세기 간의 러시아 리얼리즘 산문에서는 낯선 것이다. 이와 아울러 장편소설가에겐 전통적인 심리 분석 형태가 나타나는데, 그 심리분석의 대상은 러시아 운명을 결정하던 현실의 정치인들과 평범한 시민들이었다.

3. 와해 과정 속의 러시아 성격

솔제니친의 연구대상은 과도기의 러시아 사회의 사실상 모든 계층을 포괄하는 다양하게 개인적으로 발현되는 러시아의 민족 성격이었다. 여기서 말하는 계층으로는 예를 들면 정치적 최고집단, 장관계층, 외교단, 징벌기구, 다양한 정책 제도의 근무자들, 소련의 죄수들, 수용소의 감독관들, 안또노프 반란군[145]의 농민들, 수십 년간 지속된 소비에트 당기구의 관료들 등을 거론할 수 있다. 솔제니친은 러시아 의식구조의 변화를 추적하면서 민족의식의 고통스런 변화 과정을 보여주고 있다. 솔제니친이 와해 과정 속의 러시아 성격을 형성화했다고 말할 수 있다.

솔제니친의 서사 문학은 이 와해의 구체적인 형태와 이를 낳은 제반조건을 연구하기 위한 자료를 제공해준다. 이를 정치적인 조건이라고 간주하는 것이 상례이다. 정치적 사건의 기록적 재현을 예술적 연구의 대상으로 삼은 그토록 뚜렷이 정치화된 작가를 찾기란 어렵다. 그러나 우리 생각으로는, 규모로 볼 때 백과사전적인 방대한 역사적 자료는 정치적 해석 못지않게[146] 존재론적·사회문화적 해석을 요구한다. 결국 『붉은 수레바퀴』의 주인공인 레닌이나 스톨리핀과 같은 역사적 실존인물들과 이반 데니소비치나 외교관 볼로진(『제1권』)과 같은 허구의 성격 속에서 솔제니친은 그 이전의 역사에 의해 형성되고 현세기의 역사를 조건 지은 민족성의 여러 측면을 제시하고 있다. 본질

---

145 안또노프를 두목으로 하여 1920~1921년 단보프 현에서 일어난 반(反)소비에트 농민 반란군. ―역자
146 "연구를 작가에게서 독자에게로 떠넘기기"를 원치 않는 솔제니친 본인은 이 정치적 해석을 제안하였다. A. 솔제니친, 『수용소군도』, 총3권, 베르몬트, 파리, 1987, 제2권, 607쪽. 앞으로 『수용소군도』의 인용은 권수와 쪽수만 기재함.

에 있어서 솔제니친의 서사문학 전체는 러시아 성격학의 독특한 자료로 고찰될 수 있고, 이러한 자료는 '러시아 사상'으로 정의되는 지식 분야를 전문적으로 다루는 학자들에 의해 과학적으로 해석되어야 할 것이다.

솔제니친은 B. 라브네뇨프의 말을 인용하여 이렇게 말한다. "볼셰비키들은 러시아의 피를 불 위에 다시 끓이고 있는데, 이것이 변화가 아니란 말인가, 이것이 민족성격의 완전한 재가공이 아니란 말인가?"[147] 이 변화는 뚜렷한 목표 아래 전적으로 실용적인 목적으로 이뤄졌다. "그런데 다름 아닌 볼셰비키들이 러시아 성격을 족쇄로 채워서 자기네들을 위해 일하도록 했다."(『붕괴 속의 러시아』, 170). 분명한 것은, 러시아 피를 '다시 끓이는 행위'의 가장 기괴한 형태가 러시아에서 생겨난 수용소군도였다는 점이다.

예술적 연구의 시도인 『수용소 군도』는 이런 문제의식을 내포하고 있으며, 러시아 피가 어떻게 다시 끓었는지를 보여주고 있다. 솔제니친은 민중의 도덕성의 빈곤을 기록하고 있는데, 이는 사람들의 분노와 잔인함, 폐쇄성과 의심 등에서 나타났으며, 이런 성격은 민족 성격의 지배적인 요소가 되었다. 그리고 작가는 이에 대한 자연스러운 설명을 찾고 있다. 그렇지만 그 다음 시대에 개인적으로 성립하게 된 독자에게는 이해력을 뛰어넘는 것이 다수 존재한다.

그 가운데 하나는 수용소의 죄수들이 수용소 간수와 감독관들보다 도덕적으로나 지적으로 더 우월하다는 점이다. 수용소에 사는 사람들은 평균화될 수 없는 가장 재능 있고 가장 생각이 깊은 사람들이었다. 열등한 것을 품종개량하고 우수한 것을 근절시킬 필요성은 무엇

---

147 A. 솔제니친, 붕괴 속의 러시아, 모스크바, 1998, 171쪽. 이 책에 대한 인용은 앞으로 쪽수만 기재함.

때문이었나? 무엇 때문에 권력에겐 민족 성격의 부정적인 품종개량이 필요했는가? "저급한 사람들이 고상한 사람들에게 손쉽게 승리를 거두는 것에는 수도 모스크바의 협소함 속에서 악취 나는 검은 침전물이 끓어올랐지만 북극지방의 눈보라 아래와 극지방의 열차 역에서도 악취가 났을까?"(『수용소군도』, 제2권, 596). 저급한 사람들이 고상한 사람들에게 손쉽게 승리를 거두는 현상의 원인은 무엇인가? 솔제니친은 이 물음에 대한 답을 제시하고 있는가?

뿐만 아니라, 솔제니친이 스케치한 수용소 군도의 윤곽을 눈여겨 보면, 소비에트 이후 시기의 인간은 수용소 체제의 무의미한 섬세함에 대해 생각에 잠기지 않을 수 없으며 작가와 함께 놀라지 않을 수 없다. 이를테면 에너지가 충만하고 과도한 고안물로 가득한 매우 다양한 감금체계가 무엇 때문에 필요했는지, 그리고 그 희생자들은 무엇 때문에 저항하지 않았을까? "집토끼 같은 지명된 모든 사람들에게 소환장을 보내기만 하면 된다. 그러면 이들 스스로가 포승줄에 묶인 채 국가보안국의 검은 철제문으로 지정된 시각에 맞춰서 이들에게 배정된 감옥의 한 귀퉁이를 차지하러 순순히 출두한다."(『수용소군도』, 제1권, 22). '감옥학(學)'이라는 과학을 만들어낸 감옥 간수들의 얼빠진 발명정신과 1930년대 죄수들의 순종 자세는 우리를 놀라게 하며 또 생각에 잠기도록 한다. 체제에 대한 민족적 저항을 다룬 정말 얼마 되지 않는 문헌뿐 아니라 V. 두진쎄프의 『흰 옷』이나 V. 샬라모프의 『뿌가쵸프 소령의 마지막 전투』와 같이 저항을 다룬 작품들이 당대 문학비평 의식에서 거의 전혀 다뤄지지 않은 점 또한 우리를 경악시키기에 충분하다. 수용소를 만드는 데 민족적 에너지를 무의미하게 소비한 이 모든 사실(아주 세밀하고 섬세한 구금, 다양한 단계, 고문시설을 만드는 사디즘적 발명정신 등과 『수용소군도』가 증명해 보이는 그와 유사한 모든 것)은 이성의 민족적 패배와 민족적 재앙에 관해서 증명해준다. 솔제니친이 재현한 것은 민족의 자기 파괴의 장면이며, 이 장면에서는 민족의 일부분이 다른 일부분을 제거하려고 시설을 고안해내며 이 제거 시스템이 그 시스템을 만들 사람들보다 더 강력해져서 모든 사람들과 심지어 그 시스템을 만든 사람들조차도 집어삼키고 있었다.

이와 같은 의문점에 대한 답을 찾다보면 과거로 눈을 돌리게 된다. 도시와 농촌을 모조리 쓸어버린 무시무시한 친위대를 거느린 이반 뇌제를 떠올려보자. 이반 뇌제는 말류따 스꾸라또프가 지휘한 무서운 고문실을 만들었을 뿐 아니라 노브고로드를 파괴했으며, 잔인무도한 행위를 국가의 속성으로 만들어버렸고 자기 주위에 사형집행인들을 불러 모았다. 유골 위에 뻬쩨르부르그를 건설하고 러시아 농민들을 주물공장의 노예로 만들어버린 뽀뜨르 1세는 또 어떤가? 어쩌면 그것은 17세기의 대대적인 무질서나 20세기 초의 내전이나 폭군인 이반 4세, 뾰뜨르 1세, 레닌, 스탈린 등의 변덕 등에서 보듯 민족의 자멸이라는 여러 가지 에피소드를 담고 있는 러시아 역사의 숙명적인 특징인지도 모르겠다. 그리고 폭정의 여러 시기는 내적으로 서로 연결되어 있다. 즉 이들 시기에 공통적으로 나타나는 것은 끔찍한 잔혹성, 외적인 무의미함, 민족을 순식간에 사형집행인과 희생자라는 두 그룹으로 나눠버리는 등의 현상이다. 또한 민족적 자멸의 여러 시기는 민중이 훼손된 역량을 마치 재정비하는 듯한 시기인 상대적인 안정기로 교체된다. 그런데 이는 무엇을 위한 것인가? 그것은 혹 새로운 친위대를 준비하는 기간은 아닐까 생각해보면 무섭기까지 하다. 이런 의미에서 거의 휴식을 주지 않은 우리 20세기는 독특하다. "독소 전쟁과 그 전쟁의 와중에 보호받지 못한 채 스러진 수많은 인적 손실, 그것은 내부 파멸을 좇아 러시아 민중의 영웅성을 오랫동안,

어쩌면 그 다음 세기까지 훼손시켜버렸다. 그것이 영원히 갈 것이라는 생각은 하지 말자."(『혼란 속의 러시아』, 171).

아마도 솔제니친은 수용소군도와 체제에 대한 자신의 저항을 이야기하면서 러시아 역사의 리듬감 있는 사이클 가운데 어느 하나를 재현하면서 20세기의 사회적 구체적 사실 속에서 공통적인 것이 드러난 것을 보여주는 지도 모른다. 이 공통적인 것이란 솔제니친의 말에 따르면 "평균적인 것보다 더 높고 뚜렷한 모든 것의 선택적 박멸, 선택적 도태"와 "보다 열악한 개인의 고양과 성공"(『혼란 속의 러시아』, 170~171)이다. L. 구밀료프의 용어를 빌려 달리 표현하자면, 솔제니친의 작품에서 묘사대상은 '반체계'가 러시아 역사에 출현한 현상이다. 여기에서 '반체계'란 "구성원들에게 공통된 세계관을 만들며" 존재를 거의 존재의 파괴에 이를 정도로 단순화하려는 부정적인 세계지각을 갖고 있는 사람들의 체계적인 총합이다. 존재를 그토록 단순화시키는 것은 보편적인 퇴화와 불안정성이라는 키메라 특유의 상황을 낳게 된다. "문화와 자연의 소멸"을 지향하는 "부정적인 생태계"가 형성된다.

솔제니친의 창작은 소비에트 시대에 형성된 반체계의 문집이다. 『수용소군도』는 이 반체계의 메커니즘과 그 변천에 대한 예술적 연구의 실험이다.

만일 그와 같은 관점을 받아들인다면, 이것은 수용소군도를 통치하고 스스로 충실한 개가 되어 수용소의 거주민들을 감시하는 데 삶을 바친 사람들의 의식을 설명할 수 있다. 이 계층의 목표 지향적 도태의 결과, 솔제니친과 같은 조건에서 구밀료프가 분석할 수 있었던 키메라적 의식이 만들어졌다. 솔제니친은 이렇게 적고 있다. "파시스트들보다 그들 때문에 수백만이 넘는 사람들이 고초를 겪었다. 이들은 포로도 아니고 피정복민도 아닌 조국 땅의 동포들이었다. 이것을 누가 우리에게 설명해줄까?"(『수용소군도』, 제2권, 496).

그러나 문제는 솔제니친이 그린 수백만 명의 '사형집행인들'이 어떻게 창조되었는가 이다. 수많은 사형집행요원을 만들고 이들을 반체계에 봉사하도록 할 수 있는 민족의 능력 속에서 자멸의 태세를 증명해주는 어떤 역사문화적 법칙이 나타난다.

솔제니친이 기술한 수용소군도는 대중적 인간의 지배와 모든 개인적인 것의 전면적 파괴의 러시아판 정수이다. 집단수용소에 봉사하는 사람들의 심리 특징을 묘사하면서[148], 솔제니친은 오르테가가 적확하게 구조화한 대중적 인간의 성격을 재현해주고 있다. 수용소와 국가에서의 대중적 인간의 득세는 반체계의 특징인 부정적인 도태에 따른 것이었다. "엄격한 부정적인 정신적 지적 선택을 통과한 수용소 감시인들에게는 성격의 놀랄만한 유사성이 존재한다."(제2권, 497). 이들 감시인들에게 공통적으로 나타나는 성격이란, 오만하고 자기만족적이며 둔감하고 무지하며 독재적이고 편협하며, 수용소를 세습영지로 느끼고 수감자들을 자신의 노예로 여기고 자신을 프롤레타리아로 여기는 것이다. 국가적 존재 형태와 수용소 존재 형태는 문화적 폐기의 결과로서 생겨난 키메라의 발현 형태이다.

자신의 민중을 적대시하는 비논리성, 무법천지, 무의미함 따위는 단순히 레닌과 스탈린의 사악한 의지의 결과나 당의 활동의 결과가 아니라, 키메라적 문화구조의 창조와 반체계의 최종적 승리로 표출된 민족의 역사적 발전의, 아직은 완전하게 인식되지는 못한 법칙의 결과이다. 우리는 두 개의 러시아 하부문화의 비극적 충돌로 인해 그런

---

148 "어떤 유익한 활동을 할 수 있는 사람이 감옥과 수용소의 감시 일을 할 수 있는가? 수용소 감시인이 좋은 사람일 수 있는가? 삶은 이들에게 도덕적 도태의 어떤 체계를 만들어 주는가?" (제2권, 494)

키메라적 문화구조와 반체계가 발생하였음을 보려주려고 했다.

그렇지만 솔제니친의 창작에는 우리가 사유하려고 한 제반 현상에 대한 또 다른 설명이 담겨 있다. 집단수용소와 20세기 유럽역사의 한 현상인 대중적 인간의 지배는 솔제니친에 의하면 휴머니즘 사상으로 설명되며, 이 휴머니즘 사상은 문예부흥기에서 유래하였고 인간 존재의 의미에 대한 표상을 왜곡시켜버렸다는 것이다.

작가는 르네상스 시대로 거슬러 올라가며 인간을 세계의 최고 가치, 우주의 중심, 우주의 발전 목표로 주장하는 휴머니즘 사상을 현대 문명의 가장 큰 잘못으로 해석하고 있다. "그것(휴머니즘적 세계관.-저자)은 이기심·욕심·질투·허영심 등과 기타 수많은 죄악에서 한 번도 벗어나지 못한 불완전한 인간을 지상의 모든 사물의 척도로 설정하였다."[149] 그와 같은 휴머니즘 사상은 솔제니친에게는 기독교 세계관과 양립할 수 없으며 인간과 인류의 교만을 더 증대시켜줄 뿐인 반(反)종교적인 것으로 비추어졌다. 그러한 세계관은 "합리주의적 휴머니즘으로 불릴 수 있으며, 혹은 인간보다 우위에 있는 온갖 힘으로부터 인간이 자율적이라는 생각으로 선언되고 있고 유포되고 있는 휴머니즘적 자율성이라고 불릴 수 있다. 혹은 인간을 존재자의 중심으로 보는 생각인 인간중심주의라고 부를 수도 있다." 이로 인해서 휴머니즘적 의식은 "지상적 행복을 넘어서는 여타의 과제를 인간에게 인정해주지 않았으며 인간과 인간의 물질적 욕구에 대한 숭배라는 위험한 경향을 현대서구문명의 기초로 설정하였다. 육체적 복지와 물질적 행복의 축적이라는 틀을 넘어서는 온갖 섬세하고 고상한 인간의 특성과 욕구는 관심 밖에 놓이게 되었고, 〈…〉 마치 인간에게는 그보다

---

149 A. 솔제니친, 사회정치평론, 총 3권. 야로슬라블, 1995~1997. 제1권, 327쪽. 앞으로 이 저서의 인용은 권수와 쪽수만 본문에 기재함.

더 높은 삶의 의미가 존재하지 않기라도 한 것처럼 되었다."(『사회정치평론』, 제1권, 324).

최근 300년간 인간의 가치체계를 규정해온 계몽주의적 이상에 입각한 교육을 받아온 현대인, 즉 러시아인이건 유럽인이건 간에 그런 현대인으로서는 우주의 궁극적인 존재 목표가 인간의 행복이나 인류의 행복이 아니라는 생각을 받아들인다는 것이 사실상 불가능하다. 그리고 이러한 의미에서 인간이 어디에서 태어나 자랐는지는 중요치 않다. 따라서 소비에트의 이데올로기는 서구 이데올로기와 거의 구별되지 않았다. 솔제니친은 하버드 대학교에서의 강연에서 이렇게 말했다. "구두로 된 공산주의의 모든 서약이 대문자인 인간과 그의 지상적 행복을 둘러싸고 있다는 것은 우연이 아닙니다. 정밀 이상한 비교인 것처럼 들리겠지만, 오늘날의 서구와 오늘날의 동방의 세계관과 삶의 구조에는 공통된 특징이 있고, 그것이 물질주의의 발전 논리입니다." (『사회정치평론』, 제1권, 326).

그러나 인간이 행복을 위해서가 아니라면 도대체 무엇을 위해 태어났다는 말인가? 그와 같은 문제 설정은 계몽주의 사상의 결함투성이의 실현으로 솔제니친에게 비춰졌다. 소비에트 문학의 슬로건 속에 여러 차례 지나치게 단순화된 이런 사상은 '인간은 행복을 위해 창조되었다'는 빈약한 이데올로기를 가진 개인의 죽음으로 변화되고 있다.

솔제니친이 '인간은 행복을 위해 창조되었다'는 빈약한 이데올로기를 반박하기 위한 논거는 단순하고 명백하며 세계질서의 일상적, 실존적 본질로 떠나간다. "만일 휴머니즘이 선언한 것처럼 인간은 오직 행복을 위해서만 태어났다면, 인간은 죽음을 위해서는 태어나지 않았을 것이다. 그러나 인간은 육체적으로 죽음을 면할 길 없는 운명이기 때문에, 인간의 지상적 과제는 분명히 보다 영적이다."(『사회정치평론』,

제1권, 327).

현대인은 삶의 마지막에 이 목표를 볼 수 있는가? 만일 그렇지 않다면 그 원인은 솔제니친에 의하면 이 세계에서 현대인의 방향상실과 기본적인 사람의 심오한 가치에 대한 현대인의 망각, 그리고 그 결과로서 삶의 진정한 의미의 상실 등이다.

19세기 문학에 의해 만들어지고 역사적 공간에서 사람의 방향을 상실케 할 수 있을 뿐인 신화론적 견해 또한 휴머니즘 사상과 연관되어 있다. 그러한 신화론적 견해 가운데에는 민중 삶의 그 어떤 깊은 지식도 없이 민중 성격을 이상화라는 견해가 있는데, 그런 견해는 그 어떤 역사의 급변에서도 민중이 무조건 정당하다는 신비론적 생각이나 민중의 생각이 일종의 숙명처럼 진실하다고 믿는 것이다.

19세기 문학이 가져다준 이런 견해가 깊이 뿌리내리게 된 것은 '기독교적 시대의 도덕적 유산'을 망각하게 되면서 생겨난 정신적 공허감을 채우려는 헛된 시도 때문이었다. 그러나 세계와 대립된 사람조차 그 내면에서는 개인과 민족의 행위에 대한 최고의 도덕적 가치를 부여하고 개인적 존재와 민족적 존재에 의미를 부여해주는 신의 섭리를 이해할 필요성, 신의 의지를 느낄 필요성을 느끼고 있다. 인간의 운명과 민족의 역사의 향방을 결정하는 신의 섭리에 대한 감각을 잃어버린 사회는 그 자리에 이상화된 민중의 형상을 놓으려고 했고, 이 민중의 형상은 민족 운명의 사명에 대한 최고의 지식과 지혜의 수호자로 출현하였다. 그러한 이해의 원천은 19세기 후반, 그리고 특히 혁명적 민주주의 이념 속에 있었다.

본질적으로 하버드 대학교 강연에서 직접적으로 표현된 솔제니친의 견해는 민중과 인텔리 사이의 오랜 반목을 이해하는 열쇠를 제공해준다. 내전에 의해 최종적으로 결말난 20세기 초의 역사 상황에 대한 작가의 관심은 민중을 신의 체득자로 보는 러시아 인텔리의 생각이 담고 있는 유토피아적 성격을 드러내 보여준다. 이런 신화를 따르는 것은 서적과 환경에 의해 이런 생각 속에서 자라난 사람들의 운명과 농민들의 운명에도 비극적으로 나타나고 있다. 그런 류의 비극은 솔제니친에 의해 그의 10권 분량의 대하소설 『붉은 수레바퀴』와 단편연작에서 연구되고 있다.

1995년에 솔제니친은 '두 개별 작품'이라고 일컬은 새로운 단편소설들(「에고」, 「변방에서」, 「어린 동생」, 「나스쩬까」, 「살구 잼」 등)을 발표하였다. 이 단편소설들의 매우 중요한 구성적 원칙은 역사 상황의 공통된 맥락 속에 각기 다르게 나타난 두 인간 운명과 성격의 대조 가능성을 제공해주는 두 부분의 대립이다. 이 단편소설들의 주인공은 러시아 역사의 심연에 가라앉아버린 채 그 속에 뚜렷한 족적을 남긴 사람들로서, 예를 들면 쥬꼬프 원수와 같은 인물인데, 이런 주인공들은 매우 개인적인 측면에서 즉 관영적 공식적인 평가와는 무관하게 솔제니친에 의해 검토되고 있다. 역사와 개인적인 헐벗은 인간 사이의 갈등이 이들 단편소설의 문제범위를 이루고 있다. 이 갈등의 해결방법은 늘 하나의 결과로 귀결된다. 즉 신앙을 잃어버리고 솔제니친이 비난하는 휴머니즘적 견해로 인해 역사 공간에서 방향을 잃어버린 인간, 자신을 희생할 줄 모르며 타협을 하는 인간은 자신이 처한 무서운 시대에 의해 꺾이고 부수어진다.

빠벨 바실리예비치 에뜨꼬프는 시골 인텔리로서, 자신의 삶의 의미를 민중에게 봉사하는 데서 찾으며 현재의 일상적인 필요에 대해 농민에게 일상적 도움을 주는 행위는 그 어떤 정당화도 필요치 않다고 굳게 믿고 있다. 내전 시기에 에뜨꼬프는 인민주의자가 민중 애호가를 볼 수 없었고 아따만인 안또노프가 이끄는 농민반란운동에 가담하는 것 이외의 탈출구를 찾지 못했다. 안또노프 전우들 가운데서 가장 높은 교육을 받는 에뜨꼬프는 본부의 책임자가 되었다. 솔제니친은 러시아 인텔리로부터 민중에게 봉사하며 농민과 아픔을 함께 나누려는 정신적 욕구를 물려받은 이 너그럽고 솔직한 사람의 운명에서의 비극적인 동요를 보여주고 있다. 그러나 바로 그 농민들에 의해 배반을 당한("둘째 날 밤에 그는 이웃집 아주머니의 밀고로 비밀경찰에 넘겨졌다") 에뜨꼬프는 협박에 무너진다. 그는 아내와 딸을 희생으로 할 힘이 없었고 그래서 안또노프 본부를 팔아넘기는 무서운 범죄를 저지르게 된다. 솔제니친은 해결 불가능한 생활의 평등 앞에 처한 짓밟힌 인간의 운명을 보여주고 있다. 그는 자신의 생명을 희생할 수 있지만 딸과 아내의 삶을 희생시킬 수 있는가? 인간은 그와 같은 일을 대체로 할 수 있는가? "볼셰비키들은 위대한 수단을 채택했다. 그것은 가족을 인질로 삼는 것이다."

여건이 그렇기에 사람의 선량한 특성조차도 그 사람에게 적대적인 것으로 변한다. 피비린내 나는 내전은 두 개의 맷돌 사이에 인간을 밀어 넣어서 인간의 삶을 부수어버리고 그의 운명과 가족, 도덕적 신념을 부수어버린다. "아내와 마린까(딸.-저자)를 희생시키고 이들을 뛰어넘는 일을 과연 그가 할 수 있었는가?"(신세계, 1995, No.5, 24).

에고 앞에 놓인 상황은 도저히 벗아날 길이 없다. 르네상스 시대로 거슬러 올라가며 솔제니친의 하버드 대학교 강연에서 직접적으로 부정된 바 있는 무종교적 휴머니즘 전통은 인간이 가족보다 더 넓은 자신의 책임을 느끼는 데 방해가 된다. 현대의 한 연구자는 이렇게 말하고 있다. "단편소설 「에고」에서는 주인공의 무종교적 휴머니즘 의식이 배신의 원천이라는 것이 제시되어 있다." 주인공이 부락 성직자들의 설교에 무관심한 점은 솔제니친이 은근히 주목하고 있는 러시아 인텔리의 세계지각의 특징이다. 사실 에뜨꼬프는 삶의 종교적 의미를 망각하게끔 하는 현실적 물질적 실용적 활동을 지지하는 사람이다. 에고가 우쭐해하며 거부하는 교회의 가르침은 "주인공이 자기의 세계관의 함정에 빠지지 않게 해주는 가장 현실적인 도움"의 원천일 수 있었다.[150] 사실 안또노프 본부를 팔아넘긴 배신행위는 무의미하기만 할뿐 아니라 그 배신행위를 통해 보호하려고 했던 아내와 딸에 대한 배신으로 바뀌었다. 안또노프 반란군은 에끄또프와 가장 가까운 사람들이 생계를 꾸리던 진영의 무장 해방을 계획하였다. 그는 안또노프 반란군을 파멸시키는 데 도움을 줌으로써 자기 자신과 그들을 죽음으로 내몰지 않았는가?

비인간적인 상황 때문에 완전히 부수어지고 배신당하고 타협을 거절할 수 없으며 기독교 세계관을 잃어버리고 비인간적 상황 앞에서 무기력한 인간은 우리 역사의 또 하나의 전형적인 상황이다.

에고의 타협을 낳은 것은 러시아 인텔리의 두 가지 특징이었다. 그것은 무종교적 휴머니즘에 속한 점과 혁명적 민주주의 전통을 따르는 점이다. 그러나 이것이 아무리 역설적이라고 해도, 솔제니친은 그와 유사한 충돌을 쥬꼬프의 생애에서도 포착하였다. 쥬꼬프의 운명과 에고의 운명이 연관되어 있는 점은 놀라울 정도이다. 이 두 인물은 같은 전선에서 싸우지만 편이 다르다. 쥬꼬프는 적군 편이고 에고는 봉기한 농민의 편이다. 자기 민중과의 이 전쟁에서 쥬꼬프는 중상을 입지만 이상론자 에고와는 달리 목숨을 건진다. 그의 굴곡진 역사, 독일군에 대한 승리와 흐루시초프와의 당 기구를 놓고 벌인 싸움에서의 고통스런 패배, 그 자신이 한때 구해줬던 사람들의 배신, 청춘의 대담성, 장군의 가혹함, 노인의 무기력함, 이러한 것 속에서 솔제니친

---

150 P. 스뻬바꼬프스끼. 역사, 혼, 그리고 <에고>. // 문학평론, 1996, №1, 48~49쪽.

은 이 장군의 운명에서 "타국의 수도에 용감히 들어갔으나 겁에 질려 본국 수도로 돌아오는"(브로드스끼의 표현) 러시아 병사들 가운데 한 사람의 운명을 이해할 열쇠를 찾으려했다. 성공과 몰락 속에서 솔제니친은 장군의 강철 같은 의지 배후에 숨은 나약함을 보았고, 이 나약함이 타협하려는 인간적 성향으로 나타났다. 그리고 바로 이 지점에서 『이반 데니소비치의 하루』에서 시작되어 『수용소군도』에서 절정에 이른 솔제니친 창작의 가장 중요한 테마가 연장되고 있다. 이 테마는 자기 자신을 잃지 않으려는 인간이 알고 있어야 하는 타협의 경계선에 대한 연구와 관련되어 있다. 이 단편소설의 끝부분에서 쥬꼬프는 노년의 허약함과 졸도 등으로 나약해진 모습이지만, 그의 불행은 이런 신체적인 허약함 때문이 아니라 자신의 책이 출판되는 것을 보기 위해 그가 행한 타협 때문이었다. 인생의 전환기에 나타난 타협과 우유부단함, 본국의 수도로 돌아오면서 느낀 공포감은 장군을 무너뜨렸는데, 에고와는 다른 모습이지만 그 본질은 같다. 에고가 공포의 순간에 무언가를 바꿀 힘이 없었던 것처럼, 쥬꼬프 또한 삶의 언저리에서 무기력하게 주위를 둘러볼 수 있을 뿐이다. "어쩌면 그때, 바로 그때 결심했어야 했나? 오, 저런, 아마 내가 바보짓을 했나보군." 군사혁명에 대해 망설이고 러시아판 드골이 되지 못했을 때가 아니라, 농민의 아들인 그가 자신을 낳은 러시아 농촌 세계를 파괴하는 데 참여했고 가스로 농민들을 숲에서 내쫓고 반란군에 동조한 마을이 완전히 불타 없어졌을 때, 바로 그때가 자신이 잘못한 순간임을 주인공은 이해할 수 없었다.

에뜨꼬프와 쥬꼬프에 관한 단편소설들은 소비에트 시대의 무시무시한 역사적 상황에 의해 꺾여버린 양심적이고 값진 사람들의 운명을 다루고 있다. 그러나 현실과 타협하는 또 다른 형태도 가능하다. 그

것은 현실에 전적으로 기꺼이 복종하고 양심의 고통을 외면하는 것이다. 이를 다룬 것이 단편「살구 잼」이다. 이 단편의 첫 부분은 소비에트 문학의 살아 있는 대가에게 보낸 편지가 나온다. 이 편지를 쓴 사람은 겨우 문자를 깨친 사람으로서 부농 판정을 받은 부모를 둔 바람에 아직도 노동수용소에 내던져진 인물이다. "저는 극한 상황에 처해 있는 수형자입니다. 당신은 제게 식료품 소포를 보내주시는 데 큰 돈이 들지 않겠지요? 저를 불쌍히 여겨주십시오." 식료품 소포는 기껏해야 소비에트 강제노동수용소의 일원이며 아무런 가치도 없는 목숨을 이어가는 표도르 이바노비치를 살려줄 수 있는 것이다. 이 단편소설의 두 번째 부분은 부유하고 최고정상에서 총애 받는 유명작가의 멋진 별장의 일상생활을 묘사하고 있다. 이 유명작가는 우연한 기회에 권력과 성공적으로 타협하게 되어 저널과 문학에 즐거이 거짓말을 늘어놓는다. 차를 마시며 문학적 어용적 담소를 나누는 이 유명작가와 비평가는 소련 전체와는 다른 세계에서 살고 있다. 부유한 작가 별장의 이 세계에 날아든 진리를 담은 편지의 목소리는 진실에 귀 어두운 문학 엘리트 인사들에게 들릴 리 만무이다. 그런 어두운 귀는 권력과 맺은 타협을 위한 조건이다. "현대 독자층의 밑바닥으로부터 갓 만들어진 싱싱한 언어가 담긴 편지가 떠오르고 있다. 〈…〉 얼마나 자유로운 언어결합이란 말인가! 작가조차도 부러울 정도다"라는 작가의 환희는 냉소주의의 정점이다. 작가(솔제니친에 의하면, 이 단편소설의 주인공은 러시아 작가가 아니라 소비에트 작가이다)를 양심에 귀 기울이게 만들어야 마땅한 이 편지가 민중 언어의 문체화를 도와주는 비표준적인 언어 표현을 연구할 재료에 지나지 않는다. 편지 속에 울려 퍼지는 고달픈 인간의 비명소리를 무시하는 정점은 편지를 써 보낸 사람과 이 작가가 어떤 관계인지 묻는 사람들의 질문에 대한 유명작가의 답변이다. "무슨 답을 할 거냐고요? 답신을 쓰는 건 중요하지 않아요. 정작 중요한 건 언어를 얻어낸 겁니다."

솔제니친에 의하면, 20세기 인간의 드라마는 인간의 세계관조가 르네상스의 인간중심적 사상에 의해 왜곡된 점과 인간의 나약함에 있다. 솔제니친은 삶의 의미에 대한 휴머니즘적 이해에 대해서 종교적 실존적 이해를 대비시키고 있다. "인간이 정녕 모든 것보다 우월하며 인간 위에 지고의 영혼이 없단 말입니까?"(『사회정치평론』, 제1권, 328). 솔제니친에 의하면, 현대인의 드라마는 '불변의 종교적 책임감'의 망각, '기독교 시대의 도덕적 유산으로부터의 최종적 해방', '신과 사회에 대한 인간의 책임'에 대한 퇴색한 의식 등에서 비롯된다. 캠플턴 강연에서 솔제니친은 현대인의 주된 세계관적 존재론적 망상을 이렇게 정의했다. "인간은 신의 섭리를 드러내지 않으려 하며 신을 자신으로 바꾸려고 한다."(『사회정치평론』, 제1권, 453).

솔제니친은 신의 섭리를 밝히려는 것을 항상 자신의 과제로 삼았다. 신의 섭리를 깨닫게 해주며 갖은 운명에 관련되어 있는 존재에 대한 느낌은 그에게 체포, 구금, 유형, 중병, 정권과의 투쟁, 추방 등을 견딜 힘을 주었고 또 러시아로 돌아올 힘을 주었다.

만일 개인이 영혼의 힘을 갖고 상황 자체를 바꿀 수 있으며 그 상황 속에 처한 인간이 신의 의지를 들을 수 있고 자신의 원칙에 충실할 수 있다면, 인간의 내면적 저항의 잠재력은 매우 높을 수 있다. 솔제니친에 의하면 일상의 타협을 거부하는 삶의 이상은 개별 인간에게 미치는 규모에서뿐 아니라 더 큰 규모에서도 상황을 바꿀 수 있다.

영혼의 힘 앞에서는 감옥의 간수들과 감옥 체계 자체는 무기력하다. 저항에 나설 수 있는 사람은 거의 없지만 그래도 있기는 하다. 그런 인물로는 총주교 찌혼과 『수용소군도』(제4부 4장)에 묘사된 안나

뻬뜨로브나 스끄립니꼬바 등이 있다. 이런 사람들은 강인함을 갖고서 저항의 힘을 발견하였다.

이들에게 이런 힘을 준 것은 무엇인가? 타협에게서 큰 유혹을 앗아가 버리는 종교적 의식과 거짓말을 할 줄 모르는 것이다. 신앙인은 진리와 영적인 것을 물질적인 것이나 인간주의적으로 이해되는 행복보다 더 높게 본다는 것이다.

이 사상에 충실했기에 솔제니친은 정치나 문학에서 타협을 피하려고 늘 노력하였다. 비타협성은 이상이며, 이 이상의 추구는 창조적 재능의 성격과 사회적 처신을 규정한다. 이 비타협성은 소비에트 체제에 대한 희망 없어 보이는 저항 속에서 승리할 수 있게 해주었고 '참나무를 뿔도 들이받은 송아지'에게 승리를 안겨주었다. 비타협성의 대가(代價)는 문단에서의 고독이었고 그는 이를 축복으로 받아들였다. 문학이나 사회정치 영역에서 솔제니친은 오직 혼자였으며, 소비에트 시절의 다른 수많은 유명 작가들처럼 독자들의 방문을 받는 등의 일을 그는 꿈도 꿀 수 없었다. 비타협성의 대가는 한때 가깝던 사람들과의 무수히 많은 단절이었다. 또한 비타협성의 대가는 무수히 많은 사람들의 이해를 받지 못한 것이었다.

솔제니친은 그렇게 살면서도 다른 사람들에게도 똑같은 것을 제안하고 있다. 그는 20세기의 민족적 비극에 대한 책임을 '소련의 지도자들'에게보다 권력과 타협한 우리 모두에게 씌우고 있다. 솔제니친이 볼 때 권력과의 이 타협은 '거짓에 의한 삶'을 낳는다.

그러나 솔제니친은 이 타협을 거부하면서도 타협의 큰 유혹을 알고 있다. 그는 자기 작품의 주인공들을 통해 이 유혹을 체험하고 이 주인공들에게 타협의 달콤함을 맛보고 이 유혹으로 인한 비극을 겪게끔 한다. 그의 서사문학에서는 민족적 타협의 전체 목록이 제시되어 있다. 솔제니친의 창작에서 묘사대상 가운데 하나가 타협의 상황에서의 러시아 민족성이라고까지 말할 수 있다.

타협은 개별인간에 의해서도 이뤄지지만, 또 국가적인 히스테리와 탄압 및 체포 등을 보면서 이를 한 목소리로 찬양하는 일련의 사람들에 의해서도 이뤄진다. 본질적으로 대다수 국민에 의해 이뤄지는 집단적인 타협은 작가에게 러시아 의식의 대규모 변질을 알리는 불길한 신호였다. 이런 변질은 21세기의 민족 전망을 매우 불투명하게 하는 재앙을 예고한다.

타협의 능력은 민족의식 속에 이미 깊게 침투한 무신론적 무종교적 휴머니즘의 사상과 기독교 문명으로 확립된 제반 가치의 약화로 인한 것이다. 필자의 생각으로는, 바로 이 지점에서 솔제니친은 21세기 러시아 비극에 대한 열쇠를 찾고 있다. 그는 법정에서 행한 총주교 찌혼의 발언에 대해 이렇게 적고 있다. "만일 모두가 그렇게 대답했더라면 어땠을까? 그랬다면 우리의 역사는 달라졌을 것이다."(『수용소군도』, 제1권, 342). 이런 생각은 『수용소군도』의 전권을 관류하는 주제사상이다.

인간과 민족은 자신의 현재 상태에 무엇을 대치할 수 있는가? 자기절제나 참회와 같은 러시아 민족의 원래적 가치가 그것이다(「민족현실의 한 범주로서의 참회와 자기절제」, 1973).

솔제니친은 참회를 애국심의 최고 발현으로 본다. 그는 이 참회를 민족의 자산으로 여기며, 아첨하는 애국심을 '민족 볼셰비즘'이라며 거부하고 있다.

"우리는 부당한 요구를 지지하며 추종적인 자세로 민족에 봉사하는 게 아니라 민족의 과오와 허물을 솔직히 평가하고 그런 과오를 뉘우치는 방식으로 자기 민족을 꾸준히 사랑하는 감정을 애국심이라고 본다."(『사회정치평론』, 제1권, 64). 작가는 민중의 진정한 위대성을 '우리 같은 나팔소리'가 아닌 '내면적 발전의 높이, 정신적인 폭, 견고한 도덕성' 등으로 본다.

하버드 대학교 강연에서 솔제니친이 정의한 바에 의하면, 인간이 나가야 할 길의 목표는 "처음 시작보다 더 고귀한 존재로서 삶을 버리는 것"이다. 물질적 확장에 대해 영혼의 가치를 대치할 수 있는 능력은 개별인간에게뿐 아니라 현대문명 전체에도 중요하다. "내적 발전으로의 방향 전환, 외적인 것보다 내적인 것으로의 무게 중심의 이동이 만일 일어난다면, 그런 변화는 중세에서 르네상스로의 급변에 비교될 수 있는 인류의 큰 변화일 것이다. 사람들의 관심과 활동의 방향 뿐 아니라 인간 존재의 성격 자체도 변화할 것이다."라고 솔제니친은 논문 「참회와 자기절제」에서 적었다(『사회정치평론』, 제1권, 80). 하버드 대학교 강연의 결론에서 이 길은 인류가 보다 높은 인간적인 단계로 인간이 올라서는 것으로 해석되고 있다. 이러한 길은 인간·민족·현대문명의 자기 절제를 거치게 되어 있다.

이것이 가능하자면, 파멸을 초래하는 타협의 큰 유혹을 뿌리쳐야 한다. 그 타협은 크고 작은 삶의 행복을 열어주며 인생의 크고 작은 성공을 열어주지만 가장 고귀한 가치에서 더 멀리 떨어지게 한다.

"우리는 러시아인일 수 있는가?"라는 물음은 「붕괴 속의 러시아」에 나오는 말인데, 단순히 수사학적인 성격의 물음이 아니다. 우리가 러시아인으로 남아 있으려면, 다시 말해서 우리가 러시아인의 모습을 보존할 수 있으려면, 민족이 거친 수많은 분열로 가득한 20세기의 역사적 현실에 의해 생겨난 파멸적인 타협 습관을 버려야 한다.

솔제니친의 열정은 권력이나 상황과 타협하기를 거부하고 민족의 분열로 인한 상호 타협을 거부하며 고귀한 기독교적 가치에 대한 민족적 관심을 통해 이런 분열을 극복하려고 하며 현대인을 역사적 존재와 개인적 존재 속에서 방향을 상실케 하는 휴머니즘적 인간중심주의를 극복하려는 데서 나타난다. 본질적으로 그것은 혼란을 찬양하고 모든 고상한 가치를 부정하는 포스트모더니즘의 시대에 지팡이를 손에서 놓치지 않은 진실한 신자와 설교자인 솔제니친이라는 작가의 모습을 한 지난 세기의 문학이 우리에게 주는 축복의 기도이다. 솔제니친은 러시아 역사의 다수 참여자들의 이름으로 러시아 문학에서 스승 역할을 하려는 것을 마다하지 않았고, 수용소에서 고통 받는 자들과 수많은 전쟁터에서 전사한 사람들의 이름으로 이들을 심판하는 것을 거부하지 않았다. 그리고 가장 중요한 것은, 그가 20세기 러시아 역사에 나타난 지고의 의미를 탐구하는 일을 거부하지 않았다는 점이다. 그런 탐구가 지난 세기 러시아 문학의 역사적 존재의 사실을 최종적으로 정당하게 해준다.

▎ 저자 소개

M. 골룹꼬프

모스크바 국립대학교 졸업
모스크바 국립대학교 어문학대학 러시아현대문학전공 교수
주요저서 : 〈상실한 대안〉,
　　　　　〈1920-30년대 소비에트 문학의 일원론 형성〉(1992),
　　　　　〈막심 고리끼〉(1998) 외 다수

▎ 역자 소개

이규환

고려대학교 노어노문학과 졸업(문학박사)
전공: 19세기 러시아문학(살뜨이꼬프-시체드린)
현재 대구대학교 노어노문학과 교수

서상범

고려대학교 노어노문학과 졸업(문학박사)
전공: 20세기 러시아 문학(러시아 아방가르드)
현재 부산외국어대학교 러시아어과 교수

대구대학교인문과학연구총서 18

러시아현대문학 : 분열 이후의 새로운 모색

인　　쇄　2006년 2월 22일
발　　행　2006년 2월 28일

지 은 이　M. 골룹꼬프
옮 긴 이　이규환 · 서상범
펴 낸 이　이대현
책임편집　이태곤
편　　집　권분옥 · 김보라 · 박소정
제　　작　안현진
펴 낸 곳　**도서출판 역락** / 서울 성동구 성수2가 3동 301-80
　　　　　　　　　　　지시코 별관 3층(우133-835)
전　　화　3409-2058(대표) 3409-2060(편집부) FAX 3409-2059
이 메 일　yk3888@kornet.net / youkrack@hanmail.net
홈페이지　www.youkrack.com
등　　록　1999년 4월 19일 제303-2002-000014호

정　　가　12,000원
ISBN　89-5556-465-1-93890

* 잘못된 책은 교환해 드립니다.